UMA FRANCESA EM NOVA YORK

Anna Adams

Uma francesa em Nova York

TRADUÇÃO
CAROLINA CANDIDO

PLATAFORMA 21

TÍTULO ORIGINAL *A French Girl in New York*

Plataforma21 é o selo jovem da VR Editora

GERENTE EDITORIAL Tamires von Atzingen
EDITORA Thaíse Costa Macêdo
EDITORA-ASSISTENTE Marina Constantino
ASSISTENTE EDITORIAL Michelle Oshiro
PREPARAÇÃO Karoline Melo
REVISÃO João Rodrigues e Flávia Yacubian
COORDENAÇÃO DE ARTE Pamella Destefi
ILUSTRAÇÃO DE CAPA Isadora Zeferino
PROJETO GRÁFICO Pamella Destefi
PRODUÇÃO GRÁFICA Alexandre Magno

Dados Internacionais de Catalogação na Publicação (CIP)
(Câmara Brasileira do Livro, SP, Brasil)

Adams, Anna
Uma francesa em Nova York / Anna Adams; tradução
Carolina Candido. - São Paulo: Plataforma21, 2025.

Título original: A French Girl in New York
ISBN 978-65-5008-050-1

1. Ficção juvenil I. Título.

25-264573 CDD-028.5

Índices para catálogo sistemático:
1. Ficção: Literatura juvenil 028.5
Cibele Maria Dias - Bibliotecária - CRB-8/9427

VR Editora S.A.
Av. Paulista, 1337 – Conj. 11 | Bela Vista
CEP 01311-200 | São Paulo | SP
plataforma21.com.br | plataforma21@vreditoras.com.br

Para minha mãe, Régine

Um

Maude Laurent encostou o rosto na janela enquanto o ônibus escolar adentrava a cidade de Paris, capital da França.

Até que enfim!

Para Maude, uma garota de dezesseis anos que nunca havia saído de sua pequena cidade francesa, a paisagem que se revelava diante dela parecia digna de um quadro.

O sol brilhava forte, os raios refletindo na majestosa Torre Eiffel. *La Dame de Fer*. A Dama de Ferro. Maude via a torre como uma deusa de ferro. Abaixo, o rio Sena corria no ritmo da cidade, levando turistas encantados, ansiosos para admirar os monumentos históricos da capital e sua beleza moderna grafitada a bordo dos coloridos Bateaux Mouches.

Enquanto o ônibus escolar estacionava perto da Place du Trocadéro, Maude registrava cada momento em sua mente.

Para seus colegas, que saltavam do ônibus e corriam até a praça, Paris valia algumas boas fotos para as redes sociais.

Com um misto de desejo e tristeza, Maude observava Astrid e Samia, duas garotas da sala que nunca falavam com ela, fazerem poses com a Torre Eiffel ao fundo e gritarem "amigas para sempre!". As duas colocaram a língua para fora antes de Samia clicar várias vezes no celular.

– Como eu fiquei? – Astrid pegou o celular da mão de Samia. – Não posta essa – ordenou, apagando a primeira foto. – Nós duas ficamos bonitas *nessa*.

Samia concordou na hora e deslizou os dedos pela tela, postando a imagem no PixeLight.

– Vamos gravar um vídeo agora.

Maude suspirou. Queria tanto ter um celular. Qualquer celular! Ela só conseguia acessar a internet e sua conta secreta no PixeLight pela biblioteca pública da cidade. Sua família adotiva havia deixado bem claro que a carência tecnológica de Maude não era prioridade. Para além de comida e abrigo, o bem-estar geral de Maude não parecia tão importante. Afinal, ela usava tênis gastos de brechó e uma legging com um buraco nada discreto na coxa esquerda, que só seu casaco amarelo enorme e desbotado conseguia esconder.

Naquela manhã, ela havia prendido o cabelo natural e bonito em um coque e, enquanto o sol dançava sobre sua pele marrom, Maude torceu para que o calor deixasse seu rosto mais vivo do que costumava ficar em outubro, quando enfrentava o vento cortante do norte de Carvin. Ela inspirou fundo e sorriu, satisfeita. Estava em Paris!

– Stephane, grava um vídeo nosso! – chamou Samia, rindo e puxando para o lado um garoto alto, de cabelo escuro, vestido com moletom e tênis Nike.

Maude fitava Stephane com ar sonhador, desejando que ele a visse do mesmo jeito que olhava para aquelas duas. Vivia sonhando com o momento em que ele repararia nela, a envolveria naqueles braços marrons e fortes e a beijaria com a intensidade de um filme de Hollywood.

Mas ele nunca a notava, e ela nunca tinha coragem para falar com ele com a mesma naturalidade das outras garotas. Houve apenas um momento histórico em que ele lhe perguntou as horas na aula de ciências. Petrificada diante daqueles olhos castanhos e deslumbrantes, ela gaguejou “45”. Só 45, sem hora, sem dizer se era manhã ou tarde, nada. A conversa não passou desse ponto, para o desespero de Maude.

– Ai, vamos cantar "Cortando Laços"! – sugeriu Astrid. Samia começou a berrar o primeiro verso da música.

Maude virou o rosto e revirou os olhos. Ela não suportava o último sucesso de Lindsey Linton, mas era só o que todo mundo cantava ultimamente. Maude, que só ouvia ópera, tinha prometido a si mesma que evitaria música popular a todo custo. Gostava de ter isso em comum com a famosa estrela da ópera – e sua heroína pessoal – Cordelia Tragent, que atribuía parte de seu sucesso precoce ao fato de ter crescido em uma casa livre de música pop. Maude até tentara compor pequenas óperas, mas nenhuma chegava perto da beleza de suas árias italianas favoritas.

No entanto, a promessa de Maude era constantemente desafiada pelas modas do momento. Quando todos ao redor cantavam "Cortando Laços", era impossível ignorar a música. Tanto que ela acabou decorando a letra simples.

A turma seguiu da Torre Eiffel para o Louvre.

Depois de visitar o museu, a professora, sra. Clement, deu um tempo livre para os estudantes.

– Quero todo mundo de volta aqui, na frente da pirâmide de vidro, às sete. Quem se atrasar vai pegar duas semanas de detenção. Entendido?

– Astrid, por que a professora tá olhando pra mim? – perguntou Stephane, com um sorriso, levantando os braços de forma brincalhona.

– Porque você é a pessoa com mais horas de detenção até agora – respondeu a sra. Clement, com rispidez, antes que Astrid pudesse falar. – Acho que este ano você vai até quebrar o recorde da escola.

– Vou fazer de tudo pra quebrar esse recorde, então. Não quero te decepcionar – disse Stephane, com um sorriso confiante.

– Sete horas em ponto – lembrou a sra. Clement enquanto os alunos começavam a se afastar em grupos.

Maude seguiu sozinha. Ela transbordava de felicidade, fascinada com a beleza que a cercava. Só o fato de andar sem rumo por Paris já a deixava empolgada. Visitou as lojinhas da Île Saint-Louis, mesmo tendo pouco dinheiro para gastar. Caminhou ao longo do Sena, admirando as elegantes casas flutuantes e sorrindo para os artistas que pintavam retratos de turistas. Após duas horas vagando pela cidade, saindo da Place Georges-Pompidou em direção a Notre-Dame, Maude se deu conta de que estava morrendo de fome. Estar cercada por tantas opções de comida só tornava a escolha mais difícil, e ela não conseguia decidir se queria comer um crepe doce recheado com geleia de morango ou pêssego, um cachorro-quente francês feito na baguete, ou um delicioso *croque monsieur* com presunto e queijo derretido.

Foi então que ela ouviu.

No café bem à sua frente, Le Cavalier Bleu, um músico cercado por clientes animados tocava piano e cantava "Milord", uma das músicas mais famosas de Édith Piaf.

A promessa de Maude de evitar música popular sumiu de sua mente. Ela se sentiu atraída para dentro do café. Ninguém cantava nos cafés de Carvin.

No canto dos fundos, um jovem sorridente com um boné vermelho virado para trás filmava toda a cena com o celular.

Maude se aproximou dele e perguntou em francês:

– O que está acontecendo?

– *Je ne parle pas français* – respondeu ele, com um forte sotaque americano.

Ela hesitou. Ele não falava francês. Ela já tinha praticado inglês milhões de vezes em seu quarto e nas aulas, mas nunca com um falante nativo. Lentamente, repetiu a pergunta em inglês, e ele respondeu:

– Ah, pelo visto, é sempre assim aqui. Qualquer um pode tocar piano. Eu só estou de passagem, mas um amigo me indicou esse lugar. Sou Chad, aliás. Você deveria me seguir no PixeLight, meu nome lá é "Chad, o Expat".

Maude se concentrou para entender o que ele dizia. Ele falava tão rápido!

– Vou fazer isso, ééé, quando eu voltar para casa. Eu não tenho celular – acrescentou, um pouco sem graça.

– Que pena. – Chad a olhou como se ela tivesse acabado de anunciar a morte de um avô. – Você toca piano?

– Toco. – Ela hesitou, escolhendo as palavras. – Mas, hã, nunca toquei na frente de ninguém.

– Ninguém aqui te conhece. É o público perfeito, se parar pra pensar.

Neste momento, o pianista terminou a música e se levantou.

– Você deveria tocar – insistiu Chad. – Você sabe que quer. Vai, eu gravo e te mando o vídeo. É o melhor jeito de se aperfeiçoar.

Maude se pegou assentindo devagar. Ela queria se aperfeiçoar. Nunca entraria no renomado Conservatório de Paris ou na Academia Nacional de Artes se continuasse praticando sozinha no auditório da biblioteca da cidade. E, no fim das contas, naquela noite ela já estaria de volta a Carvin. A magia de Paris a envolveu, e Maude caminhou até o piano acústico Pleyel escuro, sentindo as pernas ficarem um pouco mais pesadas a cada passo. Ela se ajoelhou diante do banco, ajustando-o à sua altura, e então ocupou seu lugar de direito. A plateia fez silêncio.

Ela colocou as mãos nas teclas e pensou no que tocar. Uma ária de ópera não combinava com um café parisiense. Nem mesmo uma canção italiana de sua ópera favorita serviria. Ela teria que quebrar sua promessa e cantar algo de que o público gostasse.

Infelizmente, a única música que lhe vinha à mente era

"Cortando Laços". Os versos ecoaram com tanta persistência em sua mente que ela acabou se rendendo.

Vou fazer do meu jeito, decidiu Maude. Ela removeu da canção pop os elementos eletrônicos agitados, o baixo, a guitarra e o autotune. Só sobrou a melodia para piano.

Devagar, ela começou a tocar *lá, ré, fá* com a mão esquerda. De repente, sua voz ecoou, alta e nítida, quando iniciou o primeiro verso de "Cortando Laços" com um mezzo-soprano claro e acolhedor.

"*Quero partir*
Quero rugir
Não posso voltar
É hora de avançar"

O público ficou em silêncio. Enquanto cantava a letra, era como se prestasse atenção pela primeira vez. As palavras ganhavam um significado diferente. Por que deveria voltar para Carvin? Ela poderia ficar em Paris e seguir a carreira de ópera que sempre sonhou. Quem sentiria falta dela?

Ela tinha vivido um dia incrível naquela cidade. Sua mente retornava à mágica descoberta do Louvre, passeando pelos salões amplos e cheios de cor, fascinada por cada pintura neoclássica ou romântica. A *Mona Lisa* parecia sorrir para ela enquanto seus dedos deslizavam pelo piano, transformando aquele sucesso pop em uma bela melodia clássica.

"*O passado morreu*
Minha imagem se perdeu
Peguei a tesoura
Ergui no ar
Cortei as amarras
Das suas mentiras."

Na última palavra, a voz de Maude alcançou uma nota alta que, na versão original de Lindsey Linton, foi melhorada com autotune. Por ser mezzo-soprano, Maude se sentia mais confortável cantando na parte média de seu alcance, mas passara horas treinando para alcançar as notas mais altas com agilidade. Ao cantar a palavra *mentiras*, ela não parou; repetiu o verso, subindo cada vez mais, até sustentar a última sílaba por quatro tempos inteiros.

"Mentiras!"

Sua família adotiva nunca contara quem eram seus pais ou como morreram. Alegavam não saber, mas Maude sabia que era mentira. Ela se lembrava de uma reunião de pais e mestres no sexto ano. A professora de inglês elogiara Maude pelas boas notas em todas as matérias, mas demonstrara preocupação aos Ruchet com as notas baixas da filha adotiva em inglês. A sra. Ruchet rira, zombeteira. "Acho que ela não puxou ao pai, que falava inglês fluente!" Ela parou de falar de repente, diante do olhar de advertência do sr. Ruchet. Maude, que nunca tinha ouvido a sra. Ruchet falar sobre seus pais, guardou essa informação como um tesouro e, desde então, mergulhou de corpo e alma no inglês, na literatura, na gramática e na história da língua. Aprenderia a falar fluentemente, como seu pai. Quem quer que ele fosse.

"Peguei a tesoura
O gume afiado
Cortei os laços do meu passado
Peguei a tesoura
O gume afiado
Cortei os laços até estar tudo acabado."

Ela sentiu uma felicidade intensa em cada parte do corpo só de pensar em abandonar a família adotiva, em cortar todos esses laços e criar uma nova vida em Paris.

Sua voz tremia de emoção, o que só tornava a apresentação ainda mais deslumbrante. Ela terminou a música – que agora dominava todo o seu ser – e se virou lentamente. Ninguém na plateia, que havia crescido aos poucos enquanto ela tocava, disse uma palavra. Então, de repente, começou uma salva de palmas. Quem estava sentado se levantou. O dono do local largou a bandeja e aplaudiu com entusiasmo.

Maude sorriu, o coração batendo forte nos ouvidos, e, enquanto percorria com os olhos a multidão que aplaudia, parou de repente. Chad havia filmado toda a cena e a encarava, surpreso.

Seu sorriso desapareceu no mesmo instante ao notar o relógio bem atrás dele. Já eram 19h05.

Ela precisava ir embora!

Falar era fácil, mas fazer era outra história. As pessoas a rodeavam, e o proprietário insistia em lhe oferecer bebidas de graça.

– Nunca vi meus clientes tão felizes! – exclamou ele, surpreso. – Você precisa ficar mais um pouco. Não pode sair sem aceitar uma bebida por conta da casa. Não me faça implorar – intercedeu ao vê-la prestes a protestar.

– Não, eu preciso ir embora, de verdade – insistiu Maude, tentando se encaminhar para a saída.

As pessoas se aglomeravam ao redor, parabenizando-a. No fundo, Maude queria ficar, mas o relógio já marcava dezenove horas, e ela precisava voltar para sua existência solitária com os Ruchet. Apressada, ela sorriu para os clientes enquanto se afastava da multidão e enfim conseguiu chegar à rua, longe do burburinho. Quando estava prestes a seguir para a estação de metrô, ouviu alguém gritar:

- Cantora! Ei, garota! Você, do casaco amarelo!

Ela se virou e viu Chad, do café, correndo em sua direção.

- Me passa seu arroba do PixeLight! Vou te marcar no meu post. Que apresentação incrível!

- Muito obrigada! Mas vou me atrasar. Meu arroba é MaudeLaurentCarvin. Preciso ir! Tchau!

- Espera! - gritou ele.

Mas ela já tinha saído correndo e entrado na estação de metrô, certa de que nunca mais teria notícias dele.

Ao chegar ao Louvre, estava trinta minutos atrasada, e a srta. Clement, explodindo de raiva, balançando um dedo indignado.

- Estamos esperando há séculos! Até o Stephane chegou no horário. E você nem tem celular. Fiquei desesperada. Você vai pegar catorze horas de detenção, e seus pais adotivos vão ficar sabendo disso, mocinha!

- Viu? Eu não quebrei o recorde da escola. A Maude que quebrou - disse Stephane, triunfante.

Maude suspirou ao se sentar no ônibus. Pelo menos, Stephane sabia o nome dela.

Enquanto o ônibus avançava lentamente para fora da cidade, Maude pensava em sua apresentação. Ela tinha conseguido! Havia se apresentado em público pela primeira vez. A detenção não a incomodava mais, agora que sabia o que queria.

Estava mais certa do que nunca: assim que completasse dezoito anos, se mudaria para Paris para se tornar uma diva da ópera.

Dois

A vida em Carvin não poderia ser mais diferente da vida em Paris. No centro da cidade havia um pequeno castelo, agora ocupado pelos escritórios municipais, e uma impressionante catedral do século XVIII em estilo renascentista holandês. Mas o que Carvin tinha de mais característico, o que a tornava inegavelmente uma cidade do norte, era sua Grand Place, a praça principal onde tudo de interessante que pudesse acontecer, acontecia. Poderia parecer uma praça comum, com alguns salões de cabeleireiro, bancos, óticas e restaurantes, não fosse pela incrível padaria da sra. Bonnin.

Nas manhãs de sábado, a primeira tarefa de Maude era comprar croissants para a família Ruchet. Não era sua tarefa menos favorita, já que ela gostava de caminhar pela cidade deserta, quando a única outra pessoa acordada era a própria sra. Bonnin. Maude tinha um grande carinho pela padeira.

Naquele dia, duas semanas após sua viagem a Paris, nuvens cinzentas e suaves cobriam o céu. O ar estava úmido; as ruas, molhadas; e gotas de chuva escorriam dos postes direto para o cabelo frisado de Maude enquanto ela deslizava por entre as folhas que começavam a mudar de cor, cobrindo a cidade com um novo manto outonal em tons de marrom.

Quando Maude empurrou a porta da padaria, o sino anunciou sua chegada com um tilintar alegre. A sra. Bonnin apressou-se até o balcão para cumprimentar sua cliente favorita.

A sra. Bonnin era uma mulher bonita, rechonchuda, que sempre recebia os clientes com um sorriso, mesmo nas ocasiões em que não havia motivo para sorrir. Também era a fofoqueira da cidade. Toda cidade pequena na França tem uma, e ela era excelente nisso. Na verdade, a localização da *boulangerie*, bem no centro da cidade, era perfeita para a missão que ela acreditava ter sido chamada a cumprir. Detrás do balcão, no que chamava de "posto de observação", a sra. Bonnin observava todos os novos casais dando as mãos, cheios de amor, e assistia sem pudor quando, na semana seguinte, o mesmo casal brigava aos berros na varanda do café La Torche. A sra. Bonnin já havia contado a Maude que um dia fora o centro de todas as histórias malucas da cidade, mas agora morria de tédio da própria vida. Não suportava a monotonia de sua existência calma e sem eventos, e ansiava por uma diversão. Era por isso que passava o tempo observando os infortúnios alheios e comentando-os com as amigas. Nunca fazia isso para magoar ninguém; ela só não conseguia evitar, e ninguém em Carvin de fato a culpava por isso, já que as notícias que ela trazia eram mais interessantes do que o jornal local. Conhecia a vida e a história de todos em Carvin.

Todos, menos Maude. Certa vez, Maude criara coragem para perguntar sobre si mesma, mas tudo o que a sra. Bonnin sabia era que, dezesseis anos antes, o sr. Ruchet chegara em casa com uma bebê negra graciosa, bela e sorridente. O sr. Ruchet, que se recusara a dar qualquer informação sobre a criança recém-nascida, virou o centro das especulações mais malucas. O assunto tomou conta da cidade por três meses, até ser abafado por um novo escândalo explosivo: o desvio de dinheiro do prefeito.

– Você, minha querida, continua magrela como sempre – repreendeu a sra. Bonnin. – Não vai sair daqui sem um bom café da manhã.

– Não posso – respondeu Maude, com pesar. – A sra. Ruchet está me esperando. Ela precisa que eu faça uma boa faxina na sala e na cozinha antes das amigas dela chegarem.

– Ela não vai morrer se esperar trinta minutinhos. Ela mesma podia fazer alguma coisa de vez em quando. Senta, senta. Escolha o que quiser!

Maude obedeceu e se sentou a uma das mesas redondas da padaria. Suas palavras favoritas no mundo eram o convite da sra. Bonnin para "escolher o que quisesse". Mas como Maude poderia escolher entre os esplêndidos tesouros espalhados pela padaria em bandejas giratórias e prateleiras coloridas? Bolos de frutas recém-assados, croissants, baguetes fofinhas, cupcakes pingando de Nutella quentinha, e tortinhas cobertas de morangos vermelhos como rubis, tudo isso envolvido pelo doce aroma de chocolate derretido que preenchia o ambiente.

Educadamente, Maude escolheu um croissant. Sempre deixava as melhores guloseimas para os clientes pagantes. A sra. Bonnin se sentou à sua frente com uma xícara fumegante de café.

– Você nunca vai adivinhar qual feirante está tendo um caso com o Pascal!

– Adoro um bom jogo de adivinhação – disse Maude, animada. – Deixa eu pensar... Marianne, a vendedora de frutas?

– Ela anda bem próxima do rapaz do peixe. Andei pescando alguma coisa aí, se quer saber. – Os olhos da sra. Bonnin brilharam de orgulho pela própria piada.

– Ah, então quem sobra na feira? Vamos ver... Nãããão, a moça do queijo.

– Por tudo que é mais sagrado.

– E qual é a prova?

– Vi os dois passeando pela Grand Place às *onze* da noite passada. Vi com meus próprios olhos. Ela riu de uma das piadas idiotas dele *e* – a sra. Bonnin se inclinou para Maude, dando um tom dramático à revelação – ficou a centímetros do rosto dele mesmo depois de ele ter comido metade de uma torta de queijo Maroilles. Imagine o cheiro!

– Eca! – Maude levou as mãos ao nariz.

Como boa garota do norte da França, ela adorava queijo Maroilles tanto quanto todo mundo, mas jamais ficaria a centímetros de alguém que tivesse acabado de comer aquele queijo de cheiro tão forte. A não ser que essa pessoa fosse Stephane, claro.

– Preciso ver se a próxima fornada de baguetes não está queimando! – exclamou a sra. Bonnin, levantando-se de súbito. Ela disparou para os fundos da padaria.

Assim que Maude deu uma mordida no croissant amanteigado, Morgane, uma colega da escola, entrou acompanhada da mãe, Jocelyne. As duas poderiam facilmente se passar por gêmeas, sobretudo porque usavam longas saias floridas e jaquetas jeans combinando. O cabelo castanho e espesso emoldurava seus rostos ovais, e as duas usavam óculos de armação quadrada. Havia, no entanto, uma diferença evidente: enquanto a testa da mais velha era marcada por rugas, o rosto da mais jovem era pontuado por espinhas vermelhas.

Maude sempre se fascinava com os mistérios da genética. Pensou, com certa melancolia, como aquelas duas tinham sorte de se parecerem tanto e não conseguiu evitar se perguntar se ela teria alguma semelhança com sua falecida mãe. A garota olhou para Maude, arregalando os olhos por trás dos óculos, e sussurrou algo depressa para a mãe.

– Não é ela – respondeu Jocelyne de forma ríspida.

Maude, ocupada devorando seu croissant com apetite voraz, mal percebeu a conversa. Mas Morgane insistiu justamente quando a sra. Bonnin retornava do fundo da padaria.

– Olha! – Morgane tirou o celular do bolso da jaqueta jeans e o enfiou diante dos olhos da mãe.

O som do vídeo ecoou pela padaria: era a voz de Maude cantando "Cortando Laços"!

Maude mordeu a língua de surpresa.

– Ai! – resmungou, com os olhos marejando.

– O que foi isso? – perguntou a sra. Bonnin, ao mesmo tempo que Maude gesticulava freneticamente para Morgane guardar o celular.

Tarde demais. Em três passos apressados, a sra. Bonnin estava ao lado da garota, espiando a tela com seus olhos curiosos.

– Mas o quê...? Maude, é você? – gritou a padeira.

– Acho que não – respondeu Maude, preferindo evitar a verdade, já que não sabia quanto do seu rosto aparecia no vídeo. – Não pode ser. Estou bem aqui.

Ela não tinha certeza de quanto a sra. Bonnin sabia sobre a internet.

– Não é ao vivo, Maude – retrucou a sra. Bonnin.

Droga, pensou Maude, escondendo o rosto nas mãos. A sra. Bonnin era mais esperta do que ela imaginava.

– Você viu quantas visualizações tem isso? – exclamou a padeira, arrancando o celular das mãos de Morgane. – Tem, tipo, trinta milhões!

– O quê? – Maude ergueu a cabeça. – Ela empurrou a cadeira para trás e se inclinou para perto da sra. Bonnin, que escondeu o celular debaixo do chapéu de chef.

– Achei que tivesse dito que não era você.

– Tá bom, o que aconteceu foi que... talvez eu tenha cantado em um café parisiense duas semanas atrás – admitiu Maude. – E pode ser que um turista qualquer tenha postado o vídeo. Mas eu pensei que ele tivesse, sei lá, uns cem seguidores no máximo.

– Em que mundo você vive? – disse Morgane, pegando o celular debaixo do chapéu da sra. Bonnin. – O Chad, o Expat, é um influenciador gigante com mais de cinco milhões de seguidores, incluindo eu.

– Mas se tem trinta milhões de visualizações, isso só pode significar uma coisa – observou a mãe de Morgane.

Mãe e filha gritaram juntas:

– O vídeo viralizou!

– Mãe, precisamos contar pra todo mundo! – Morgane passou um braço pelos ombros de Maude, tirou uma selfie rápida antes que Maude pudesse protestar e saiu correndo da padaria, seguida pela mãe gêmea.

– Preciso ir. A sra. Ruchet está me esperando – disse Maude, apressada.

– Espera! – A sra. Bonnin ergueu um dedo autoritário.

– Desculpa por não ter contado, sra. Bonnin. Juro que não achei que alguém fosse descobrir.

A sra. Bonnin não deu ouvidos. Sumiu atrás do balcão e voltou com uma sacola cheia de guloseimas.

– Leva isso.

– Sra. Bonnin, de verdade, a senhora não pode me dar uma sacola cheia de comida toda vez que eu venho aqui.

– Tem uma torta de queijo Maroilles aí dentro. Coma quando não tiver ninguém por perto. E não deixe a sra. Ruchet ver.

Maude sabia que era inútil discutir. Pegou a sacola, com gratidão, e saiu. Mas, em vez de voltar para casa, correu direto para a biblioteca.

Entrou tropeçando pelas portas de vidro e parou por um instante, tentando acalmar a mente.

Foi ali, naquela mesma biblioteca, que aprendeu sozinha a cantar ópera e tocar piano, atrás da porta trancada do pequeno auditório à direita. Desde os onze anos, mergulhava nas partituras, aprendendo tudo sobre piano clássico e ópera.

Todos os intervalos de almoço, a gentil bibliotecária a deixava entrar quando não havia ninguém, para que ela pudesse praticar em segredo. Sua família adotiva nem sabia que ela cantava.

Mas agora o mundo inteiro sabia?

Um pensamento terrível incomodava sua mente. E se todos a odiassem?

Isso quase fez Maude dar meia-volta e fugir dali. Mas ela não era covarde. Caminhou decidida até o computador mais próximo e fez login na sua conta do PixeLight.

Estava prestes a digitar *Chad, o Expat* na barra de pesquisa quando um ícone piscando no canto superior direito da tela chamou sua atenção.

Ela clicou.

No mesmo instante, uma lista de nomes desceu como os créditos finais de um filme.

Sten-T29 começou a seguir você

Lisa402 começou a seguir você

PenaLaronja218 começou a seguir você

E a lista continuava.

Ela foi até o próprio perfil para conferir o total de seguidores.

– Vinte milhões de seguidores. – Ela ficou boquiaberta.

Fechou a página, mas sabia que isso não mudaria nada.

Ela era uma celebridade da internet!

Três

Atordoada, Maude seguiu o caminho de volta para casa. Por sorte, não era longe. Carregando a sacola de comida, ela passou pela fábrica de vinagre na sua rua e seus grandes containers cilíndricos. Pela primeira vez, deu pouca atenção ao cheiro pungente que lhe ardia nas narinas ao chegar em frente à casa de dois andares dos Ruchet. A construção de tamanho médio, com fachada de tijolo à vista, ficava em uma fila de moradias vermelhas no estilo típico da revolução industrial, lembrando o passado minerador de Carvin.

Assim que entrou, Maude ouviu um gemido, seguido de um resmungo.

– Por que, por que, por que minha vida tem que ser tão difícil? – E então: – Maude, venha aqui agora mesmo!

Maude largou a sacola na cozinha e se juntou à sra. Ruchet na sala de estar. Os gêmeos de oito anos, Leo e Louis, brincavam com Lego perto da lareira, fazendo muito barulho.

Marie-Antoinette Ruchet era uma mulher imponente, com cabelo curto e loiro, que formava um emaranhado selvagem ao redor de seu rosto. Ela passava a maior parte do tempo sentada no sofá, com as pernas apoiadas em uma almofada verde-escura à sua frente, assistindo a novelas na televisão, sempre odiando as atrizes por serem tão magras. Seus olhos escuros acompanhavam a carranca de sempre, que às vezes se transformava em um sorriso sarcástico quando Maude não ajeitava a almofada como deveria. Nos últimos dois dias, sua mãe adotiva andava mais difícil do que nunca, pois havia começado sua enésima nova dieta. Maude não pôde deixar de sorrir ao se lembrar de como a sra. Ruchet se alimentou apenas de vegetais e frutas vermelhas nos últimos dias. Não comia nada além de tomates, rabanetes, pimentões, morangos e cerejas, e se forçava a beber suco de tomate.

– Que história é essa que ouvi da Jocelyne? Você cantando e dançando em um cabaré parisiense? – perguntou a sra. Ruchet, com animosidade não disfarçada.

– Eu nem sei dançar! E era apenas um simples café – protestou Maude.

– Você está me respondendo? Eu disse ao Robert que não devíamos deixar você ir nessa viagem escolar – continuou a dizer a sra. Ruchet, sem dar ouvidos aos protestos. – Mas aquela fofoqueira da padaria insistiu e me subornou com quiches grátis. Você voltou com catorze horas de detenção, mas parecia que quem estava sendo punida era eu. Tive que cuidar dos gêmeos depois da escola, sozinha, por duas semanas.

– A sra. Bonnin te ajudou – apontou Maude.

– Não me interrompa enquanto eu falo! – rosnou a sra. Ruchet. – Primeiro a detenção, agora isso. Cantando e dançando no Moulin Rouge. Por que nunca consigo ter paz? Só terei paz quando estiver debaixo da terra.

A sra. Ruchet grunhiu, esticando as pernas sobre a almofada amassada.

– O Moulin Rouge fica a quilômetros de onde eu estava – murmurou Maude.

– Eu mandei calar a boca! Só quero saber por que você sempre retribui nossa bondade se comportando mal. Por que você me dá tanto trabalho?

Maude permaneceu em silêncio, mas com a postura ereta.

– Responda quando eu te faço uma pergunta!

– Você *acabou* de me mandar ficar quieta – respondeu Maude, impassível.

– Não venha com gracinhas para cima de mim! Não consigo nem olhar pra você agora. Vai já para o quarto! – ordenou a sra. Ruchet. Então, se lembrando de suas ordens anteriores, gritou: – Volte em trinta minutos para arrumar a casa antes de Caroline e Virginie chegarem.

Maude suspirou, saiu da sala e subiu as escadas para o quarto no sótão.

Assim que entrou, deu um longo suspiro, exalando devagar. Este quarto, iluminado por várias lâmpadas, era o único lugar onde ela se sentia em paz, rodeada por pôsteres das suas divas de ópera favoritas, suas estantes cheias de livros em inglês e partituras, e uma infinidade de almofadas quadriculadas.

Em qualquer outro cômodo, ela era vista apenas como a empregada da casa, passando a maior parte do tempo livre limpando, cozinhando para a família e cuidando dos gêmeos travessos do casal. Lá no fundo, ela sentia que seria uma boa mudança ter pessoas para conversar além dos gêmeos Ruchet, que a viam apenas como uma babá irritante. Ela ansiava por amizade e uma família desde que se entendia por gente. Chegou a pensar, de maneira tola, que bondade, humildade e obediência fariam a sra. Ruchet se afeiçoar a ela. Errou feio nessa!

Maude sabia que a sra. Ruchet usaria o vídeo como desculpa para que ela fizesse mais tarefas domésticas, embora fosse um vídeo inofensivo, um alvoroço que logo morreria em um dia ou dois. Pelo menos, Maude esperava que fosse assim.

Mas não foi.

Nos dias seguintes, toda a cidade falava de apenas uma coisa: o sucesso repentino de Maude. Então, em um desses dias, sentada ao computador da biblioteca, ela deu um olhada em sua conta no PixeLight. Mensagens de fãs inundaram sua caixa de entrada! Deliciada, Maude leu uma por uma até perceber que algumas mensagens eram de gravadoras. Elas não só queriam falar com ela, mas prometiam transformá-la em uma estrela!

Ela deu um grito – mas não muito alto, pois estava na biblioteca.

Maude passou horas pesquisando a primeira gravadora, a Star Records, com sede em Paris. Absorvendo cada página do site, ela podia se imaginar cantando ópera em seus elegantes prédios haussmanianos no 9º arrondissement. Entre os artistas, Maude notou que eles haviam assinado outro cantor de ópera para um álbum completo de música clássica.

– Vou ser uma estrela de ópera! – exclamou Maude em um sussurro alto.

No mesmo instante, ela respondeu à mensagem e marcou uma videochamada para o dia seguinte com a sra. Frébert.

Finalmente! Ela poderia voltar para Paris muito antes do que jamais havia imaginado.

No dia seguinte, Maude se sentou diante da tela na sala de reuniões da biblioteca. Tentou ficar com a melhor aparência possível. Tirara a camiseta amarela desbotada. Sem pedir, ela havia pegado uma das blusas da sra. Ruchet. Por sorte, a sra. Frébert não veria suas leggings desgastadas.

O ícone da videochamada apareceu, e Maude atendeu com um sorriso largo.

– Olá, oi, Maude – disse a sra. Frébert.

– Oi, é um prazer te conhecer.

A voz de Maude estava trêmula de excitação, e ela ficou aliviada por a mulher não poder ver suas mãos suadas. Sua interlocutora estava impecável, vestida casualmente com uma camiseta rosa-clara e quase sem maquiagem, mas com uma classe inegável.

– O prazer é todo meu, na verdade – continuou dizendo a sra. Frébert. – Todo mundo tem falado de você. Você é um verdadeiro sucesso.

As palavras soavam elogiosas, mas o sorriso da mulher não se refletia em seus olhos.

– Obrigada. – Foi só o que Maude disse.

– Por que não me conta um pouco mais sobre você?

– Não tenho muito o que dizer, na verdade. Cresci aqui em Carvin e descobri a música clássica aos onze anos. Tenho tocado piano desde então. – Maude continuou com a história sobre Paris, seu encontro com Chad, como cantou a versão da música. Ao terminar, ela disse: – Estou tão feliz que tenha me procurado porque sonho em me tornar cantora de ópera.

– Espera, ópera? – As mãos bem-cuidadas da sra. Frébert se cruzaram sob o queixo. – Mas você cantou uma música pop.

– Mas como se fosse ópera – disse Maude.

– Mas nós faríamos de você uma estrela do pop. Ninguém quer ouvir você cantando ópera.

– O vídeo viralizou – apontou Maude.

– E isso é muito bom, mas você não vai construir uma carreira duradoura assim. Você precisa aproveitar e lançar sua carreira pop. Esqueça a ópera.

As palavras foram como balas no coração de Maude.

– Esquecer a ópera? – repetiu Maude. – Sinto muito, sra. Frébert, mas não estou interessada. A ópera sempre foi o meu sonho.

– Então, nós também não estamos interessados. Espero que você encontre o que procura – disse a sra. Frébert, com um suspiro impaciente.

A sra. Frébert desligou. E Maude ficou com nada além de uma decepção profunda. Por um momento, ela achou que conseguiria sair de Carvin, que iria para Paris e finalmente viveria seu sonho.

• • •

As mensagens não pararam nos dias que se seguiram. Muitas eram spam, mas outras vieram de grandes gravadoras internacionais de Londres, Nova York e Los Angeles, prometendo lançar sua carreira como cantora pop ou em uma banda feminina. Maude estava lisonjeada, chocada, empolgada e confusa. Mas tudo parecia inútil. Afinal, ela jamais teria permissão para sair da casa dos Ruchet e ir para o exterior. E, além disso, seu foco era a ópera. Não o pop!

Ela verificou os sites das gravadoras e, apesar da curiosidade, deletou todas as mensagens, incluindo um e-mail da Glitter Records, vários da DisCover Records e outro de um homem chamado Terence Baldwin, da Soulville Records. Maude ficou satisfeita por ter colocado um fim naquilo, até que tudo veio à tona...

Em uma fria tarde de novembro, no dia 28, para ser exata, Maude estava na ótica da praça cumprindo uma tarefa para a sra. Ruchet, quando olhou pela janela e viu um homem negro alto, com um casaco marrom elegante, caminhando pela Grand Place, acompanhado de uma jovem mulher que ela imaginou ser sua filha, tamanha a semelhança dos gestos deles.

Eles pararam, incertos de qual direção tomar. A garota apontou para a esquerda, enquanto ele apontou para a direita. Ao avistar a padaria aberta, ele se dirigiu para lá.

Maude observou cada detalhe dos dois estranhos. O homem tinha um rosto gentil, emoldurado pelo cabelo grisalho que se curvava sobre as têmporas. A linha em sua bochecha esquerda mostrava que ele sempre sorria para a vida, e a ausência de rugas em sua testa sugeria que ele não deixava as preocupações o incomodarem tanto assim. Sua filha tinha pele negra impecável e longas tranças *box braids*. Seus olhos castanho-escuros eram gentis, e seus passos eram suaves. O casaco dela era simples, mas chique, e as botas de salto baixo faziam com que parecesse elegante sem esforço.

O homem se parecia muito com a foto do sr. Baldwin, da Soulville Records, que Maude tinha visto. Mas não poderia ser. Ele morava em Nova York.

Fechando o casaco e puxando o capuz para a cabeça, Maude saiu da loja e seguiu os dois estranhos de longe até vê-los entrarem na padaria da sra. Bonnin. Ela correu para trás da padaria e entrou pela porta dos fundos do estabelecimento. Curvada na área de panificação, espiou a loja com discrição e viu a sra. Bonnin cumprimentando os estranhos.

– *Bonjour* – disse o homem para a padeira, com um francês hesitante. – Meu nome é Terence Baldwin. Esta é minha filha, Cynthia. Estamos procurando por esse local – ele levantou um cartão com um endereço impresso – e por Maude Laurent.

Maude se assustou e se encostou na parede. O que o sr. Baldwin estava fazendo na França? Dominada pela curiosidade, ela se afastou da parede e espiou de novo pela janela para dentro da loja.

A sra. Bonnin, que Maude tinha certeza de que mal tinha entendido o "bonjour" dele, perguntou em francês:

– Quem é esse homem? Por que ele mencionou Maude?

Maude sabia que a sra. Bonnin não falava uma palavra de inglês e certamente não conseguiria dar direções para aquele estranho, mesmo que sua vida dependesse disso.

A padeira levantou as duas mãos, sinalizando para ele esperar. Colocou o casaco quente, as luvas e escondeu o cabelo dentro do capuz. Pegou suas chaves para trancar a porta principal atrás de si. *Não que a padaria fosse ser roubada*, pensou Maude, *pois nada nunca acontecia em Carvin*. A polícia local raramente estava ocupada.

Eles estavam indo para a casa dela; Maude tinha certeza.

Ela correu para fora da padaria, pegou uma bicicleta perdida e pedalou de volta para casa o mais rápido que pôde. Gotas de suor perdiam-se em sua testa enquanto ela corria para dentro.

– Maude, onde você estava? – lamentou a sra. Ruchet da sala de estar. – Você não deveria fazer um bolo para o chá da tarde?

– Já estou fazendo! – gritou Maude.

Ela correu para a cozinha, jogando farinha, ovos, açúcar, manteiga e leite em uma tigela. Misturando a massa, Maude correu de volta e ficou perto da entrada principal. Temendo que os Ruchet abririam a porta, ela olhava sem parar pelo olho mágico, para ver quando o trio chegaria.

A sra. Bonnin estava andando tão rápido que os Baldwin tinham dificuldade em acompanhá-la. Maude conseguia ver os lábios da padeira se contraindo enquanto ela murmurava animada para si mesma, olhando para a dupla de vez em quando. Terence se virou para ela.

– Obrigado – disse ele, com educação. – Muito obrigado. Você é muito gentil.

Ele se virou para o botão da campainha, então deu uma rápida olhada por cima do ombro e se assustou. Maude percebeu que ele esperava que a padeira já tivesse ido embora. Ela apenas sorriu para ele, esperando que tocasse a campainha.

Maude grunhiu. Por que a sra. Bonnin não podia cuidar da própria vida pelo menos uma vez? Se Maude falasse com os Baldwin na frente dela, toda a cidade, incluindo os Ruchet, saberiam os detalhes da conversa antes do pôr do sol.

– Pai, você acha que essa mulher vai ficar aqui enquanto conversamos com a Maude? – Maude ouviu Cynthia perguntar. O sorriso forçado no rosto dela não conseguia esconder sua ansiedade.

Maude viu o pai da garota dar de ombros enquanto ele tocava a campainha.

Ela abriu a porta com tanta força que, claro, o inevitável aconteceu.

A tigela caiu no chão. O barulho estrondoso ecoou pela casa, e o vidro e a massa se espalharam por todo o piso, que

Maude havia limpado naquela mesma manhã, e também sobre os pés de Maude e os sapatos pretos polidos de Terence Baldwin. Cynthia deu uma risadinha. Ela havia sido poupada, assim como a sra. Bonnin.

Antes que Maude pudesse dizer uma palavra, uma voz irritada chamou da sala de estar:

– O que está acontecendo? Quem está na porta?

O sr. Ruchet, um pouco mais propenso a se mover do que sua esposa, apareceu na porta. Era um homem magro, com cabelo ralo e pele pálida. Ele franziu a testa ao observar a extensão do desastre, passando a mão pelo queixo como costumava fazer quando pensava.

– Que bagunça é essa? – disse. – Limpe isso, Maude. Que desperdício. Agora, o que vamos comer durante o chá da tarde? – Então, virando-se e se dirigindo aos seus visitantes não convidados, ele perguntou: – Quem são essas pessoas? Sra. Bonnin, o que está fazendo aqui?

– Sr. Ruchet – sussurrou a sra. Bonnin, inclinando-se para a porta. – Essas pessoas falam inglês. Nada de francês. E elas querem ver a *Maude*.

O sr. Ruchet olhou para os estranhos, olhou de volta para a sra. Bonnin e disse, com um tom firme:

– Obrigado por trazê-los, sra. Bonnin. *Eu* assumo daqui.

Ele a encarou com frieza. Estava óbvio que achava que a sra. Bonnin já tinha ficado tempo ali por demais. Ela se virou para o sr. Baldwin, sorriu e disse em voz alta:

– *Au revoir*, Monsieur. Bom dia! – disse, com orgulho.

Parecendo bastante satisfeita consigo mesma, a sra. Bonnin se afastou.

O sr. Ruchet se virou para os Baldwin e os convidou para entrar. Eles atravessaram a sala de estar, onde a sra. Ruchet tomava um copo de suco de tomate, com uma expressão sombria. A cara dela estava digna de nota. Ela odiava ser interrompida!

Maude correu para a cozinha, saiu novamente com um esfregão e avaliou a situação com um aperto no coração. Ela com certeza estava em apuros. Começou a limpar a massa que havia derramado, mas ficou perto da porta para poder ouvir a conversa.

O sr. Ruchet, como ex-advogado internacional de direitos humanos, falava inglês muito bem, embora com um forte sotaque francês que, como ele sempre se gabava, fazia as garotas americanas suspirarem toda vez que pronunciava *r* como *rr*.

O anfitrião e os novos convidados se sentaram, e o sr. Ruchet disse em inglês:

– Vocês vie*rr*am ve*r* a Maude?

– Sim – disse o sr. Baldwin, devagar. – Meu nome é Terence Baldwin, e sou produtor musical da Soulville Records, em Nova York. Aqui está meu cartão.

– E o que você pode*rr*ia que*rr*e*r* com a *Maude*? – perguntou o sr. Ruchet, pronunciando o nome de Maude com desprezo. – Isso tem a ve*r* com aquele vídeo de que todo mundo tem falado?

Maude limpou o resto da massa, depois se aproximou de mansinho da sala de estar, espiando lá dentro.

O sr. Baldwin fingiu não perceber o desdém do outro homem e falou com calma:

– A Maude é uma musicista muito talentosa.

– A Maude? – resmungou a sra. Ruchet, se engasgando com sua bebida.

Ela tossiu alto. Maude sabia que ela não tinha tanto conhecimento de inglês quanto o marido, mas entendia um pouco.

– O que minha esposa que*r* dize*r* – começou a falar o sr. Ruchet – é que você, com toda ce*r*teza, deve esta*r* enganado. A ga*rr*ota não tem talento nenhum. Ela não é musicista e não tem talento algum em qualque*r* domínio a*r*tístico.

Terence olhou fixamente para o sr. Ruchet e disse:

– Você assistiu ao vídeo?

– Eu sou advogado, defenso*r* da lei. Não tenho tempo pa*rr*a fica*r* *r*olando o Pixel Tights.

– PixeLight – corrigiu Cynthia, reprimindo um sorriso.

– Ela tem um talento como poucos que já vi. Meu sogro e eu nunca concordamos em nada, mas até ele percebeu que ela pode ser uma estrela. Eu gostaria de assinar Maude com a Soulville. Se Maude consegue fazer tanto um velho rabugento gostar dela, e acredite, ele é muito rabugento, ainda mais desde o infarto, quanto uma garota de vinte anos, como minha filha aqui, isso significa uma coisa: a música dela é uma ponte entre gerações.

A sra. Ruchet quase deixou cair o suco de tomate.

– Olha – continuou a dizer Terence Baldwin, com firmeza, abrindo sua maleta. – Eu vim até aqui por um motivo. Minha empresa gostaria de assinar com a Maude. Eu tenho um contrato aqui para três *singles* que liberaríamos ao longo de seis meses. E, se forem sucessos, gravaríamos um álbum completo. Claro, como guardiões dela, vocês receberiam uma porcentagem de todos os ganhos dela e...

– Quanto vamos ganha*r*? – interrompeu rapidamente o sr. Ruchet.

– Como guardiões, vocês têm direito a dez por cento do adiantamento e dos royalties. – Terence apontou para uma seção do contrato.

Os Ruchet se inclinaram e gritaram de empolgação ao ver o número. O grande sorriso de lobisomem da sra. Ruchet revelou dentes cobertos pelo espesso suco de tomate.

– S*r*. Batwing – coaxou o sr. Ruchet. – Sente-se confo*r*tavelmente enquanto a Maude p*r*epa*rr*a uma xíca*rr*a de café pa*rr*a vocês dois. Maude! – gritou o sr. Ruchet.

– É Baldwin – corrigiu Cynthia.

– Eu não preciso de café – respondeu o sr. Baldwin. – Mas gostaria de falar com a Maude e talvez discutir...

– Desculpe, não há nada para discutir – disse Maude,

aparecendo na entrada da sala de estar e falando em inglês. Ela se recusava a permanecer em silêncio por mais tempo. - Eu não quero me tornar uma popstar. Quero ser uma cantora de ópera.

- Exatamente. Essa é sua força - disse o sr. Baldwin. - Nós faríamos você criar canções que fossem uma mistura de música clássica e pop.

Maude refletiu sobre a oferta. Isso estava bem distante do conselho da sra. Frébert, de abandonar a música clássica de vez.

- Eu compus algumas árias, mas nunca escrevi uma música pop na minha vida - disse Maude, pensando que essa informação extra talvez fizesse o sr. Baldwin desistir da ideia.

- Você já trabalhou com músicas de ópera? - Terence coçou o queixo, pensativo, e então um brilho de entusiasmo iluminou seus olhos. - Podemos te colocar para fazer dupla com um cantor pop supertalentoso! Tenho alguém em mente, mas vamos ver.

- Maude - acrescentou Cynthia, empolgada -, tem mais. Você treinaria com a incomparável Cordelia Tragent.

- Você conhece a Cordelia Tragent? A famosa soprano? - indagou Maude, sentindo uma leve empolgação ao ouvir o nome da cantora de ópera famosa.

- Ela está aposentada agora, como você já deve saber - disse o sr. Baldwin. - Mas ela é professora de canto e tem um método de ensino preciso. Ela usa o treinamento de cantores de ópera para fortalecer as vozes de estudantes que querem se tornar artistas pop. E também ajuda cantores de ópera a cantar pop. A técnica dela foi um sucesso estrondoso.

O coração de Maude disparou. Conhecer sua ídola, trabalhar com ela? Isso era um sonho se tornando realidade. Quase.

Ela ainda teria que cantar pop. Pelo menos em partes.

- Eu teria que ir para Nova York? - perguntou Maude.

- Sim, por seis meses - disse o sr. Baldwin, com gentileza.

– O sr. ou a sra. Ruchet podem acompanhá-la, se quiserem. Muitas das ga*rr*otas, ééé, quer dizer, *garotas* musicistas que assinamos vão com pelo menos um dos pais. Incentivamos bastante essa prática, pois proporciona estrutura e orientação.

– A família *inteirra* não pode se muda*r* pa*rr*a Nova Yo*r*k, s*r*. Batling – disse o sr. Ruchet, com um sorriso sarcástico. – Maude i*rr*á sozinha.

– Eu ainda não decidi se vou – respondeu Maude.

– Se a Maude for sozinha – ponderou Cynthia, animada –, nós cuidaremos dela. Ela ficaria com a nossa família. Eu tenho uma irmã. Ela tem a mesma idade da Maude. Você tem dezesseis anos, certo? É o que diz seu perfil no PixeLight. Elas ficariam na mesma turma! E eu tenho um irmãozinho bobinho que ficaria feliz com a presença dela também.

– Já recebemos músicos jovens em nossa casa várias vezes enquanto eles produziam seus álbuns – acrescentou o sr. Baldwin. – Minha esposa e eu cuidaremos da Maude como se fosse nossa filha. Eu garanto isso.

– Maude – disse Cynthia, com gentileza, colocando as mãos nos joelhos. – Eu sei que é muito para digerir. Mas, como sua publicitária, eu gerenciaria sua imagem pessoalmente. Eu iria além disso e garantiria que sua carreira fosse tudo o que você quer que seja. Nós nos divertiríamos muito juntas, eu prometo.

Os olhos de Cynthia brilhavam com tanta sinceridade e calor que Maude respondeu com um sorriso no mesmo instante.

– Tenho que pensar a respeito.

– O que ela que*r* dize*r* é que vai, sim – disse o sr. Ruchet.

– Eu vou pensar a respeito – insistiu Maude.

– Queremos que você diga sim porque *você* quer – reiterou Cynthia. – Estaremos na cidade pelo resto da semana. Se tiver alguma dúvida, pode vir falar com a gente.

Cynthia e Terence se levantaram e, depois de um aperto de mãos educado, saíram.

Naquela noite, Maude não conseguiu dormir. Ficou se revirando na cama, pensando em suas opções. Como uma simples música *cover* provocou tais repercussões? Em pouco mais de uma semana, ela havia falado com dois representantes de grandes gravadoras, e um havia viajado para se encontrar com ela. Mesmo assim, nunca imaginou sair da França tão cedo; na verdade, não tinha imaginado sair de lá nunca. Ela acabara de se apaixonar por Paris, e o que sabia sobre Nova York? Ela estaria em um país totalmente novo, com uma cultura diferente. E se não conseguisse falar inglês direito? E se seus três *singles* fossem um fracasso? Ela voltaria para Carvin e todos zombariam dela. Mas então havia Cordelia Tragent. A Soulville não queria apagar a música clássica da sua carreira, como a Star Records sugerira. Era uma grande oportunidade.

Maude se levantou da cama, calçou os chinelos e desceu as escadas sem fazer barulho. Quando se aproximou da cozinha, viu a luz acesa e ouviu vozes. Seus pais adotivos estavam acordados.

– ... isso é o que podemos comprar com o dinheiro do adiantamento – dizia a sra. Ruchet.

– Mas tem algo mais a considerar, *ma chérie* – sussurrou o sr. Ruchet.

Maude se aproximou mais da porta da cozinha para ouvir a voz grave do sr. Ruchet.

– O pai dela morou lá por um tempo. Há uma grande comunidade nigeriana em Nova York, e se ela descobrir...?

– Como ela poderia? Ela não sabe nada sobre o Aaron – interrompeu a sra. Ruchet. – Ela nem sabe que é parte nigeriana. Ela não vai descobrir nada. Agora, como vamos esconder o dinheiro que vamos receber do álbum dela da Receita Federal?

Maude levou a mão à boca, esperando que não ouvissem seu suspiro.

Aaron. Aaron Laurent. Seu pai. Ele morou em Nova York! Ela nunca havia chegado tão perto de descobrir algo a respeito de sua família. Precisava saber mais; precisava descobrir quem eram seus pais e como morreram. Encontrar mais informações sobre um homem nigeriano com um nome francês não poderia ser tão difícil.

A decisão de Maude estava tomada. Ela iria para Nova York.

Quatro

– *Senhoras e senhores, chegamos com segurança ao Aeroporto Internacional JFK. Esperamos que tenham aproveitado o voo. Toda a tripulação deseja a vocês uma excelente estadia na cidade de Nova York.*

Maude fechou seu livro sobre culturas nigerianas e olhou empolgada pela janela do avião. Até que enfim havia chegado à cidade de seu pai.

Uma preocupação não saía de sua mente. Depois de digitar o nome do pai, *Aaron Laurent*, no Google, não encontrara nada a respeito dele. É verdade que *Laurent* não parecia ser um nome nigeriano nem britânico. Ela havia decidido que seu pai deveria ser meio francês, e por isso ela nasceu lá. Talvez ele tivesse vivido em Nova York por algum tempo na juventude. Ela encontraria informações a respeito dele, mesmo que tivesse que bater de porta em porta pela cidade.

Maude estava empolgada por voar pela primeira vez, mas não esperava que dormir em um avião fosse tão desconfortável. Nada foi tão assustador quanto a decolagem, e ver o aeroporto lá de cima, nas imensidões do céu.

No entanto, a qualidade de um voo depende em parte do comportamento de quem está no assento adjacente, e Maude chegou bem perto de perder a paciência com o passageiro ao lado dela. A cada solavanco que o avião dava, o homem de meia-idade saltava e soltava um grito agudo, durante as oito horas do voo de Paris a Nova York. Felizmente, ela assistiu a filmes, leu e descobriu que adorava comida de avião. Ela também revisou suas lições de fonética e gramática em inglês, incluindo a temida lista de verbos irregulares que seu tutor britânico lhe dera. Desde o momento em que soubera que iria para Nova York, Maude se matriculara em cursos intensivos de inglês para melhorar suas habilidades orais e escritas. Durante dias, ela ouviu apenas óperas de Purcell, abandonando temporariamente suas amadas árias italianas. Tudo teria valido a pena, pensou, feliz, enquanto pegava a bagagem de mão no compartimento superior, se isso a ajudasse a descobrir quem foram os pais dela.

Depois de sair do avião e passar pela imigração, Maude se perguntou o que diria à sra. Baldwin. O sr. Baldwin avisara que não estaria no aeroporto e que seria a esposa a buscar Maude. Ela ensaiara algumas frases de saudação que o tutor havia ensinado, mas sentia que nenhuma delas serviria.

- Prazer em conhecê-la, sra. Baldwin - murmurou para si mesma. Ainda falando sozinha, continuou: - Não, não, essa não serve. Soa educada demais. Não que eu queira parecer mal-educada.

Ela balançou a cabeça. Estava ficando nervosa!

- Talvez "como vai você?". Não sei. Parece meio pomposo, estilo Rainha da Inglaterra. Estou em Nova York, não no Palácio de Buckingham.

Maude parou no meio do caminho e ficou em silêncio.

Eles ainda não a tinham visto, mas ela sabia quem eram.

A poucos metros, um garotinho de uns dez ou onze anos, com cachos escuros abundantes e um sorriso ansioso, acenava com uma placa com o nome dela escrito errado: MAUD. Atrás do menino estava uma mulher alta, com um rosto amável, um sorriso acolhedor e pele escura radiante, usando o cabelo em um afro amarrado com um elegante lenço vermelho.

Victoria Baldwin. Maude notou o quanto ela era bela e se perguntou se ela havia nascido chique daquele jeito, ou se tornara assim com o tempo e disciplina. Então, seus olhos se voltaram para a pessoa que estava ao lado da mulher.

Ela reconheceu Cynthia no mesmo instante. A filha mais velha dos Baldwin sorria enquanto tentava acalmar seu animado irmãozinho. Suas tranças longas estavam presas em um coque bagunçado, fazendo com que sua beleza parecesse natural.

A garota ao lado de Cynthia, que devia ser irmã dela, esticava o pescoço com entusiasmo, procurando pela multidão. Ela usava o cabelo em belos coques bantu, o que lhe dava um ar artístico e chique. Ela tinha a postura confiante de uma garota que se sente bem consigo mesma sem precisar humilhar os outros. Embora estivesse vestida de forma muito estilosa, com um lindo casaco marrom e botas de salto alto, Maude tinha certeza de que ela seria igualmente deslumbrante com jeans velhos e uma camiseta.

Toda a família do sr. Baldwin viera buscá-la, Maude se deu conta de repente, tomada por uma súbita timidez.

Eles, por outro lado, não eram nem um pouco tímidos.

A sra. Baldwin se aproximou dela e, antes que Maude se desse conta, estava cercada por toda a família, todos falando ao mesmo tempo, perguntando como tinha sido o voo, o que ela havia comido, a quais filmes ela tinha assistido, sem nem dar tempo para que pudesse responder.

– Maude! Oi! Eu sou o Ben. *Você* é a Maude, né? – perguntou o garoto, balançando a placa na frente do rosto dela para garantir que ela a visse.

– Hã, sim, sou eu. Acho – respondeu ela, olhando para a placa. – Você esqueceu, ééé... – Maude se concentrou. Ela sempre confundia o *e* e o *i* no inglês. – É a Maude, com *e* no final.

Ótimo, pensou ela, *que bela maneira de cumprimentar seus anfitriões. Devia ter começado com um* "como vai você?".

– Como vai você? – disparou ela.

A família inteira parou, e então se escangalhou de tanto rir.

– Ah, Cynth, você estava certa! – exclamou a garota alta e estilosa, rindo com gosto. – O sotaque dela é tão fofo. Todos os meninos da escola vão ficar loucos por você, Maude.

– Você quer dizer que todos os garotos não são loucos por *você*, Jazmine? – perguntou a irmã em tom de deboche.

– Por favor, Cynthia – implorou a mãe. – Não incentive sua irmã a ser ainda mais vaidosa, caso contrário a Maude não vai aguentar ela por seis meses inteiros.

– E nem a gente – sussurrou o garoto para Maude.

A família voltou a rir, incluindo Jazmine, que deu um tapa brincalhão na cabeça do irmão.

– Falando sério, deveríamos pegar a bagagem da Maude, as caixas e as coisas – disse a sra. Baldwin.

– Eu já estou com a bagagem. É só essa mala, e não está pesada – disse Maude, apontando para sua bagagem de mão.

– *O quê?* – exclamou Jazmine, incrédula. – Você está me dizendo que saiu da França, a terra da moda, por seis meses inteiros com uma única mala?

– Para com isso, Jaz. Nem todo mundo leva cinco malas *enormes* para uma viagem de duas semanas para os Hamptons, sabe – provocou Cynthia, revirando os olhos.

– Eu também não – disse Jazmine, com um sorriso tímido. – Foram quatro malas, irmãzona. E só para lembrar, duas delas eram suas.

– Sim, mas estavam cheias de objetos necessários para minha harmonia e paz interior – respondeu Cynthia.

– É, é. Yin e yang, ioga e essa coisa toda. A gente sabe muito bem. As vinte trocas de roupa também eram essenciais para manter a *minha* paz interior, sabe.

– Fazer o quê? Eu viajo com pouco – explicou Maude, dando de ombros.

Além disso, ela jamais poderia contar a eles que sua mala estava quase toda cheia de partituras de piano. Ela não tinha muitas coisas, e com certeza não tinha cinco malas cheias de roupas descoladas.

– Ah, até que enfim uma garota que me entende – comentou Ben, suspirando aliviado.

– Não fique tão aliviado, Ben – avisou a mãe. – Vamos levá-la para fazer compras neste fim de semana. Mas, antes – acrescentou ela –, um abraço de boas-vindas.

Como se tivessem ensaiado, toda a família envolveu Maude em um abraço tão apertado que ela mal conseguia respirar.

Maude não estava acostumada a ter tantas pessoas prestando atenção nela; isso a deixou um pouco desconfortável. Passara tantos anos ansiando por uma amizade, mas será que estava tão distante de qualquer carinho que até um abraço em grupo a deixava desconfortável? O que eles pensariam se soubessem que o principal motivo de estar ali era descobrir quem era seu pai? Bom, quer dizer, talvez ela também quisesse muito conhecer Cordelia Tragent.

Enquanto estavam no táxi, a caminho de Manhattan, os Baldwin falavam sem parar, querendo saber tudo a respeito dela. Terence e Cynthia não haviam contado muito de Maude, e tudo o que a família sabia vinha do vídeo.

– Não é incrível? – Jazmine suspirou. – Ser descoberta só por cantar em Paris. Paris! Eu amo essa cidade com todas minhas forças, mas não poderia viver lá. Eu amo Nova York demais. Você vai ver, Maude, vai se divertir tanto aqui que não vai querer viver em nenhum outro lugar do mundo.

Maude preferiu não dizer que Paris já dominava todo o seu coração e a sua alma, então deixou a família continuar tagarelando. Ela não conseguiria falar tão rápido quanto eles mesmo.

– Você conhece Édith Piaf? – perguntou Cynthia, com os olhos brilhando. – Ela é uma das minhas cantoras favoritas.

– Você conhece música francesa? – perguntou Maude, surpresa.

– Claro! Mamãe e papai sempre nos incentivaram a ouvir música de todo o mundo.

– Meus pais adotivos, os Ruchet, sempre disseram que os americanos não se importam com ninguém além de si mesmos, principalmente quando se fala de música – disse Maude. Para si mesma, ela murmurou: – Mais uma mentira que eles contaram.

– O papai disse que você conhece todos os compositores clássicos, é verdade? – perguntou Jazmine, apertando o braço de Maude, animada.

Maude assentiu.

– Você vai ter que fazer um dueto com a Cynthia. Ela é uma ótima violinista. – Jazmine se aproximou de Maude e sussurrou: – Ela começou o terceiro ano na Juilliard e trabalha com o papai. E só tem vinte anos. Ela ama se superar.

– Eu ouvi isso, Jaz – disse Cynthia.

– Ah, para com isso, Cynth. Não entendo por que você não gosta que a gente fale da Juilliard. É motivo de muito orgulho.

– Eu não tenho vergonha. É só que, olha, e se eu sempre *te* apresentasse dizendo que você está em uma banda de rock?

– Eu não me importaria – disse Jazmine. – Quanto mais pessoas ouvirem falar da Grito dos Anjos, melhor.

– Você fala com tanto orgulho de tudo o que faço na música, mas eu tenho outros...

– *Foi mal* por me orgulhar da minha irmã mais velha. Quer saber, Maude? Esqueça o que acabei de dizer. A Cynthia é uma péssima violinista. Quando ela toca, todos os cães do bairro começam a latir, e...

– E os gatos choram – tagarelou Benjamin.

A família riu.

– Ah, parem com isso, vocês dois – disse Cynthia, irritada. – Graças a Deus estamos quase em casa.

Enquanto Manhattan passava rapidamente diante de seus olhos, sua beleza, tão diferente da de Paris, maravilhou Maude.

Enquanto os prédios de Paris eram de altura humana, Nova York era uma cidade construída para titãs.

Os arranha-céus tocavam mesmo o céu e pairavam sobre a cidade como árvores tropicais em uma selva. A cidade vibrava com uma energia elétrica e empolgante, com pessoas cruzando em todas as direções, como se estivessem em um formigueiro gigante. Observando pela janela do carro em alta velocidade, envolta em um silêncio de admiração, Maude se sentiu agradavelmente pequena.

Não podia acreditar no quanto as ruas eram largas. Os carros eram enormes! Era um milagre que os entregadores tivessem coragem de pedalar com suas bicicletas ao lado deles, ainda mais no frio de janeiro. Até as escadas de incêndio nos prédios eram um convite para subir a terrenos mais altos. A Ponte TriBeCa, em forma de meia-lua, passou rapidamente diante de seus olhos, junto com lojas de conveniência, salões de cabelo e unhas, spas e supermercados brilhantes.

A cidade de Nova York era repleta de barulho, vida, lojas, cores, sombras e luzes. Maude podia sentir a energia fluindo por suas veias. Ela já se sentia conectada de alguma forma à vibração da cidade, e seu coração começou a bater com o estrondo profundo da cidade.

Esta era a cidade onde seu pai tinha vivido! E ela caminharia pelos mesmos lugares que ele. Naquele momento, Maude queria fazer parte do que via, não apenas observar. Ela queria entrar na cena e desempenhar um papel na cidade sobre a qual tantos cantores cantaram. Esta era a segunda vez em quatro meses que ela estava em uma cidade grande, e não podia deixar de suspirar por tudo o que havia perdido durante sua vida em Carvin. A Grand Place inteira de Carvin poderia caber na interseção entre a Chambers Street e a Greenwich Street.

Jazmine ouviu Maude suspirar e perguntou se havia algo errado.

– Não tem nada errado. Esta cidade é incrível. Me pergunto se algum dia vou me acostumar.

– Claro que vai – reassegurou ela. – É bem provável que você se perca algumas vezes no metrô, mas vai pegar o jeito. E vamos estudar juntas, e vou te apresentar como a irmãzinha que pedi aos meus pais em todos os Natais desde os três anos. Em vez disso, ganhei um irmão, mas, ei, quando ele está bem-vestido, nem dá para perceber a diferença.

– Irmãzinha? Ela tem dezesseis anos, igual a *você*, Jaz – disse Ben, balançando a cabeça.

– Sim, mas ela nasceu no dia 7 de setembro, enquanto eu nasci em agosto. Então, isso faz dela de fato minha irmãzinha – respondeu Jazmine. – Eu vi isso no seu perfil do PixeLight. Você pode me seguir de volta?

Maude sorriu, divertindo-se com a ideia de ser irmã de uma completa estranha.

– Não sorria, Maude – avisou Ben. – Você não faz ideia de onde está se metendo. Isso de ser mais velho tem muito peso nesta família. Acredite, eu sei. Ninguém nunca ouve o que eu digo.

– É, e você vai carregar a bagagem da sua nova irmã mais velha também. Ainda bem que não é pesada – acrescentou Cynthia.

Antes que Maude pudesse protestar, Ben retrucou:

– Não me importo de fazer isso pela minha nova irmã, já que tenho certeza de que ela será a mais legal das três.

Em meio a essa conversa animada sobre senioridade e os direitos civis dos irmãos mais novos, o táxi chegou em frente ao sobrado onde Terence Baldwin aguardava à porta.

Maude seguiu a família até uma sala de estar espaçosa, projetada no estilo japonês, despretensioso e discreto, mas sofisticado e aconchegante.

– Bem-vinda ao nosso lar – disse Terence Baldwin, caloroso. – Vamos te acomodar. Lembre-se, suas aulas começam daqui a três dias.

Maude assentiu, um pouco cansada pela viagem. Então, lembrou-se de uma coisa.

– Tenho um presente para todos vocês! – Ela vasculhou a bagagem e retirou uma caixa vermelha de metal cheia de doces. – São balas tradicionais do norte da França – explicou, com muito orgulho. – Eles se chamam *bêtises de Cambrai*. *Bêtise* significa, hummm, algo como um erro, porque a receita surgiu de um engano.

– Que nem a Coca-Cola! – exclamou Jazmine.

– As melhores coisas da vida muitas vezes vêm dos erros – disse Terence. Ele pegou a caixa antes que Ben o fizesse, retirou a fita ao redor da tampa, abriu e colocou uma bala na boca. – Tem gosto de menta. Obrigado por trazer erros felizes para nossas vidas – disse ele, fazendo uma reverência cerimoniosa, enquanto Ben pegava um punhado e enfiava na boca.

Maude riu, lembrando-se da massa que ela tinha derramado nos sapatos de Terence. Tanta coisa havia mudado desde então!

– Sobre a divisão dos quartos, temos duas propostas – explicou Victoria, pegando também uma *bêtise*. – Você pode dividir o quarto com a Cynthia e a Jazmine, que é grande o bastante para vocês três...

– Não é ridículo que minhas duas irmãs mais velhas não consigam viver em quartos separados? – perguntou Ben, zombando.

– Eu tentei... – Cynthia suspirou. – ... mas a Jazmine não conseguiu aguentar. Então ficamos juntas, mas deixei claro que beliches estavam fora de questão.

– Eu tinha nove anos, Cynth. Já superei a fase dos beliches, muito obrigada.

– ... ou você poderia ter o seu próprio quarto – completou Victoria.

Maude, que não estava acostumada a dividir o quarto com ninguém e se sentia desconfortável em invadir a cumplicidade das duas irmãs, disse que preferia ficar sozinha. Jazmine fez uma careta de decepção.

– Viu, Jaz? – disse o irmão. – Você a assustou, como eu imaginava.

Maude seguiu Victoria escada acima. Quando entrou em seu novo quarto, arregalou os olhos, sem conseguir acreditar.

Não era só o fato de o quarto ser enorme.

Em cima da cama gigantesca e macia havia uma caixinha retangular – do tipo com que sonhava havia muito tempo. Maude se sentou na cama e a abriu.

Um celular novinho em folha!

– Seu número francês não vai funcionar aqui, então pensamos que precisaria de um número americano, e o celular já veio com ele. Assim vai ser mais fácil entrar em contato com você enquanto estiver em Nova York – explicou Victoria, de maneira simples.

– É, eu nem ia usar meu celular francês aqui. Deixei ele em Carvin – disse Maude, esforçando-se para parecer acostumada a ter celulares em qualquer lugar que viajasse.

Ela esperou Victoria sair antes de tirar os sapatos e pular na cama.

– Eu tenho um celular! – exclamou ela.

Ela pulou da cama para o chão macio e com carpete branco, dançando descalça, aproveitando o calor, até bater em algo duro.

Bem atrás dela, no canto esquerdo do quarto, havia um grande objeto coberto por um lençol branco. Maude puxou o lençol e revelou um piano Yamaha branco vertical, com um banquinho escuro adorável.

Seu próprio piano!

Maude tocou suavemente as teclas, com medo de que o piano desaparecesse diante de seus olhos. Ela acariciou o instrumento branco e polido enquanto cantarolava baixinho "La Vie En Rose". Seus pensamentos se voltaram para os próximos dias. Em dois dias, ela participaria de uma reunião na Soulville Records para conhecer os associados do sr. Baldwin, o sr. Brighton e o sr. Lewis, além da equipe principal com quem trabalharia. Depois, começaria seu primeiro dia na nova escola. E, em seguida, teria sua primeira aula de canto com a Madame Tragent.

A vida tinha seus encantos.

Cinco

No sábado à tarde, Maude descobriu a dor e a alegria de pegar o metrô aos fins de semana em Manhattan.

Confiante de que tinha as habilidades, ou ao menos força de vontade o bastante, para explorar o metrô sozinha, ela recusou a ajuda dos Baldwin e passou a manhã andando por TriBeCa antes da reunião com a Soulville à tarde. Afinal de contas, ela tinha conseguido se virar sozinha no metrô de Paris. Uma vez.

O metrô de Nova York seria fichinha.

Ela pegou a linha expressa 2 na Chambers Street certa de que chegaria na Times Square em dez minutos e quatro paradas depois, conforme dizia o aplicativo do metrô que havia instalado no celular novinho, ainda que tivesse saído de casa uma hora mais cedo. Maude estava fascinada pelo metrô. Em Carvin, tudo era tão perto que as únicas opções de locomoção eram andar ou ir de bicicleta.

Até mesmo estar espremida entre duas mulheres de cara fechada em um vagão lotado era novidade e tinha seu charme, pensou Maude, tão empolgada que sentia tontura. Mas ela pensou que não devia ter comprado café naquela tarde, e segurava o copo com força, tentando evitar que o líquido derramasse nas roupas novas das quais tanto se orgulhava.

Roupas novas.

Ela e as irmãs Baldwin tinham ido às compras na Century 21 no dia anterior.

Maude se lembrou da loja de departamentos enorme e de como ficou encantada com os andares abarrotados até o teto de roupas, sapatos e acessórios. E a quantidade de franceses que estavam lá, assim como ela!

Não apenas se sentia radiante, mas também parecia outra pessoa com as roupas novas que Victoria insistiu em comprar para ela. Só aceitou quando Victoria concordou que Maude a reembolsaria assim que recebesse o adiantamento. Com os Ruchet, ela só usava o que a sra. Ruchet comprava para ela em brechós. Agora, tinha um lindo casaco branco de inverno estilo *cropped*, luvas pretas, um cachecol, e botas de couro incríveis que Jazmine e Cynthia fizeram questão de que ela levasse. Sentia-se uma princesa e tinha certeza de que guardaria aquele casaco até o dia de sua morte. Mesmo que não coubesse mais, levaria o casaco para o túmulo! Seu primeiro casaco novo, e um tão bonito. Que alívio não precisar enfrentar todas aquelas pessoas chiques na Times Square usando seu velho casaco desgastado.

Quando as portas da estação se fecharam, o alto-falante crepitou. Uma voz masculina anunciou para todo o vagão: "Devido à lotação, esta composição vai operar no modo local, parando em todas as estações da linha dois". Algumas pessoas resmungaram, enquanto Maude tentava entender o que *local* queria dizer.

Ela logo descobriu quando o trem começou a se arrastar como uma lesma de uma estação para outra, incluindo várias que nem apareciam no aplicativo.

Maude se juntou aos outros passageiros em um resmungo atrasado, que durou tanto quanto o trem demorou para ir de Franklin Street até Canal Street e, depois, às próximas estações. Estava levando uma eternidade. Maude tinha certeza de que não chegaria à reunião a tempo.

Quarenta e cinco minutos depois, quando o trem enfim

chegou à Times Square, Maude desembarcou, apressada. Ela se espremeu pelos longos túneis da estação, cheios de gente, ainda segurando o copo de café, agora sem tampa e frio. Restavam dez minutos para chegar na Torre Soulville.

De repente, um jovem surgiu do nada, tentando ultrapassar Maude. Ao passar por ela, esbarrou em seu ombro com força. O café voou de seu copo e se espalhou pelo casaco branco novinho.

– Não, não, não! – lamentou ela.

Seu bem mais precioso! Sua primeira roupa elegante!

O rapaz parou no meio do caminho e olhou para ela, irritado. Ele voltou na direção dela com relutância, as mãos nos bolsos do *trench coat* bege, o rosto parcialmente escondido pela gola levantada. Era alto, com o cabelo loiro-escuro ondulado caindo nos ombros largos. Usava um boné puxado para baixo, cobrindo parte do rosto, mas não o suficiente para esconder seu evidente aborrecimento.

Maude estava furiosa e apavorada ao mesmo tempo. Não podia ir à reunião naquele estado! Que primeira impressão causaria? E o idiota que tinha esbarrado nela sequer pediu desculpas. O fato de ele parecer irritado só a deixou ainda mais enfurecida.

Sem conseguir encontrar as palavras certas em inglês, Maude foi direto ao idioma em que conseguia expressar toda a sua raiva:

– *Oh, mais c'est pas possible! Tu te rends compte de ce que tu viens de faire! Comment est-ce que je vais aller à ma réunion maintenant? On venait de m'acheter ce manteau! Quoi? En plus, tu te marres!* – gritou ela.

Ele tinha ideia do que acabara de fazer? Como ela poderia ir à reunião agora? Ela tinha acabado de comprar aquele casaco e o sujeito estava *rindo*?

De fato, o estranho ria sem parar, claramente achando

graça da garota com o casaco manchado, gritando em uma língua estrangeira. Isso só a deixou mais furiosa.

Maude não conseguia acreditar. *Nova-iorquinos são mesmo fora do comum*, pensou.

Ela tinha acabado de passar 45 minutos no metrô mais lento do mundo e agora tinha que lidar com isso? Olhou para ele, furiosa, e, antes que se desse conta do que estava fazendo, jogou o resto do café no rosto dele.

A expressão dele travou em meio à risada.

Maude sorriu, satisfeita ao ver a fisionomia atônita dele, ergueu a cabeça com altivez e saiu pisando firme antes que ele pudesse dizer qualquer coisa.

Ela correu para fora da estação, pensando rápido. Tão rápido que nem teve tempo de admirar as luzes piscantes da famosa praça, muito menos os anúncios animados, a energia caótica, os turistas ou os personagens fantasiados.

De olhos no celular, seguiu o mapa até a Torre Soulville, na Broadway, passando apressada pela loja da Disney e por uma Minnie Mouse que queria tirar foto com ela.

Não podia, de jeito nenhum, entrar naquela sala com um casaco que parecia ter rolado na lama. Quando se aproximou do prédio, tirou o casaco. O ar frio pinicou sua pele, e ela estremeceu. Apesar de um pouco de café ter manchado sua blusa bege, ela ainda podia cobri-la com o cachecol.

Respirou fundo, entrou no prédio gigantesco e foi até o elevador, com o coração martelando. Chegaria na hora certa se o elevador não quebrasse. Felizmente, nada aconteceu, porque ela teria perdido a paciência se tivesse, e chegou ao vigésimo andar. Ao perguntar à recepcionista as direções para a sala de conferências, Maude reparou no amplo saguão. Seus olhos se detiveram em um antigo piano de cauda Steinway, reinando majestoso no centro do espaço.

Depois de agradecer ao recepcionista pela ajuda, Maude

desviou o olhar com relutância do objeto magnético e correu em direção à sala de conferências, onde várias pessoas conversavam ao redor de uma grande mesa oval. Na extremidade mais distante da mesa, Terence Baldwin falava com dois homens, um de cabelo castanho e expressão amigável, e outro pequeno, careca e com um terno cinza de aparência cara, exibindo um sorriso insatisfeito no rosto.

Quando Terence viu Maude, abriu um sorriso largo, pigarreou e começou a falar:

- Certo, pessoal, reúnam-se. Quase todo mundo está aqui, menos o Matt. Ele ligou para avisar que vai se atrasar um pouco e que podemos começar sem ele. Maude, você já ouviu falar do Matt Durand, não é?

Deu um branco na mente de Maude. Ela não fazia ideia de quem ele estava falando.

- Você deve conhecer o sucesso dele, "Doutor do Amor".

- É claro! - Maude bateu na própria testa. Como podia ter esquecido a obsessão de suas colegas de classe por essa música de dois anos atrás?

O sr. Baldwin sorriu ainda mais e continuou:

- Para aqueles que não a conhecem, esta é Maude Laurent, a talentosa cantora francesa com quem vamos trabalhar para produzir três *singles* nos próximos seis meses.

Maude achou que viu o sorriso cínico do homem careca se aprofundar enquanto Terence a apresentava, e isso a deixou um pouco desconfortável.

- Ela tem uma formação clássica que, acredito, vai enriquecer bastante sua música assim que aprender outros estilos mais modernos. - Então, voltando-se para Maude, Terence disse: - É por isso que você vai trabalhar com o Matt, Maude. Ele é cantor, compositor e letrista, e sabe tudo o que se tem para saber sobre música - continuou dizendo Terence, os olhos brilhando. - Ele é uma versão mais jovem minha, de dezessete anos, pelo menos em termos musicais. Ele está fazendo uma pausa na carreira de cantor e vai te ajudar a compor aqui, vários dias por semana. Ele fará o trabalho pesado, mas com sua contribuição. O seu papel é dar um toque clássico nas composições dele. Com sua experiência em música clássica e o conhecimento do mundo pop dele, vocês dois vão arrasar. Assim que a primeira canção estiver pronta, começaremos a gravar com os músicos e engenheiros de som. Estamos todos juntos nisso, e acho que será uma grande experiência.

– Também preciso dizer que temos algumas coisas bem empolgantes planejadas para a Maude – comentou Cynthia. – Como publicitários dela, minha equipe e eu vamos trabalhar para expandir sua presença nas redes sociais com campanhas de marca legais e que sejam acessíveis. Claro, você terá que postar com mais regularidade.

Maude engoliu em seco. Nunca imaginou que suas interações no PixeLight precisariam aumentar para além dos vídeos que postava de vez em quando.

– Em relação a parcerias – continuou Cynthia –, temos algumas perspectivas interessantes, incluindo uma oferta da marca número um de produtos para pele adolescente, Cleanskin, e outra da Relish Cookies, que com certeza terá muito engajamento.

As pessoas na sala aplaudiram, mas o homem careca levantou a mão, interrompendo os aplausos.

– Tudo isso foi muito interessante, Terence e Cynthia – disse ele. – Mas acho que vocês esqueceram algumas coisas na apresentação. Primeiro, não me apresentaram. Sou Alan Lewis, sócio do Terence e um acionista importante nesta empresa. Quero que você entenda que este é um negócio muito sério. Antes de o Terence te conhecer, consideramos assinar contrato com outro jovem cantor para o selo. Ele nos convenceu a te contratar. Você não tem permissão para falhar,

Maude Laurent – disse Alan, olhando para ela com os olhos semicerrados.

Terence pareceu irritado com a interrupção, mas permaneceu em silêncio.

Maude olhou para o homem e respondeu calmamente:

– Entendo o que quer dizer. E espero que saiba que estou cem por cento comprometida.

– *Gostaria* que você tivesse dito que está cento e dez por cento comprometida – retrucou ele, com secura.

E Maude *gostaria* de arrancar aquele sorriso do rosto dele. Mas não disse nada. Como poderia prometer cem por cento quando queria, mais do que tudo, usar o estilo clássico como sua marca musical, e não o pop? Será que conseguiria convencê-los de que o clássico era o caminho?

– Por que não nos dá uma pequena amostra do que você sabe fazer? – disse o homem, cruzando os braços.

Franzindo a testa, Maude olhou para o piano Yamaha preto que estava na sala. Ela não gostou do tom dele, nem da forma como ordenou que tocasse, como se fosse um jukebox a seu dispor. Não se sentia intimidada por ele nem um pouco. Daria uma "amostra", como ele disse. Levantou a cabeça com orgulho e caminhou até o piano. Sabia exatamente o que tocar.

Em Carvin, quando os gêmeos estavam em um dia difícil de lidar, Maude tocava a *Tempestade*, de Beethoven, que combinava perfeitamente com seu humor tempestuoso. Ao tocar essa peça, ela se imaginava em completo desespero, isolada em um navio no meio de um oceano agitado e furioso, sem ninguém para ajudá-la, com as ondas quebrando ao redor e o céu mergulhado em escuridão total.

Maude se sentou, e suas mãos deslizaram pelas teclas do piano; as notas graves soaram como trovões rugindo sob seus dedos. Ela via as ondas despedaçando o barco – pedaços de madeira, mastros e cordas chovendo ao seu redor enquanto o navio se desintegrava em nada. O rugido alto do oceano abafava seus apelos, deleitando-se com a devastação da pobre alma. A água salgada se misturava às suas lágrimas. O barco balançava de um lado para outro. O vento uivava em uma longa e estridente queixa que lhe perfurava os ouvidos.

Maude despejou sua raiva na *Tempestade*. Sua tarde havia sido horrível, o casaco arruinado por um idiota que nem sequer teve a decência de pedir desculpas. Pensou em tudo aquilo, o coração batendo forte enquanto via o rosto risonho do garoto, que a lembrava de Luc, um colega de classe em Carvin que sempre zombava das roupas dela, gargalhando de seus sapatos gastos, calças jeans rasgadas e camisas desbotadas. Em sua mente, o rosto de Luc se fundiu ao do garoto do metrô e, por fim, ao sorriso cínico do sr. Lewis. Ela já não via mais a sala ao redor, nem as pessoas que estavam nela. Mal sentia o piano enquanto seus dedos voavam pelas teclas.

No entanto, pouco a pouco, em meio ao *allegretto* acelerado, a esperança começou a prevalecer, a luz atravessava as nuvens ameaçadoras enquanto ela tocava as notas leves e agudas da sonata.

Mas aquele momento de paz na *Tempestade* era apenas uma ilusão. Não era real. A tempestade retornava com vingança, ainda mais ameaçadora, regozijando-se com a falsa esperança do mortal solitário e devorando-o por completo. Ela o engolia em um enorme abismo, sua forma frágil desaparecendo da face da Terra. E foi assim que, no final da *Tempestade*, a tormenta se acalmou, satisfeita com a imensidão da destruição que acabara de provocar.

Maude terminou, permanecendo sentada e cruzando com elegância as mãos no colo antes de encarar sua plateia. Terence sorria com orgulho paternal. O sorriso cínico de Alan havia desaparecido; sem dúvida, ele entendeu a mensagem que Maude estava enviando.

O amigo e sócio de longa data de Terence, Travis Brighton, sorriu para ele e fez um sinal de positivo com o polegar.

Alan pigarreou.

– Foi um bom começo, mas você ainda tem muito trabalho pela frente – declarou, fitando Maude com os olhos semicerrados.

Ele então se virou para a porta, onde um recém-chegado havia entrado sem fazer barulho enquanto Maude tocava.

Alan abriu um grande sorriso.

– Olhem só quem chegou! Matt! Onde você estava, rapaz? Estamos todos esperando por você.

Maude se virou e prendeu o ar ao reconhecer o garoto do metrô, encostado no batente da porta.

Os olhos de Matt brilhavam com uma diversão silenciosa diante do espanto dela. Maude desviou o olhar com altivez, furiosa consigo mesma por deixá-lo ver sua reação.

– O que aconteceu com o seu casaco, cara? – perguntou o sr. Lewis, observando o *trench coat* manchado. – Ah, deixa eu adivinhar. Você irritou outra das suas namoradas, certo? – brincou, exibindo os dentes brancos em um sorriso ridículo e cutucando Matt com o cotovelo, como se fossem grandes amigos.

– É – respondeu Matt, com suavidade, olhando diretamente para Maude. – Essa estava mesmo furiosa. Tenho certeza de que dava para ouvir os gritos dela da França.

Exceto por um resmungo de desdém, Maude permaneceu em silêncio.

– Ah, conhecendo você, tenho certeza de que ela tinha um bom motivo – disse Terence, erguendo as sobrancelhas.

Maude o agradeceu mentalmente.

– Maude – chamou Terence. – Venha conhecer o Matt. Ele é o compositor de quem falei. É francês como você, mas vive em Nova York há tanto tempo que me pergunto se já não perdeu toda a finesse europeia. Isso se é que ele já teve algum dia.

Maude mal conseguiu esconder sua surpresa. Matt era francês! O que significava que ele tinha entendido cada palavra que ela gritou para ele no metrô!

Uma raiva fria tomou conta dela novamente enquanto se levantava, encontrando o olhar divertido de Matt com um olhar sombrio.

Matt pareceu vacilar sob seu olhar.

Deve estar mais acostumado com garotas lançando olhares sedutores do que mortíferos para ele, pensou Maude, irritada.

Ainda que Terence estivesse com os sentidos sempre aguçados quando o assunto era música, ele parecia não perceber as sutilezas do comportamento humano, então continuou a falar todo animado sobre os projetos que tinha em mente para os dois.

Quando terminou, disse:

– Por que não vamos todos tomar um café juntos?

– Desculpe, sr. Baldwin, mas preciso encontrar a Victoria. Ela vai me mostrar minha nova escola e meu novo armário – lembrou Maude. – Você acredita que vou ter meu próprio armário? Na minha escola na França eu não tinha.

– Ah, é mesmo. A escola. Certo, pode ir. Sim, Vic e Jazmine querem mesmo te apresentar tudo antes de você começar – respondeu ele. – Aproveite o passeio!

Ele se virou para seguir o restante do grupo até o elevador.

Maude ficou para trás e, achando que estava sozinha, olhou com carinho para o piano Yamaha. Ela não tinha tocado em muitos pianos na vida, mas cada um que tocara era diferente. Este tinha teclas leves que pareciam água sob suas mãos.

– É um instrumento lindo, não é? – observou Matt do outro lado da sala.

Maude se virou. Estava surpresa ao ver que ele ainda estava ali, e perguntou para si mesma, se sentindo desconfortável, havia quanto tempo ele a estava observando.

– Um piano é como um amigo para mim – explicou, devagar, escolhendo as palavras com cuidado. – Estamos em sintonia. Ele nunca me trai nem zomba de mim. Não posso dizer o mesmo dos seres humanos.

Ela pegou o casaco e se dirigiu à porta. Matt deu de ombros.

– Sabe, eu nem cheguei a ver o seu vídeo. Não gosto de ver nada sobre os artistas com quem trabalho. Assim, não sou influenciado. Além disso, estou fazendo um detox de redes sociais.

Maude revirou os olhos.

– Quer dizer que, se soubesse que eu era famosa na internet, não teria agido como um idiota?

– O que é ser famoso na internet, afinal? As tendências mudam todo dia. Então, não, é bem provável que eu tivesse agido do mesmo jeito. – O sorriso dele aumentou. – Eu precisava me manter discreto. Estou em uma pausa na carreira. Tirando um tempo. Por razões pessoais. – Ele fez uma pausa, como se quisesse ver o efeito de suas últimas palavras sobre Maude. Quando não surtiram nenhum, continuou: – Não queria que ninguém me reconhecesse.

– Não estou interessada. E você ainda não pediu desculpas – apontou Maude, embora uma parte de sua mente permanecesse nos problemas pessoais que o levaram à pausa. Uma pergunta escapou de sua boca antes que ela pudesse se conter: – O que estava fazendo no metrô, afinal? Já que você é tão famoso, não deveria estar andando de limusine?

Os olhos dele ficaram tão sombrios quanto o céu cinzento de outono em Carvin, e Maude se arrependeu de ter perguntado.

– Eu precisava ver um músico – disse ele. – Ele está sempre naquela estação de metrô. Um cara muito talentoso, que foi muito importante para alguém que eu amava.

– Você acabou de terminar um namoro? – zombou Maude. – É por isso que está fazendo detox de redes sociais? E uma pausa na carreira. Estava no metrô e estragou meu casaco porque está sofrendo de coração partido. Com licença, mas eu preciso ir.

Maude viu o rosto dele desabar, mas Matt rapidamente se recompôs.

– Olha – começou a dizer Matt, bloqueando a saída. – Nós dois fomos bem grosseiros esta manhã. A Times Square é uma loucura. Um pouco como você. Você é uma musicista com um talento *incrível*. Espero que perceba que não digo isso com frequência. Vamos passar muito tempo juntos trabalhando nas suas músicas, explorando a cidade, descobrindo seus ritmos musicais para inspiração. Por que não deixamos isso para trás e nos tornamos amigos?

Ele estendeu a mão, esperando que ela a apertasse. Maude encarou Matt nos olhos e ficou perturbada com a intensidade do tom cinza de suas íris. Ela estendeu a mão e, quando ele a segurou, sentiu o coração acelerar um pouco, enquanto uma onda elétrica de atração percorria seu corpo. No olhar dele, percebeu a confusão e um toque de fascinação. Ela tirou a mão depressa, envergonhada por ter demonstrado o mínimo sinal de ter sido influenciada pelo charme dele.

Matt era apenas uma celebridade mimada e insuportável, acostumada a conseguir tudo o que queria. E ele ainda não havia pedido desculpas! Chamá-la de *louca* nem chegava perto de um pedido de desculpas! Ele não era melhor que seu antigo colega de classe, que adorava zombar dela. Bem, ela não estava mais em Carvin, e se recusava a perpetuar a tradição de ser o alvo pessoal de zombarias de alguém. Jamais se esqueceria de como aqueles mesmos olhos cinzentos haviam brilhado naquela manhã, quando ele riu dela enquanto Maude gritava com ele, furiosa, em um idioma que Matt entendia perfeitamente bem, mas nem sequer se deu ao trabalho de ajudá-la.

Maude ergueu um pouco mais a cabeça e, com um olhar frio, disse:

– Vamos trabalhar juntos, já que não temos escolha. Mas não tem a menor chance de nos tornarmos amigos.

Com isso, passou por ele com orgulho e seguiu para o elevador.

Seis

Na primeira segunda-feira na escola em Manhattan, Maude ficou se perguntando se não tinha aterrissado em outro planeta. Ela estava na aula de inglês, e Jazmine, que se sentou ao lado dela, passara os últimos trinta minutos rabiscando furiosamente e passando bilhetes para os amigos.

Maude estava o puro retrato da confusão.

Não eram as inúmeras bandeiras americanas nos corredores e nas salas que a deixavam intrigada, nem a quantidade de alunos que olhavam para ela de canto de olho e cochichavam "PixeLight" e "*cover*". O problema era que ela simplesmente não tinha entendido uma única frase que a professora disse depois de "Bom dia, turma. Peguem seus exemplares de *Jane Eyre*".

Depois disso, tudo foi um borrão. A professora falava tão rápido que era impossível entender uma palavra do que dizia. A sorte era que Maude já tinha lido *Jane Eyre,* de Charlotte Brontë, em inglês, e era um de seus livros favoritos. Quanto à análise da professora, teria que se virar com as anotações de Jazmine.

Ela suspirou aliviada quando o sinal tocou.

– Então, o que achou da sua primeira aula de inglês? – perguntou Jazmine enquanto saíam da sala. – Ah, espera! Deixa eu te filmar. – Ela puxou o celular do bolso. – A Cynthia quer que você poste um *story* hoje no PixeLight.

– Você não pode me filmar agora – reclamou Maude. – A

menos que a Cynthia queira que o mundo inteiro saiba que eu não entendi uma única palavra do que a professora disse.

– Ah, você vai pegar o jeito rapidinho – tranquilizou Jazmine, guardando o celular de volta no bolso. – Enquanto isso, eu te passo minhas anotações para você não ficar para trás. Mas devo admitir que eu estava um pouco distraída hoje.

– Por quê? O que aconteceu?

Jazmine olhava pelos corredores apertados e pintados de bege, sem responder. Grupos de alunos passavam apressados, pegando livros nos armários, brincando ou reclamando da quantidade de tarefas a fazer.

– Ah, ali estão eles – disse ela. – Vou apresentar você para os meus amigos.

Um pequeno grupo de pessoas estava reunido perto do armário amarelo-vivo de Jazmine: um atleta de cabelo castanho vestindo uma camiseta de futebol americano, uma garota loira com uniforme de líder de torcida e uma ruiva encostada nos armários, todos conversando bastante animados.

Igualzinho a nos filmes, pensou Maude. Conforme se aproximavam, notou que o garoto olhava para Jazmine com uma admiração descarada. Para ser justa, ela estava deslumbrante, mesmo vestindo apenas um longo suéter branco de lã e uma calça preta.

– Gente, essa é a Maude Laurent, a musicista que vocês viram no PixeLight. Maude, esses são Brad, Lily e Stacey.

Antes que Maude pudesse cumprimentá-los de forma apropriada, Jazmine pulou em cima de Brad, o empurrou contra os armários e começou uma longa e barulhenta sessão de beijos.

Maude sorriu sem graça para Stacey e Lily.

– Então... – Maude pigarreou. – É um prazer conhecê-los! Vocês tocam na banda com a Jazmine, né? Ouvi dizer que o show na sexta passada foi incrível. Queria ter ido, mas eu ainda estava muito cansada por causa do fuso horário.

– Não se preocupe com isso – disse Stacey, animada. – Vamos adorar te ver no próximo. Quando rolar.

– Aquele foi o último por algum tempo – explicou Lily. – Por ora, estamos parados enquanto procuramos um novo guitarrista para completar o Grito dos Anjos, também conhecida como a melhor banda de rock de todos os tempos, né, Stace?

– Somos uma banda incrível – concordou Stacey, jogando o cabelo ruivo escuro para trás do ombro. – Seríamos ainda melhores com meu primo Carter como nosso novo guitarrista – acrescentou.

Jazmine se afastou de Brad no mesmo instante em que ouviu falarem da banda. Ele suspirou e passou os braços de forma protetora ao redor dela enquanto ela se virava para os amigos.

– E eu já falei mil vezes: a escolha do novo guitarrista precisa ser feita de forma democrática. A gente tem que organizar audições para encontrar o talento raro que será o nosso quarto membro. – Jazmine sorriu, animada. – Isso significa que seu primo também vai ter que fazer audição.

– Acho que a Jaz está certa – disse Lily. – Apesar de eu achar o Carter um ótimo músico, e ainda por cima ele é um gato! Mas é melhor fazer audições. Até porque a gente não quer que a Jazmine parta o coração dele e o faça sair do grupo, como aconteceu com o Joe.

– A Jaz está comigo agora – disse Brad. – Ela não vai ficar com guitarrista nenhum.

– Nós não somos exclusivos, lembra? – apontou Jazmine, com um sorriso forçado.

– Você partiu o coração do outro guitarrista? – perguntou Maude, em um tom divertido, enquanto Brad resmungava, parecendo irritado.

– Não fica me olhando como se achasse engraçado, Maude. Com essa cara, você lembra a Cynthia. Eu não parti o coração de ninguém. Joe e eu flertamos um pouco, mas não é como se eu tivesse dito que o amava, ou coisa do tipo. Ele já estava imaginando a gente casando e tendo filhos!

– Ainda bem que ele foi embora, então – resmungou Brad, com uma careta que só ficava mais intensa.

Jazmine fingiu não notar e disse:

– É melhor irmos almoçar, não?

– Para que lado fica a cantina? – perguntou Maude.

Os quatro adolescentes a encararam confusos e, em seguida, caíram na gargalhada.

– O quê?

– Acho que você quis dizer o *refeitório,* né? – perguntou Stacey, entre risos.

– Ah – disse Maude, sem graça.

– *Cantina* em inglês não é a mesma coisa que em francês. Em inglês, é como um refeitório de acampamento militar. Sei que a escola promove disciplina e tudo mais, mas ainda não é um campo de treinamento. Pelo menos por enquanto – disse Jazmine, rindo. – Vai, não faz essa cara. – Ela colocou um braço em volta dos ombros de Maude, em um gesto simpático. – Você fala tudo errado com o *melhor sotaque* possível. É fofo! Ninguém pode te culpar por isso.

– O que você quer dizer com "tudo errado"? – protestou Maude, levantando uma sobrancelha questionadora.

– Vamos deixar isso pra lá por enquanto. Estou morrendo de fome. Vamos todos para *a cantina* – brincou Jazmine enquanto caminhavam.

– Sério, Jazmine, eu quero saber – insistiu Maude.

– Ah, espera, esqueci de pegar meu livro de ciências – disse Jazmine, ignorando a pergunta.

– Eu vou junto. Encontramos vocês no *refeitório* em dez minutos – avisou Maude, voltando depressa aos armários com Jazmine. – Então, o que mais eu falei de errado? Você tem que me contar, Jazmine, ou vou acabar dizendo de novo.

– Para além de você me chamar de Jazmine em vez de Jaz, como todos os meus amigos fazem, você disse "como vai você" no aeroporto, mas isso foi... – Jazmine parou.

– O que foi?

– Ah, não, a Lindsey está vindo para cá.

– Lindsey? Quem é?

– Lindsey Linton.

– O quê? Ela está na escola? *Nessa* escola?

– Sim, e eu queria que não estivesse. Ela quer que os fãs pensem que ela é uma adolescente "normal".

Lindsey Linton, uma garota muito bem-vestida, magra, com um maxilar angular e proeminente, se aproximou. Seu longo rabo de cavalo loiro balançava energicamente enquanto seus saltos ecoavam alto nos corredores vazios. Ela parou na frente delas, as mãos com unhas muito bem-feitas apoiadas na cintura. De imediato, Maude captou algo frio e desagradável na cantora.

– Então, Jazmine, este é o seu novo projeto? – perguntou Lindsey, olhando Maude de cima a baixo.

– Maude Laurent, você sabe quem ela é. Não viu o vídeo dela? – respondeu Jazmine, batendo a porta do armário.

– Vi, sim. – Lindsey apertou os lábios. – Sendo sincera, a música clássica fez meu *hit* parecer um tédio.

Maude mordeu o lábio inferior.

– Cada um com seu gosto.

Lindsey se virou para Maude e disse com doçura:

– Acho que te vejo na aula da Madame Tragent amanhã, já que o pai da Jazmine conseguiu te colocar lá. Ela só costuma aceitar os melhores, mas, considerando que você é o projeto de caridade do Terence Baldwin, ela não poderia se recusar a ensinar a pobre orfãzinha francesa que ele adotou, não é?

Maude sentiu o rosto queimar de raiva.

– *Tu sais quoi?* Sabe de uma coisa? Meu vídeo teve mais

visualizações do que o seu. Então, acho que a Madame Tragent deve mesmo gostar de fazer caridade se permitiu que você, tão patética e superficial, estivesse na aula dela - retrucou.

O sorriso falso e forçado de Lindsey vacilou, e seus olhos quase saltaram das órbitas enquanto Jazmine segurava uma risadinha.

- *Eu* sou a aluna mais famosa e mais talentosa dela. Você vai perceber isso amanhã à noite.

- Acho que vou, sim - respondeu Maude friamente. - Mal posso esperar.

Ela saiu andando, com Jazmine logo atrás, ainda rindo.

- Ah, Maude, você viu a cara dela? Eu não teria dado uma resposta melhor! Aquela garota se acha demais.

- Ainda bem que eu não falei *cantina,* ou algo assim, na frente dela, né? - disse Maude, sorrindo devagar, enquanto sua raiva diminuía aos poucos.

- Certo.

- Ou que eu não a xinguei em francês, né?

- Certo. Hum, você muda para o francês quando está com raiva?

Maude suspirou fundo, sem vontade de entrar no assunto do café agora.

- Então, você e Brad, o pateta, são tão fofos juntos! - falou ela, mudando de assunto.

- Acho que você quis dizer *atleta.* E vou terminar com ele hoje à noite.

- O quê? Mas você parecia gostar tanto dele cinco minutos atrás. E dá para ver que ele gosta de você - comentou Maude, pensando que *atleta* e *pateta* tinham uma sonoridade tão parecida que era uma pena não significarem a mesma coisa.

- Ele está se apegando demais. Daqui a pouco vai começar a me chamar de namorada, e eu não gosto dele o suficiente para isso. Ele é muito... - Ela hesitou. - Não sei. *Atletoso* demais, se é que essa palavra existe. Ele só quer saber de futebol e não entende nada de música. Ele não é ruim, só não faz meu tipo.

– Então, qual é o seu tipo?

– Não sei. Só sei o seguinte: ele tem que ser pelo menos tão bonito quanto o Brad, tão culto quanto o Joe e tão rico quanto a Lindsey. De qualquer forma, não quero saber de relacionamentos agora. Por enquanto, só quero me divertir! Falando em diversão...

Maude seguiu o olhar de Jazmine e não conseguiu conter uma risadinha.

Um garoto alto, magro, de pele marrom-clara e cabelo escuro vinha na direção delas. Ele carregava uma gigantesca pilha de livros que balançava perigosamente de um lado para outro. Seus óculos grandes de armação redonda escorregavam pelo nariz, e ele hesitava, preso em um dilema impossível: ceder ao impulso irresistível de ajustar os óculos ou continuar equilibrando os livros que quase caíam.

– Esse é o Jonathan – explicou Jazmine, com um sorriso carinhoso. – O nerd oficial do Colégio Franklin e também o palhaço oficial, mesmo que sem querer.

As duas riram e seguiram para o refeitório.

Sete

Maude discordava plenamente da ideia de que as pessoas nunca deveriam conhecer seus ídolos.

Por isso, analisava cada centímetro de Cordelia Tragent, ali, ao vivo, dentro das paredes do imponente Teatro Morningside.

A Madame Tragent, sentada atrás de um imponente piano Bösendorfer branco, ajustava os óculos de aro quadrado enquanto examinava Maude de cima a baixo. Seu cabelo branco brilhante estava preso em um coque apertado no alto da cabeça, e seu rosto, marcado pelo tempo, permanecia inabalável; impenetrável, mas muito bonito, como uma estátua. Ela vestia uma longa saia vermelha, digna de uma dançarina de salsa, e suas mãos estavam cobertas de anéis com pedras de cores vibrantes. Seu olhar cinza e severo perfurava Maude, como se quisesse descobrir do que a jovem era feita. Maude sustentou o olhar, esperando, impaciente, que sua nova professora terminasse a inspeção.

Lutava contra a vontade de se atirar aos pés de sua ídola e despejar elogios sobre suas apresentações memoráveis no Metropolitan Opera, no Ópera Garnier e, é claro, no La Scala, em Milão.

Sem dizer uma palavra, a Madame Tragent fez um gesto para que Maude se juntasse ao restante da turma. Ciente de que Lindsey não parava de olhar para ela, Maude caminhou até o outro lado do palco, onde estavam os outros cinco alunos.

– Turma, tenho um anúncio a fazer. Sei que vocês ouviram rumores sobre um musical que vou dirigir.

Madame Tragent parou e observou os alunos, que começaram a cochichar, animados.

– Esses rumores são falsos – disse ela, cortante.

O teatro ficou em silêncio de novo.

– Eu *nunca* faria um musical – continuou, como se a palavra fosse uma abominação de proporções indescritíveis. – Sou uma cantora de ópera francesa, não uma dançarina de cancã francesa. Vim para os Estados Unidos para treinar jovens cantores e ensinar que a técnica da ópera é a base de tudo – declarou, em um tom retumbante. – E que é a melhor maneira de disciplinar sua voz e sua respiração, mesmo que você queira ser uma *estrela do pop* – disse ela, olhando diretamente para Lindsey, que parecia se sentir desconfortável com a atenção.

Maude saboreou o momento ao ver Lindsey se contorcer. Mais uma razão para achar sua ídola ainda melhor em carne e osso do que no pôster pendurado no quarto dela, em casa.

– É por isso que dirigirei uma *ópera* este ano. Será uma única apresentação, que acontecerá aqui no Teatro Morningside. Toda a renda será destinada à caridade. Se a sua voz for forte o suficiente para sustentar uma ópera inteira, com toda a certeza você não terá problemas para cantar em shows durante sua carreira pop.

Os alunos cochicharam de novo, animados.

Madame Tragent levantou a mão e o burburinho cessou.

– Vocês podem ser meus alunos, mas as audições para todos os papéis desta ópera estarão abertas ao público. Vou dirigir uma versão moderna de *Cenerentola*, de Rossini.

Madame Tragent lançou um olhar para os alunos.

– Tenho quase certeza de que nenhum de vocês conhece esta ópera, estou certa?

O silêncio prolongado indicava que ela estava certa. Bom,

mais ou menos certa. Maude já havia ouvido essa ópera pelo menos cem vezes na biblioteca. Rossini era um de seus compositores favoritos, e suas óperas exuberantes e divertidas tocavam Maude de uma maneira que nenhum outro compositor conseguia.

– Há quanto tempo vocês têm aula comigo? Anos, alguns de vocês! E ainda não sabem do que se trata *Cenerentola*? Ou será que vocês só se preocupam com as lições de música, e não com a história musical por trás delas? Isso não importa, não é?

Ela suspirou.

– *Cenerentola* é uma das óperas mais famosas de Rossini, em dois atos – disse Maude. – É uma adaptação do século XIX da história da Cinderela. Na versão dele, a Cinderela é um pouco diferente. Ela é mais, hã, como posso dizer? Destemida!

As palavras em francês se atropelavam em sua mente, e saber que sua professora falava sua língua tornava ainda mais difícil se concentrar no inglês. A Madame Tragent olhou para Maude com o rosto inexpressivo. Em seguida, lançou um olhar para o restante da turma.

Os alunos encaravam Maude com curiosidade evidente, querendo saber de onde vinha essa nova garota e como ela sabia tanto logo no primeiro dia.

Lindsey, por outro lado, desviou o olhar. Recusava-se a dar mais atenção para Maude do que ela já estava recebendo.

– Todos vocês vão fazer audição para os papéis. E isso inclui a nova aluna – continuou dizendo Madame Tragent.

O coração de Maude disparou de empolgação. Ela faria de tudo para conseguir o papel principal. O papel de Cinderela era desafiador, mas também muito próximo de sua realidade. Sempre sentira empatia pela personagem de Rossini, desafortunada mas astuta.

– Agora todos posicionem-se. Vamos aquecer essas vozes – ordenou Madame Tragent, indo para trás do piano e iniciando os exercícios.

Maude e o resto da turma começaram os vários exercícios que consistiam em repetir os sons sem sentido emitidos por Madame Tragent, "*Ah, oh, hi, oh, uuuh*".

Até aqui, tudo bem, pensou Maude.

– Posição! – gritou a Madame Tragent detrás do piano.

Maude olhou ao redor. O que ela queria dizer? Não estavam numa aula de balé.

– Srta. Laurent, eu disse posição!

O garoto ao lado de Maude se inclinou e sussurrou:

– Significa que você precisa ficar reta. Seus ombros estão um pouco curvados.

Maude se endireitou e sorriu agradecida para ele, que tinha olhos castanhos suaves, o cabelo escuro desalinhado e um sorriso gentil. Ela sentiu o rosto esquentar. Ele era bonito e parecia ser legal também.

– Thomas Bradfield, Maude Laurent, gostariam de ficar sozinhos, talvez? – A voz da Madame Tragent ecoou pelo teatro, trazendo Maude de volta à realidade.

Lindsey riu com deboche, enquanto o rosto de Maude ficava quente. Thomas se endireitou e retomou o exercício.

Madame Tragent parou de tocar o piano de repente.

– Srta. Laurent, já que parece estar com vontade de usar sua voz, por que não pega sua partitura e canta as notas para mim?

Maude pegou a partitura e leu as notas como tinha aprendido na escola:

– *Dó, mi, fá, sol, lá...*

Ela parou ao ouvir risos vindos de todos, exceto de Thomas. *O que foi agora?*, pensou ela.

– Não é para cantar *dó, mi, fá, sol, lá* – disse Lindsey, com desdém. – Você não conhece as notas em inglês, francesinha?

– Desculpe, eu... – começou a dizer Maude, olhando para a Madame Tragent.

A Madame Tragent levantou a mão.

– Isso não importa – disse, encarando Lindsey severamente por cima dos óculos de aro escuro. – Desde que cante as notas da forma correta, pode cantá-las no idioma que quiser. Agora, continue. O resto de vocês, silêncio!

Maude recomeçou e terminou sem interrupções.

– Assim já basta – disse Madame Tragent.

Maude viu o olhar de desprezo que Lindsey lançou para ela, mas não tinha ideia do que tinha feito desta vez. Thomas também a olhava, mas parecia impressionado.

– É uma pena – disse Madame Tragent – que você queira ser uma estrela do pop. O que você precisará trabalhar é quase o oposto do que os outros na turma precisam, o que não será fácil. Menos articulação, menos ressonância e, claro, menos vibrato. Ah, e o seu sotaque francês ao cantar, teremos que corrigir isso também. Vai ter que trabalhar duro, srta. Laurent. – Ela pausou, ainda olhando para Maude, que daria qualquer coisa para saber o que sua professora estava pensando por trás daqueles olhos cinzentos impenetráveis. – Vou passar exercícios específicos para você. Vai precisar praticá-los sozinha em casa. Entendeu?

Maude assentiu, enquanto o restante da turma cochichava.

Lindsey fez uma careta e olhou feio para Maude, que apenas deu de ombros, indiferente.

– Agora, turma, peguem suas partituras e vamos recomeçar, desta vez com as letras, não as notas.

Durante duas horas, Maude cantou, tentando evitar o olhar severo de Madame Tragent, que parecia estar sempre sobre ela, e tentando manter tanto a "posição!" correta quanto a respiração certa, que era a parte mais difícil.

Duas horas passaram voando, e Maude ficou surpresa quando a Madame Tragent anunciou o fim da aula. Ela recolheu suas coisas, desejando que a aula pudesse continuar. Ainda tinha tanto a aprender.

– Ei, Maude! Para onde você vai? – perguntou Thomas, aproximando-se dela perto da saída.

– Para TriBeCa. Estou exausta. Nunca imaginei que cantar pudesse ser tão cansativo.

Isso sem falar em uma semana inteira em uma cidade nova, pensou ela.

– O esforço vale a pena – ressaltou ele, enquanto caminhavam para o metrô em pleno horário de pico. – Parabéns pela sua primeira aula com a Madame Tragent. Ela não costuma aceitar mais de cinco alunos na classe e nunca dá aula particulares, embora todos nós estivéssemos dispostos a pagar uma fortuna por elas.

– Ela deve saber que eu a seguiria por Manhattan inteira se não me aceitasse na turma – disse Maude, brincando, mas só em partes.

– Por que você gosta tanto de música clássica?

– Ah, eu... É que encontrei algumas partituras antigas na biblioteca da minha cidade, na França. Comecei a aprender e, sei lá, as músicas me acalmavam. Achei conforto nelas quando as coisas não iam bem no mundo real. E eu amo as histórias da ópera. Não é só cantar, tem toda uma história e muito drama. Então você pensa: "antes eles do que eu" – disse Maude, admirando as luzes da cidade.

– Nunca tinha pensado por esse lado. Só achava que era uma ótima forma de alcançar uma boa técnica.

Maude desviou de um casal glamoroso que entrava apressado em um restaurante.

– Talvez você esteja certo.

– Eu estou sempre certo! – gabou-se Thomas.

– E é sempre humilde também?

Os dois riram.

– Não faço ideia de como vou me adaptar a tudo isso. Mas estou determinada a melhorar.

– Pelo que vejo, você começou muito bem.

– Nada disso. Você ouviu: "Você precisa de mais prática, srta. Laurent. Muita prática" – disse, imitando o tom grave da Madame Tragent.

– Tá brincando? Isso é quase um elogio, vindo dela. Para uma primeira aula, eu diria que você mandou muito bem. Ela disse que você precisava de prática, que é o jeito dela de dizer que tem potencial. Você devia ter visto o primeiro dia da Mary.

– Quem é Marie? – perguntou Maude, usando a pronúncia francesa.

– Exatamente. Mary já era. O primeiro dia dela também foi o último. A Madame Tragent falou para ela nunca mais voltar. E olha que ela fazia aula de canto havia dez anos. Meu Deus, você foi a única que já tinha ouvido falar de *La Cenerentola*. Como você conhece?

Maude não queria admitir que se identificava com histórias sobre órfãos, então apenas disse:

– Acho que é uma ópera linda. A Cinderela é muito destemida nessa obra. Não é como a Cinderela da Disney, que só fica esperando o Príncipe Encantado. Ela tem senso de humor, e a ópera é muito engraçada. Até o Príncipe Encantado é diferente. O personagem dele é mais completo, mais ativo. Ele se disfarça de criado para ver como as mulheres se comportam ao redor dele quando acham que é só um servo.

– Eu seria um bom Príncipe Encantado? – perguntou ele, olhando para ela com malícia.

– Depende. Você consegue cantar como um tenor? – respondeu Maude, também com malícia.

Ele riu.

– Obviamente, não tenho o alcance grave de um barítono ou de um baixo. Tenho a agilidade vocal de um tenor, a voz de todo herói romântico da ópera.

– Na ópera, não na vida real – retrucou Maude.

– Você é dura na queda.

Thomas riu.

– Só assim pra sobreviver na cidade grande. Não é verdade? – provocou Maude.

– Sim, é bem essa a verdade, Maude Laurent – respondeu ele, parando em frente à entrada do metrô.

Maude gostava da forma como ele pronunciava seu nome. Depois de passar duas horas sendo chamada de "srta. Laurent" com tanta aspereza, ouvir seu nome num tom suave era bastante revigorante.

– Muito bem, Thomas Bradfield – disse Maude, preparando-se para ir embora. – Até a próxima.

– Quer dizer... – Thomas hesitou, depois disse tudo de uma vez: – Talvez a gente pudesse, tipo, sair algum dia para além das aulas da Madame Tragent.

– Você quer dizer, tipo, um encontro? – perguntou Maude, olhando para os pés, de repente se sentindo muito tímida.

– Isso. Tipo um encontro. Se você quiser.

– Eu quero, sim – respondeu ela, erguendo os olhos das botas e abrindo um sorriso.

– Acho que vou precisar do seu número – sugeriu Thomas.

– Ah, claro! – Maude pegou o celular no bolso do casaco tão rápido que ele escorregou de seus dedos e caiu no chão. – Eu ainda não sei meu número, desculpa! – exclamou, apanhando o aparelho. Ainda bem que tinha uma capinha resistente.

– Você é engraçada!

– Só estou aqui há uma semana – respondeu ela, rindo.

Thomas passou o número dele, e Maude ligou para ele no mesmo instante.

– Anotado, Maude Laurent. Eu te mando uma mensagem! – disse ele, observando-a partir.

Maude continuou sorrindo ao entrar na estação de metrô. Mal havia entrado no trem quando ouviu um anúncio:

"Senhoras e senhores. Devido a problemas técnicos na linha dois, este trem vai operar no modo local...".

O resmungo de Maude abafou o fim da frase.

Oito

– Soulville é o melhor lugar para fazer música – explicou Jake, guiando Maude pelos escritórios no dia seguinte.

Jake, um aficionado por música e um dos recepcionistas mais fiéis de Soulville, simpatizou no mesmo instante com a mais nova protegida de Terence. Ele fazia questão de repetir o quanto admirava a história do percurso extraordinário de Maude até ser descoberta.

– Temos três salas de masterização, cinco estúdios e quatro salas de produção – continuou dizendo ele. – A acústica é incrível! O Terence fez questão disso. As câmaras de eco aqui são únicas: o isolamento sonoro permite que os engenheiros de som aprimorem as faixas com uma reverberação rica. Você vai aprender mais disso tudo quando começar a gravar. Você vai gravar no Estúdio A, o melhor estúdio da casa. E, por enquanto, vai trabalhar no ECM.

– ECM? – perguntou Maude, achando que era uma palavra nova em inglês que não conhecia.

– Estúdio de Criação do Matt – explicou ele enquanto atravessavam o saguão. – Temos várias salas que os artistas usam para criar, e às vezes até para dormir.

Os olhos de Maude recaíram no mesmo instante sobre o piano de cauda Steinway.

– É uma belezinha, né? – disse Jake, seguindo o olhar dela.

Ela só conseguiu concordar.

- Ela é a mascote de Soulville - explicou ele. - E também é amaldiçoada.

- Sério? - zombou Maude.

- Não ria - alertou Jake. - Este piano é um Steinway modelo 9.6 feito sob medida em 1863 pela Steinway & Sons para o Teatro Morningside, e todo mundo diz que ele é amaldiçoado.

- Como assim? - perguntou Maude, curiosa.

- Quer dizer que só os sons mais horríveis saem desse instrumento, mesmo quando tocado pelo melhor pianista.

- Quando foi a última vez que ele foi afinado? - perguntou Maude, desconfiada.

- Ele é afinado regularmente pelos melhores técnicos de piano - insistiu Jake. - É amaldiçoado. Todos concordam.

Um arrepio involuntário percorreu a espinha de Maude enquanto ela olhava para o Steinway de madeira de roseira.

- Vou te mostrar a cozinha e a sala de criação, e o tour estará completo - disse Jake, apressando-a.

O Estúdio de Criação do Matt era um espaço amplo e colorido, dedicado à música. A sala era banhada por luz que entrava através de janelas largas, e era óbvio que tinha sido decorado de acordo com os gostos do próprio Matt.

As paredes eram pintadas de um laranja vibrante, e sofás verdes, espalhados com almofadas, contrastavam com o imponente e escuro piano acústico Yamaha no centro da sala. Além disso, havia várias guitarras, um violino, uma bateria e um baixo espalhados pelo ambiente. As paredes eram como um corredor da fama particular, cobertas com pôsteres e relíquias de cantores famosos, e uma delas exibia fotos de Matt e seus três álbuns de platina: *Matt*, *Superastro* e *Seguindo em Frente*.

No canto direito da sala, caixas estavam empilhadas de forma desleixada. Maude notou uma bota de couro feminina escapando de uma das caixas no topo.

Ela se perguntou por que havia itens femininos ali, mas

concluiu que ele devia estar guardando coisas de uma ex-namorada. Maude tinha certeza de que ela, quem quer que fosse, tinha boas razões para terminar com ele.

Depois de terminar suas escalas, Maude foi até as janelas para praticar para a audição de *La Cenerentola* no dia seguinte. Acabou esbarrando em uma das caixas e resmungou, esfregando o joelho. A coluna de caixas balançou perigosamente, mas permaneceu de pé.

Maude se virou para a janela e começou a cantar "Una volta c'era un re".

Era uma ária bela e melancólica que a Cinderela cantava na primeira cena, sobre um rei que buscava o amor verdadeiro não no esplendor e na beleza, mas na inocência e na bondade.

Maude teve dificuldade em entrar no espírito da música enquanto contemplava a vista incrível da Times Square do alto da Torre Soulville. Mesmo assim, tentou cantar com melancolia em italiano. Ela ouviu Matt entrar e ficou satisfeita em pensar que não havia demonstrado nenhuma emoção com sua chegada, diferente dos encontros anteriores.

– A Cinderela não deveria cantar de um jeito melancólico? Por que você está sorrindo? – perguntou quando ela terminou.

Maude se virou, quase a contragosto.

– Olá pra você também, Matt. Que bom que conseguiu vir – cumprimentou, ignorando o comentário dele.

– Já entendi, sem papo-furado. – Ele jogou a bolsa de couro no sofá mais próximo. – Aliás, *tu veux qu'on parle français ou anglais?* – perguntou ele.

"Você quer conversar em inglês ou em francês?"

Maude achou que seria um alívio falar francês de vez em quando. Mas queria muito falar inglês o mais fluentemente possível. Além disso, se falasse francês, ele poderia achar que eram amigos. E Maude percebeu, pelos olhos risonhos de Matt, que ele estava pensando no acesso de raiva dela no metrô.

- *Anglais* - respondeu, firme.

- Inglês, então. Vamos ao que interessa.

- Sei que você deveria fazer a maior parte da composição, mas, bem, eu andei trabalhando em uma música - disse Maude, tirando uma folha de partitura da pasta.

- Ótimo, vamos ouvir! - disse ele, entusiasmado. - Compor é uma das minhas partes favoritas do processo criativo.

- Não está finalizada ainda, mas achei que podíamos trabalhar juntos, já que dizem que você é tipo um "mago das palavras", ou algo assim.

- Vou ignorar essa última pitada de sarcasmo e fingir que você acabou de me elogiar - declarou Matt, impassível.

Maude foi até o piano e cantou:

"Na noite de Paris, vou andando devagar
As luzes da Torre Eiffel brilhando ao luar
Olho ao redor, e a cidade está sorrindo
Não poderia estar em um lugar mais lindo."

- Pare! - interrompeu Matt.

- Qual o problema? - perguntou Maude, surpresa e irritada com o tom dele.

- Tudo! - exclamou Matt, cruzando os braços.

- Pegou pesado.

- Nem tudo. O ritmo lembra um jazz - admitiu ele. - Mas, qual é, Maude. Você está cantando uma música sobre Paris? A bela Paris, Paris cheia de luz. Paris, a maravilhosa.

- Qual o problema nisso?

- Não percebe o problema? Paris não é assim!

- Claro que é. É uma das cidades mais bonitas do mundo - protestou Maude, cruzando os braços, irritada.

- Para os turistas - enfatizou Matt. - Você descreveu Paris como um turista descreveria, Maude. Paris é só uma parte do que disse. Você sabe, já viveu lá. Como é a vida em Paris? Ir para a escola todo dia, pegar o metrô todo dia?

– Eu nunca morei em Paris. Desculpe por ter o ponto de vista de uma camponesa provinciana e desajeitada!

– Você não é de Paris? – perguntou Matt. – O Terence disse...

– Aquele vídeo foi filmado no único dia que passei em Paris. Como *turista*. Eu sou do norte da França. Do departamento de Pas-de-Calais, para ser mais precisa – disse ela, erguendo a cabeça com orgulho, como se estivesse anunciando que era uma imperatriz.

– Do norte da França? Onde chove trezentos e sessenta e três dias por ano? – zombou ele, sorrindo.

As bochechas de Maude queimaram. Como ele se atrevia a zombar do lugar de onde ela vinha?

– Imagino que você seja parisiense. Dá para perceber pela arrogância.

– Bom, sou, sim. Era. Eu me considero nova-iorquino agora, não parisiense. Manhattan é minha casa.

– Talvez por isso esteja disposto a criticar Paris sem pensar duas vezes.

– Isso não é verdade. – Matt inclinou a cabeça para o lado, com o cabelo loiro-escuro ondulado roçando os ombros. – Eu amo Paris. Só não me deixo cegar pela beleza dela como você.

– Então, além de camponesa provinciana, também não enxergo direito? – perguntou Maude, incrédula.

– Eu nunca disse que você era camponesa. – Os olhos cinzentos dele brilhavam com humor.

– Que gentileza da sua parte – retrucou Maude, sarcástica.

– Tudo o que estou dizendo é que Paris é muito mais do que você colocou na música. Paris não é só uma rainha da beleza. Ela é cheia de paixão. É a cidade da Revolução Francesa. E de todas as outras revoluções, aliás. Hoje, Paris também é o epicentro de toda greve ou revolta importante. Um conselho:

evite o metrô em dia de greve, ou vai ficar espremida com centenas de pessoas, desejando estar em qualquer outro lugar do mundo. Paris é uma cidade cheia de vida, como qualquer cidade grande. Também pode ser muito suja. Cheia de poluição. O que estou tentando dizer é que você deveria descrever Paris como ela é de verdade, com todas as suas diferentes camadas. Não essa versão toda melosa de cartão-postal. Coloque mais emoção nisso.

– Eu não passei minha vida em Paris como você. Então me desculpe se a única Paris que conheço é a que visitei no único dia em que estive lá. Você nem ouviu a música inteira.

– Não preciso – respondeu ele, pegando a partitura mesmo assim. – Deixe-me ver. "*Caminhando ao longo do rio Sena / O vento sopra, suave como um sussurro.*" É sério isso? Por que você se segura tanto? Você precisa cavar mais fundo nos seus sentimentos.

Os olhos de Maude brilharam de indignação enquanto ela arrancava a folha da mão dele.

– Um pouco de sensibilidade não faria mal – declarou ela, com frieza. – Me pergunto por que ainda me dou ao trabalho de aceitar conselhos de alguém que cantava uma música chamada "Doutor do Amor" dois anos atrás.

– Aff. *Aí* você pegou pesado – disse Matt, fazendo uma careta.

Ele parecia genuinamente envergonhado daquela música.

– Pesado demais? – zombou Maude, sem piedade. – Eu feri seus sentimentos? Por que você não liga para o doutor do amor para ver se ele dá um jeitinho nisso?

Matt escondeu um sorriso.

– Falando sério, grande mago das palavras. Onde estava toda a sua genialidade quando você cantava:

"Ligue para o Doutor do Amor, meu coração está partido
Você se foi, meu bem, meu mundo está perdido

Ligue para o Doutor do Amor, meu coração está partido
Sem você, meu bem, nada faz sentido."

Maude cantou, imitando-o. Ela gostaria de não conhecer a música, mas, assim como as letras simples de Lindsey Linton, essas também tinham grudado em sua mente ao longo dos anos.

– Isso não é justo. Eu era jovem na época e fui burro o suficiente para assinar com a Glitter Records. Eles não me deixaram escrever minhas próprias músicas naquele álbum.

– Talvez eles estivessem certos – comentou Maude, seca.

– Desça do seu pedestal, srta. Maude – sugeriu Matt em um tom mais gentil. – Toda música precisa de trabalho. E essa não é uma exceção. Suas músicas precisam refletir quem você é de verdade. Mergulhe nas suas emoções mais profundas e obscuras. Não sabe que as melhores canções nascem do sofrimento?

– Agora você vai me dar uma aula de história da música?

– Faz parte do meu trabalho. Terence disse que você precisava aprender mais sobre artistas contemporâneos, já que está presa no século XIX de Beethoven.

Maude permaneceu em silêncio, os braços cruzados com força. Matt deu de ombros e foi até o piano. Ele tinha uma expressão carrancuda enquanto começava a tocar a versão de Nina Simone de "My Man's Gone Now".

– Blues – disse ele. – Seja sobre desilusão amorosa ou aquela boa e velha insatisfação, o blues sempre expressa tristeza ou sofrimento.

Enquanto ele cantava, as letras iam direto ao coração de Maude. Ela o escutava com os ouvidos, o coração, a alma. Ficou impressionada não apenas com a técnica de Matt, mas também com sua capacidade única de interpretar uma música que nada tinha a ver com sua carreira inicial no pop. E com tanto sentimento. Enquanto ele tocava, de olhos fechados, ela admirava seus ombros largos e retos, sua postura calma, mas confiante. Ele era um artista incrivelmente talentoso, e ela quase se arrependeu de ter sido tão dura com a música "Doutor do Amor". Com toda certeza, ele havia evoluído muito como artista desde então.

Ele parou de tocar e se virou para ela.

– Você *entende* o que quero dizer! – exclamou Matt, satisfeito ao ver Maude reagindo à música. – Escolhi Nina Simone para te mostrar outra coisa. Assim como você, Nina Simone tinha uma formação clássica. Quando era mais jovem, ela queria ser pianista de concerto. Sua habilidade era incomparável, e ela a usou em um vasto repertório de jazz e blues. E acho que você pode fazer o mesmo. A música não tem limites, e entendo por que o Terence insistiu em te contratar.

Maude permaneceu em silêncio, pensando na bela performance de Matt. Estava arrepiada. Ainda assim, disse:

– Olha, o que você tocou foi muito bonito e tal, mas eu não curto música popular.

– Não acredito. Você é uma dessas esnobes da música clássica.

– Eu não sou esnobe. É só que sempre sonhei em ser uma estrela da ópera, e isso exige sacrifício.

– Mas você está aqui. E estamos tentando criar uma música que seja *tanto* clássica *quanto* pop, então é melhor deixar isso de lado.

– Que tal assim: você traz o pop, e eu trago o clássico.

– Não, nós dois vamos trazer tanto o clássico quanto o pop.

– O que você sabe sobre música clássica?

– Diferente de você, nunca me limitei em relação à música. Eu ouço de tudo.

– Eu não sou limitada.

– Prove.

– Tudo bem, eu vou ouvir...

– Você não vai ouvir. Vai sentir.

Matt se aproximou mais, e Maude sentiu seu coração disparar. Devia ser de toda a raiva que ele causava nela.

– O que você vai fazer hoje à noite?

– Eu...

Ele está me chamando para sair?, pensou Maude, entrando em pânico. Não podia ser. Duas propostas de encontro em uma semana? Nova York era cheia de surpresas.

– Precisamos continuar trabalhando na música – disse Matt, firme.

– Ah, claro – respondeu Maude, com um leve toque de desapontamento.

Matt pegou o celular e se afastou de Maude.

– Oi, Craig, preciso de um documento falso para hoje à noite. Sim, eu pago a taxa de urgência. Tá bom, valeu.

– O quê? Um documento falso? Para quem?

– Para você. Nós vamos sair hoje à noite.

Nove

O Jardim Selvagem era uma das maiores casas noturnas de Nova York, ocupando o equivalente a um quarteirão inteiro em Bushwick, no Brooklyn. Algumas pessoas chegavam a chamá-lo de epicentro da música eletrônica. O espaço imenso, instalado em um antigo complexo industrial, contava com diversos ambientes internos e externos, cada um com um tema único, e era palco dos eventos de música eletrônica mais extravagantes do ano.

Quando Maude entrou no salão principal lotado, entre Matt e Jazmine, sentiu no mesmo instante os inúmeros olhares que se voltaram para eles, sobretudo para Matt. Ele estava incrível, vestindo uma regata branca por baixo de um sobretudo preto com zigue-zagues estilizados que só ele tinha confiança para usar. Maude reconsiderou sua escolha de usar um jeans simples e um *cropped* preto. Talvez ela fosse a única garota francesa no mundo sem noção alguma de estilo. Pelo menos seu afro perfeito, que exalava um doce aroma de óleo de coco, era sua verdadeira coroa.

Ainda assim, desejava ter a confiança de Jazmine, que havia entrado na boate desfilando em saltos altíssimos que acentuavam suas curvas esguias.

Maude nunca sequer pisara em um lugar parecido com aquele. Estava, ao mesmo tempo, assustada e fascinada. Quase não conseguia enxergar devido ao incrível mosaico de luzes azuis e rosadas que varriam a multidão de dançarinos estilosos e iluminavam as belas plantas que subiam pelas paredes. No centro da pista de dança estava uma DJ mexendo nos toca-discos. Ela era, talvez, a mais recatada de todas: usava apenas um boné preto, uma camiseta preta e uma calça justa. Mas seu batom roxo chamativo alternava entre rosa e azul toda vez que um feixe de luz iluminava seu rosto. Maude estava fascinada pela energia e concentração da DJ, que alternava entre os toca-discos e acenava para o público. Absorvendo tudo aquilo, Maude se sentiu tomada pela empolgação. O som do baixo, o *bum, bum, bum,* parecia vir de dentro de seu próprio corpo.

Maude mal teve tempo de registrar tudo isso antes de Matt gritar:

– Vou apresentar você para alguns amigos.

Ele os conduziu até o amplo mezanino, onde grupos de pessoas estavam espalhados em mesas ou sofás de couro, bebendo coquetéis coloridos enquanto garrafas de vinho repousavam em baldes de gelo.

Matt os levou até o final do mezanino, onde um casal se beijava ao lado de um cara tatuado que tomava uma cerveja.

– Ei, Karl – cumprimentou Matt, com um toque de mãos.

– Que bom te ver, cara – respondeu Karl, falando com Matt, mas com o olhar fixo em Maude. – Há quanto tempo. Como você está? Por onde andou? Ninguém te viu desde que anunciou que ia dar um tempo na carreira.

– Estou bem, tudo certo – disse Matt, parecendo prestes a dizer mais, mas se contendo. Por fim, completou: – Tenho andando ocupado.

– Essa é a sua nova garota? – perguntou Karl, ainda olhando para Maude.

– Ah, com toda a certeza eu não sou a nova garota dele – declarou Maude.

– Ela é esperta demais pro Matt – acrescentou Jazmine, rindo.

– Obrigado por isso, Jaz – respondeu Matt, tranquilo. – Estou trabalhando com ela. Vocês podem dizer à Maude que ela não precisa se preocupar: nunca misturo negócios com prazer.

– Esse cara? – disse Karl. – Com toda a certeza. Ele é um santo. Porque algumas das garotas com quem trabalhou com certeza teriam adorado colocar o prazer nos negócios dele, se é que você me entende.

– Infelizmente, entendi – respondeu Maude, desconfortável.

Por mais que tentasse, ela não conseguia entender por que não se sentia tomada por alívio ao saber que Matt manteria as coisas no campo profissional. Outra parte dela se perguntava quais garotas com quem ele havia trabalhado queriam algo a mais do relacionamento. Maude com certeza não seria uma delas. Além disso, ela e Thomas estavam trocando mensagens o tempo todo. Não demoraria para decidirem o dia do primeiro encontro.

– Quer dançar? – perguntou Matt, olhando para Maude.

– Não dá – gaguejou ela. Ninguém acreditaria que ela nunca tinha ido a uma festa. – Quer dizer, talvez depois.

– Jaz? – perguntou Matt.

– Claro! – respondeu Jazmine, com entusiasmo.

Os dois desceram apressados enquanto uma nova música explodia no sistema de som.

Maude se sentou ao lado de Karl, perguntando-se o que estava fazendo ali. A música era alta, e nada parecida com o clássico que ela amava, mas era impossível ignorar o quanto as pessoas estavam se divertindo na pista. Ela desejava saber dançar. Por outro lado, os movimentos que via não pareciam tão complicados assim. Nunca tinha dançado, exceto na frente do espelho, e isso só quando ninguém estava em casa.

– Não vejo o Matt por aqui há meses – comentou Karl. – Ele

foi parando de dar notícias e depois sumiu de vez, quando terminou com a Tiana. Não respondeu a mais nenhuma mensagem no grupo.

Tiana.

Maude se perguntou se era por causa dela que Matt tinha dado uma pausa na carreira. Seus pensamentos viajaram até as roupas femininas no Estúdio de Criação do Matt. Seriam de Tiana? E será que ela era a pessoa a quem se referia quando se encontraram e ele disse que estava indo ver um músico de metrô que "foi muito importante para alguém que eu amava"?

– Mas, ei, ele parece feliz de estar trabalhando com você – apontou Karl.

– A recíproca não é verdadeira – respondeu Maude, ainda pensando na ex de Matt.

– Ah, não leva para o pessoal. Claro, ele é obcecado por música. Mas só porque quer tirar o melhor de seus artistas.

Jazmine subiu correndo as escadas do mezanino e acenou para Maude.

– Você precisa descer com a gente. Não tem graça sem você. Vamos!

– Eu não sei dançar – gaguejou Maude.

– Ninguém sabe. – Jazmine agarrou o braço de Maude. – Quer dizer, eu sei. Mas isso aqui não é uma competição de dança.

Quando Jazmine a puxou do sofá, Maude se repreendeu mentalmente e concordou.

Juntas, elas desceram até o andar de baixo, abrindo caminho entre a multidão até encontrarem Matt, bem quando a música mudou.

A princípio, Maude congelou. Mas então uma música animada, com uma mistura de pop e funk, começou a tocar. O ritmo explodiu em seus ouvidos, mas, mesmo assim, ela não conseguiu dançar.

Matt olhou para ela, intrigado, e então se inclinou próximo dela enquanto as palavras da cantora ecoavam por todo o lugar:

"*Me deixe*
Perder a direção
Me deixe
Tocar seu coração."

– Não é tão complicado assim. Você só tem que se soltar! – gritou ele em seu ouvido. – Posso te mostrar?

Maude ficou tensa, mas assentiu, sem dizer uma palavra. Ele colocou as mãos na cintura dela e fez com que se movesse no ritmo da música. Quando Matt a tocou, Maude sentiu um calor percorrer seu corpo. Seus olhos se arregalaram, e ela sentiu dificuldade de respirar. Estavam a poucos centímetros um do outro, e ela se sentiu inexplicavelmente atraída por ele. Assustada, ela tropeçou e, ao perder o equilíbrio, agarrou o pescoço dele para se apoiar. Um brilho de surpresa passou pelos olhos de Matt, mas então ele sorriu. Ela quis retribuir o gesto, mas sua mente congelou, tão consciente que estava da proximidade, do perfume suave e do toque quente.

"*Você quer perder a direção*
Por que não perder, então?
Cause uma explosão."

Eles continuaram a dançar, o som da batida ecoando em seus ouvidos. Ela fechou os olhos, e era como se tudo e todos ao redor desaparecessem. Sentiu a respiração de Matt em seu pescoço, e um dos cachos loiros tocou sua testa. Ela abriu os olhos e o observou. O olhar dele pareceu confuso por um momento, e Maude não conseguiu evitar encarar seus lábios, tomada por um desejo de beijá-los. Mas aí se lembrou do aviso de Karl sobre não misturar prazer e negócios. E se Matt interpretasse como uma tentativa de flerte?

No mesmo instante, ela soltou os braços e gritou no ouvido dele:

– Vou procurar a Jazmine!

Ele assentiu com firmeza e tirou as mãos de sua cintura, como se tivessem pegado fogo.

Maude achou que viu alívio nos olhos dele. Não tinha certeza, pois ele se virou de repente e subiu as escadas de volta ao mezanino.

Maude sentiu um aperto no peito. Por que tinha dançado com ele? Com toda certeza era culpa da música. Ela lançou um olhar para a DJ. O controle que a garota tinha, a maneira como comandava a plateia. Se a música clássica é capaz de acalmar, será que o pop tem o poder supremo de incendiar?

Enquanto esses pensamentos flutuavam na cabeça de Maude, ela encontrou Jazmine, que dançava com dois outros garotos, e se juntou ao trio.

– Está se divertindo? – gritou Jazmine.

– Melhor noite de todas! – respondeu Maude. E estava sendo sincera.

Nunca tivera amigos com quem sair antes. E mesmo que tivesse, a única vida noturna em Carvin era o silencioso *bar tabac* na Grand Place. Maude se sentia cada vez mais próxima de Jazmine a cada minuto. Talvez Matt não fosse tão ruim assim também.

Depois de um tempo, Jazmine e Maude foram para o terraço ao ar livre, iluminado por cordões com centenas de luzinhas. Elas encontraram Matt encostado no parapeito, bebendo uma cerveja.

– Acho que agora você não odeia mais tanto a música popular – disse ele, sorrindo enquanto Maude se aproximava. – Odeia?

– Foi divertido – admitiu Maude.

– Diversão é bom, mas você pode ir mais fundo – disse Matt. – Tudo o que precisa fazer é cavar mais fundo. Tente encontrar algum sofrimento dentro de você. *Não cante La Cenerentola* com um sorriso. Apesar de você parecer uma garota que teve tudo. Sabe, a menina boazinha do norte da França, que cresceu em uma cidadezinha tranquila com sua mãe e pai amorosos, irmãos e irmãs, sempre a melhor da classe, com temperamento forte quando as coisas não saíam do seu jeito. Um pouco mimada, eu acho. Você precisa colocar tudo isso...

– *Mimada?* – interrompeu Maude, sem conseguir acreditar, a palavra ecoando em sua mente.

De todas as coisas que ele podia ter dito sobre ela, *mimada* era a última que poderia remotamente se aplicar. Era assim que ele a enxergava? Ela perdera os pais antes mesmo de ter memórias deles e vivia com a dor de sua ausência todos os dias. Os Ruchet não eram cruéis, mas ela não tinha certeza se a amavam, e com toda certeza nunca a tinham mimado.

– Você não sabe nada a meu respeito, Matt – disse ela, com a voz trêmula.

Jazmine interveio:

– Ele não sabe...

– É óbvio que você não entende nada de sofrimento, senão não o romantizaria tanto. Para você, é só uma ideia bonita que traz profundidade para a composição. Como um término de relacionamento. E traz mesmo. Mas não porque os artistas pensassem nisso como arte, e sim porque era a vida deles. Isso, você *nunca* vai compreender – concluiu Maude, tremendo da cabeça aos pés.

Ela se virou, desceu as escadas correndo e foi embora da balada.

Dez

Maude ainda estava furiosa na manhã seguinte, enquanto esperava nos bastidores do Teatro Morningside, ouvindo as outras audições de *La Cenerentola*. Mas também estava cada vez mais nervosa ao observar os outros estudantes se apresentarem. As palavras de Matt ecoavam em sua mente, difíceis de esquecer. Embora odiasse admitir, o conselho musical dele fazia sentido, mesmo que ele a tivesse julgado errado.

Pensar que ele a via como uma garota mimada e arrogante! Maude se deu conta de que ele a via da mesma forma que ela via Lindsey.

Ela não podia, *não se permitiria* mergulhar de cabeça nos sentimentos de abandono, tristeza e solidão. Tinha deixado tudo isso em Carvin. Ignorar essas emoções, fingir que não existiam, tinha funcionado até agora. Se as libertasse, elas a consumiriam, e todos veriam quem ela de fato era: a pobre órfã abandonada de quem todos sentiriam pena. Maude queria poder erguer a cabeça, e não se curvar sob o peso da compaixão alheia.

Forçou um sorriso ao ver Thomas piscar para ela antes de subir no palco, encarar a Madame Tragent e cantar seu solo. Thomas estava incrivelmente à vontade como o Príncipe Encantado e era um tenor talentoso. Nada parecia capaz de deter esse Príncipe Encantado, assim como o intérprete que o representava. Era óbvio que Thomas levava o canto muito a sério. Mesmo nas aulas da Madame Tragent, era raro que perdesse a concentração. Ele nunca parecia abalado pelo olhar afiado ou pelos comentários frios dela. Maude podia notar que estava determinado a chegar ao topo e sabia que ele tinha talento e força de vontade para se tornar um famoso astro pop - mesmo que precisasse passar pelas lições clássicas da Madame Tragent.

Maude bateu palmas uma única vez quando ele terminou de cantar, mas parou a tempo de evitar se envergonhar.

- E então, como fui, rainha Maude? - perguntou ele ao se juntar a ela nos bastidores.

- O Príncipe Encantado perfeito! - exclamou.

- Sou o *seu* Príncipe Encantado perfeito? - perguntou ele, encarando-a com um olhar intenso e sério.

Maude hesitou, mas, antes que pudesse responder, Lindsey passou por ela, empurrando-a e indo em direção ao palco.

- Foi mal. Você estava no meu caminho - disse, com sarcasmo.

- Boa sorte - disse Maude, calma. - *Quebre* a perna - acrescentou, imaginando com prazer Lindsey mancando de muletas.

- Só perdedores precisam de sorte. *Eu* tenho talento - retrucou Lindsey, antes de pisar no palco e cantar o solo de Cinderela.

Ela tem mesmo *muito talento*, pensou Maude, enquanto ouvia a outra garota. A técnica de Lindsey era excelente, e sua voz, segura, embora não conseguisse alcançar as notas mais altas, diferente de Maude. Quando Lindsey cantava na parte média de seu alcance, sua voz era estável e disciplinada, fruto de anos de trabalho duro e aulas de canto com os melhores professores. Ainda assim, ao ouvir a garota, Maude sentia que estava faltando alguma coisa. Lindsey estava de pé, com as mãos nos quadris e a cabeça erguida, como se fosse dona do mundo. Sua atitude contrastava com o solo de Cinderela, que deveria ser um lamento e um desejo por uma vida melhor.

Maude olhou para Thomas e, julgando pela expressão séria dele, viu que ele estava pensando o mesmo.

– Ela não está no personagem – sussurrou Thomas, franzindo ainda mais a testa.

Maude assentiu. Embora Cinderela fosse uma personagem cheia de vida na ópera, nessa música ela deveria ser melancólica. Ela não tinha nada de arrogante, ao contrário de Lindsey naquele momento, que parecia pronta para esmagar as irmãs más se aparecessem no palco exigindo roupas e café da manhã.

– Ele estava certo – disse Maude, baixinho.

– Quem estava certo? – perguntou Thomas, curioso.

– Matt – respondeu Maude, mais para si mesma do que para ele.

Perdida em pensamentos, continuou assistindo à apresentação e quase não percebeu a expressão séria de Thomas ao ouvir o nome de Matt.

Lindsey terminou a performance e saiu do palco orgulhosa, os saltos fazendo um barulho ainda mais alto do que o normal, quase abafando a voz da Madame Tragent ao chamar Maude para o palco.

– Boa sorte cantando depois de mim – disse Lindsey friamente.

Maude não deu ouvidos para ela, nem conseguia, pois em sua mente já não havia mais espaço para nada além da música que tinha que cantar e da constatação de que Matt sempre estivera certo. Ela entrou no palco e ficou ereta diante da severa Madame Tragent, a quem mal notou também.

Lindsey nunca conseguiria interpretar Cinderela porque sempre teve tudo o que quis e nunca desejou nada, nunca sonhou com uma vida melhor.

Quando Maude começou o solo de Cinderela, com as mãos sobre o coração, ela se imaginou de volta a Carvin, no dia seguinte àquele em que descobrira o nome do pai. Ela havia pesquisado o nome dele no Google, mas não encontrara nada. Sentada sozinha na sala de estar, Maude desejou com todas as forças descobrir mais sobre sua família nigeriana-francesa. E então, ao lembrar que logo deixaria Carvin, sentiu um novo e crescente senso de esperança. Esperança de que um dia pudesse cantar sem precisar se esconder em uma biblioteca. Esperança de que descobriria quem eram seu pai e sua mãe, e como eles tinham morrido, mesmo que precisasse bater em todas as portas de Nova York para encontrar alguém que os conhecera.

Mas, desde que tinha chegado, algo a estava segurando. Ela estava se divertindo tanto que quase sentia medo de descobrir por que a identidade dos pais fora mantida em segredo por tanto tempo. E se a verdade mudasse toda a sua vida e sua percepção sobre si mesma? Não saber permitia sonhar que eles eram heróis, anjos. Talvez seu pai tivesse tomado café no mesmo lugar que ela, ou caminhado pelas mesmas ruas. Saber significava não ter mais espaço para ilusões; apenas para lidar com a dura realidade da humanidade falível deles.

Enquanto cantava, Maude deixou que as emoções emergissem, sem permitir que a consumissem. Mergulhou fundo em sua tristeza para compartilhar a dor de Cinderela e permitiu que sua voz mezzo-soprano alcançasse as notas mais graves.

Maude terminou o solo de Cinderela e voltou à realidade com um sobressalto. Não estava mais em Carvin. Ela olhou para a Madame Tragent. O rosto da professora estoica permanecia tão impenetrável quanto o de uma gárgula de pedra na Catedral de Notre-Dame.

Maude se apressou para sair do palco, indo ao encontro de Thomas, que a esperava.

– Você foi incrível! – exclamou ele.

– Não minta para ela, Thomas – disse Lindsey, altiva. – A

técnica dela está longe de ser perfeita. Você colocou vibrato demais nas últimas frases – acrescentou ela, dirigindo-se a Maude –, e deveria aprender a manter a postura enquanto canta, ou a Madame Tragent vai te expulsar da aula.

– Seu vibrato estava perfeito, Maude. Isso é ópera, não é música pop. Aquela oscilação, aquele tremor, deram muito mais profundidade e sentimento à música. Talvez você devesse tentar isso na próxima vez, Lindsey. Sabe, demonstrar *emoção*. Você parecia ter saído direto de *A Valquíria*, de Wagner, pronta para esmagar tudo no seu caminho!

– Acho que é mais fácil para a Maude se identificar com a Cinderela. Afinal, ela também não passa de uma pobre órfã, não é mesmo, Maude? – disse Lindsey, envolvendo seu veneno em um falso sorriso doce.

Maude retribuiu o sorriso com a mesma doçura e respondeu:

– Você está mais do que certa. Mas o que me intriga é por que seus pais *ainda* não colocaram você para adoção, Lindsey.

Com isso, passou por uma Lindsey furiosa, com Thomas seguindo-a de perto enquanto saíam do teatro.

– Aposto que eu e você ficaremos com os papéis principais – disse Thomas.

– Não sabemos disso com certeza. Prefiro não zicar. Além disso, Lindsey está certa. A técnica vocal dela é muito boa. Pode ser que a Madame Tragent a escolha para o papel de Cinderela. Pelo menos, a competição foi acirrada.

– O que você pode não ter em técnica, compensa com personalidade. Você estava certa, sabe. Ópera também é uma questão de história. Se valoriza um pouco. Tenho certeza de que você será a Cinderela do meu Príncipe Encantado.

O riso divertido de Maude ecoou como uma cachoeira, e Thomas a olhou com carinho.

– A Cinderela do *seu* Príncipe Encantado? Você está esquecendo que Cinderela é a protagonista, e o Príncipe Encantado não passa de um acessório para a felicidade dela – brincou Maude.

– Isso porque Rossini não sabia que *eu*, Thomas Bradfield, um dia interpretaria o papel e eclipsaria completamente a Cinderela.

– Acho melhor avisar a Madame Tragent para não te escolher. O seu, ééé... – Ela hesitou, mas, por sorte, a palavra que queria usar era a mesma em inglês e francês. – ... *ego* pode arruinar toda a ópera.

– O que te faz pensar que ela ouviria sua mais nova e inexperiente aluna?

– Ei! Ela disse que eu tenho o que é preciso para me tornar uma cantora de ópera – provocou Maude.

– Isso não significa que você vai se tornar a confidente pessoal e de confiança da Madame Tragent.

– Verdade – admitiu Maude. – Não sei se ela tem amigos ou família. Ela é tão rígida e fria. Nem todo mundo pode ter um Thomas Bradfield como amigo.

– Acho que não – respondeu ele, com um sorriso satisfeito. – A boa notícia é que só teremos que esperar alguns dias pelo resultado. Enquanto isso, podemos ir ao nosso encontro. Vai ser mais divertido do que ficar trocando mensagens.

Maude assentiu e, de repente, sentiu um nó na garganta. Até mesmo alguns dias pareciam anos. Ao encarar Thomas nos olhos, percebeu que não se importaria nem um pouco em ser a Cinderela do Príncipe Encantado dele.

Onze

Nunca havia um momento de tédio na casa dos Baldwin.

Viver em uma grande família musical não era muito diferente de viajar com o circo: o silêncio era raro, e ficar sozinho era impossível. Os Baldwin eram alegres e barulhentos.

Todos tocavam algum instrumento. Os tons graves do baixo elétrico de Jazmine eram as primeiras notas que acordavam a família inteira pela manhã. O *Concerto para Dois Violinos em Ré Menor*, de Bach, tocado por Cynthia, eram as últimas notas ouvidas antes de dormir. Em diversos momentos do dia, sobretudo nos fins de semana, o som do tambor udu de Victoria ecoava pela casa, muitas vezes acompanhado pelo violão de Terence. Os dois formavam uma dupla musical e tanto, embora cada um tivesse preferência por estilos bem diferentes. O coração e a alma de Terence Baldwin pertenciam à Motown. Desde que chegou, Maude passava as primeiras horas das noites no estúdio de Terence, junto com Ben, descobrindo as lendas da Motown.

– Agora, ouça os Jackson Five. Os irmãos tiveram uma longa carreira juntos, com um repertório variado: blues, soul, funk e, depois, disco. Eles representam uma geração inteira.

Desde sua noite no Jardim Selvagem, Maude estava fascinada com tudo o que Terence lhe ensinava sobre música popular. Ele abriu os ouvidos dela para diferentes estilos musicais e para os papéis distintos dos instrumentos, que, no início, ela tinha dificuldade de distinguir.

– Escute o baixo elétrico nesta música, "The Boss", da Diana Ross, de 1979. Esse ritmo distinto é uma das características do disco: o baixo elétrico estabelece o ritmo. Dá para notar a diferença em relação às músicas da era das Supremes nos anos 1960. Músicas como "Stop! In the Name of Love" ou "You Can't Hurry Love" têm um estilo mais soul e blues. Diana Ross era ótima em se reinventar. Isso é algo que você precisa aprender como artista: nunca dependa apenas do que acha que sabe ou do que acredita soar melhor. Mantenha a mente aberta e se permita explorar diferentes tipos de música de todo o mundo e de todas as épocas.

Maude assentiu, estalando os dedos no ritmo da música.

Jazmine entrou com seu baixo e seguiu o ritmo de "The Boss" para que Maude pudesse ouvir o papel único que o baixo desempenhava na música. Maude e Ben começaram a dançar, com Ben demonstrando seus movimentos únicos de disco. Eles giravam e rodopiavam, braços no ar, quadris balançando, mãos batendo palmas. Cynthia logo se juntou a eles. Terence observava a cena e era óbvio que estava se divertindo.

Maude, que no início estava preocupada em atrapalhar a rotina da casa com suas longas horas praticando piano ou canto, logo percebeu que sua música se misturava à atmosfera geral e delirante do lar. As letras italianas de *La Cenerentola* frequentemente acompanhavam as últimas notas da noite de Cynthia. Maude sempre amou a música "Una volta c'era un re", mas, desde a audição, ela ocupava um lugar especial em seu coração e a enchia de esperança de que conseguiria o papel.

A vida na casa dos Baldwin talvez não fosse tranquila, mas a família se dava bem... na maior parte do tempo.

Naquela noite, à mesa de jantar, eles tiveram um dos debates acalorados de que tanto gostavam.

– É sério que você acha que um artista precisa fazer dinheiro para ser reconhecido como artista? – perguntou Jazmine ao pai, enquanto passava uma tigela de arroz para o irmão.

– Aos olhos da sociedade, com toda certeza – respondeu Terence, esvaziando a jarra de água no próprio copo.

– Por que a sociedade deve definir quem é ou não artista? – retrucou Victoria, com desdém. – A arte não pode ser definida apenas por corporações como museus ou gravadoras – acrescentou, com um sorriso astuto para o marido.

– Soulville não é uma corporação – rebateu Terence, depois de tomar um gole de água.

– Não é bem uma instituição de caridade, né, pai? – argumentou Jazmine.

– Posso transformá-la em uma, se você quiser. – Ele riu. – Mas, nesse caso, quem pagaria por suas roupas caras?

– Não é esse o ponto – respondeu Jazmine, irritada.

– Claro que não – interveio Cynthia. – Um artista profissional é alguém que decide carregar o pesado fardo de sobreviver em um mundo que não acredita que artistas devam ser pagos por seu trabalho.

– Um artista só pode ser definido pelo que ele acredita ser – rebateu Victoria.

– Ah, então se eu decidir que sou uma estrela do rock, eu sou! – exclamou Jazmine, batendo com força na mesa. – Amanhã será um marco definitivo no meu caminho: estamos fazendo audições para nosso novo guitarrista. Você vai, Cynth?

– Não posso – disse Cynthia, parecendo incomodada por alguns instantes, antes de retornar ao debate inicial. – Você pode se ver como uma estrela do rock, mas ninguém mais vai te ver assim. Não até que você esteja sendo paga, e não apenas ensaiando no ginásio da escola. Eu diria que você é uma estrela do rock em formação – acrescentou ela, com gentileza.

– Mas e aqueles artistas que ninguém conhece? – perguntou Jazmine, preocupada. – E as pessoas que não têm acesso a corporações, gravadoras ou museus?

– Quero dar esse acesso ao maior número possível de

pessoas. Por que você acha que fui até a França para encontrar a Maude? – disse Terence, com um brilho nos olhos.

Maude sorriu. Ela adorava um bom debate entre os Baldwin, apesar de sempre ficar tímida demais para participar. Até agora.

– Mas, Terence, de certa forma, eu meio que vim até você pela magia das redes sociais – disse Maude.

– É, pai, se a Maude não tivesse bombado no PixeLight, você nunca teria ouvido falar dela – comentou Ben.

– Verdade, mas você sabe tão bem quanto eu que a Soulville tem olheiros.

– Olheiros que procuram artistas nos lugares que já conhecem – ressaltou Victoria. – Não é como se eles saíssem dos caminhos mais tradicionais.

– Pode ser que eles não saiam, mas o Matt sai. Ele vai disfarçado e me traz artistas interessantes de que ninguém nunca ouviu falar.

– Então, se eu decidir criar arte no meu quarto, tipo com argila – disse Ben, cruzando as mãos atrás da cabeça –, ainda sou considerado um artista profissional.

– Ninguém quer ver seus homenzinhos feios de argila, Ben – zombou Jazmine, jogando uma colher de arroz no irmão.

Os grãos acertaram a testa dele e deslizaram pelo nariz.

– Ei! – Ele revidou com outra colherada de arroz, mas Jazmine desviou rapidamente.

E, assim, começou uma guerra de comida na mesa. Jazmine jogava arroz; Cynthia e Maude, pedaços de frango; e Ben esmagava batatas e as lançava como projéteis contra Maude, enquanto os adultos pediam ordem entre risos.

Até que a campainha tocou.

Ben pulou da cadeira e correu para fora da sala de jantar. Maude ouviu a porta se abrir, e então Ben disse:

– O que você está fazendo aqui?

Ela o ouviu perguntar, e então se sobressaltou ao reconhecer a voz de Matt.

– Vou ao cinema com as suas irmãs.

E, de repente, Matt estava na sala de jantar.

Jazmine sacudiu os grãos de arroz presos às roupas e o abraçou.

– Se vamos ao cinema, quero ver um filme divertido, nada muito sério ou dramático.

Maude achava que sério e dramático não eram características que ela associaria à personalidade de Matt.

– E aquele novo filme de vampiro, *Amor Vampiro?* – sugeriu ele.

– Quer dizer aquele em que você ia fazer o papel principal, mas recusou porque não queria prejudicar sua nova e melhorada reputação de artista sério? – perguntou Terence.

– Esse mesmo – respondeu Matt, rindo.

Maude fez menção de sair da sala de jantar.

– Ei, Maude, você vai com a gente, não vai? – perguntou Cynthia.

Maude hesitou. Nunca tinha ido ao cinema em Nova York e estava louca para ir com seus novos amigos, mas não podia de jeito nenhum se Matt fosse junto.

– Não, tenho trabalho a fazer – respondeu, recusando-se a olhar para Matt, embora soubesse muito bem que ele a encarava.

– Vamos, Maude – disse Victoria, com gentileza. – Você merece uma pausa. Tem trabalhado duro nessas últimas três semanas.

– Você deveria ir – insistiu Matt, baixinho, com um leve quê de culpa em sua expressão.

Maude levantou uma sobrancelha desconfiada. Jamais passaria o tempo livre com alguém que foi tão rápido em julgar sua suposta criação como uma filha mimada.

Ela olhou diretamente para ele e disse:

– Não, tenho coisas melhores para fazer hoje à noite. Talvez outra hora.

Maude saiu, perguntando-se se aquilo que viu no rosto de Matt era decepção. Enquanto subia as escadas, ouviu Jazmine perguntar:

– Então, vamos ou não?

– Vamos, sim – respondeu Matt.

– Ben, você vai limpar tudo. – Maude ouviu Terence ordenar, seguido por uma série de reclamações do caçula dos Baldwin.

Quando Maude ouviu a porta da frente bater, suspirou aliviada e foi para o piano em seu quarto, tentando ignorar a leve e incômoda sensação de arrependimento de não ter ido ao cinema com os outros.

Ben interrompeu seus pensamentos ao entrar no quarto alguns minutos depois.

– Que pena que você não foi ao cinema. Eu adoraria ir, mas o pai não me deixa ver filme de vampiro depois do que aconteceu da última vez. Cobri os olhos durante o filme inteiro, mas tive pesadelos por semanas. O pai gritou com as meninas por terem me levado para ver um filme assustador, e elas passaram dias sem falar comigo. Não acho justo, porque eu tinha só dez anos naquela época. Agora, tenho onze.

– Isso faz toda a diferença – respondeu Maude, com toda a seriedade que conseguiu, sem querer ferir os sentimentos de Ben. – Ben, me diga uma coisa. A Jazmine, a Cynthia e o Matt são muito amigos? – perguntou ela, sentindo um desconforto ao perceber que aquela pergunta a intrigava mais do que deveria.

– Ah, o Matt já é praticamente parte da família. Conhecemos ele há anos, e ele até morou com a gente por um tempo. Quando ele vem, joga videogame e assiste a anime e dramas coreanos comigo. Ei, você quer jogar?

Maude olhou para o piano e depois para Ben. Seria impossível que ela se concentrasse na música depois da noite que tivera.

– Quer saber, Ben? Ótima ideia! Só me dá uns dez minutos e estarei pronta.

Ela esperou até que Ben saísse do quarto antes de se jogar na cama com o notebook que os Baldwin lhe emprestaram.

No campo de busca do Google, digitou *Ma*, mas não precisou ir além, já que uma lista detalhada de sugestões apareceu no mesmo instante.

Matt namoradas, *Matt mãe. Matt funeral. Matt vídeo doutor do amor*, *Matt músicas*, *Matt álbuns*, *Matt festas*, *Matt turnê mundial.*

Ela queria saber sobre algo específico que Karl havia mencionado.

Mas hesitou. Seria melhor não fazer isso. Curiosidade nunca foi uma qualidade. Mas quem ficaria sabendo?

Maude clicou em *Matt namoradas*. Uma lista de vinte entre mais de oitenta milhões de resultados apareceu em menos de um segundo. Ela rolou a página rapidamente, arregalando os olhos conforme lia. *Matt e a atriz Toni Terrell estão apaixonados. Matt foi a um brunch com a modelo Stella Madison dois dias após término com Toni Terrell. Matt e Tiana Henderson foram vistos juntos no US Open. Matt e Tiana Henderson terminam.*

Um artigo explicava que Matt e Tiana tiveram um término bastante turbulento após um relacionamento igualmente conturbado de sete meses. Outro detalhava a longa lista de ex-namoradas dele.

Álbuns, músicas, colaborações, brigas com paparazzi, aparições, eventos de caridade, campanhas publicitárias, comercial da Hugo Boss, festas da alta sociedade. Maude passou depressa por vários artigos e percebeu que havia pouco que Matt não tinha feito – e nada disso melhorava sua opinião sobre ele. Sem dúvida, ele era um rebelde nato.

Ela tinha que parar!

Talvez só depois de clicar na sugestão *Matt mãe*, decidiu.

Estava prestes a clicar no link quando um título chamou sua atenção.

Matt e Lindsey Linton.

Espera, Matt e Lindsey?

Com uma ansiedade da qual Maude se sentiu meio envergonhada, ela clicou no título, mas nunca chegou a lê-lo, porque Ben escolheu exatamente aquele momento para aparecer.

– Maaaude, você vem? – perguntou ele, impaciente.

Assustada, Maude fechou o notebook de uma vez e pulou da cama. Não tinha percebido que dez minutos tinham virado vinte, e provavelmente nem *queria* ler outro artigo sobre Matt, de qualquer forma. Ainda mais se envolvesse Lindsey Linton.

– Desculpa, Ben! Eu me distraí. Vamos jogar videogame. Mas você vai ter que me ensinar, tá bom?

– Tá bom, mas vê se não aprende rápido, porque eu adoro ganhar de quem está começando – admitiu ele enquanto saíam do quarto.

Doze

– Então, como foi *Amor Vampiro*? – perguntou Maude na manhã seguinte durante o café, esforçando-se para não parecer tão curiosa.

– Ai, meu Deus, foi tão engraçado! – Jazmine riu enquanto pegava uma garrafa de suco de laranja na geladeira. – Depois de sermos atacados por uma multidão de fãs loucos, entramos na sala vinte minutos depois que o filme já tinha começado. Como se isso já não fosse constrangedor o bastante, o Matt criticou o Jason Taylor, o protagonista, do começo ao fim do filme. Quase fomos expulsos. Ele é tão bobo! Mas disse que está ansioso para trabalhar com você na semana que vem. Ele se arrependeu muito pelo que aconteceu no Jardim Selvagem, sabe? Ele não fazia ideia dos seus pais. É a última pessoa que faria pouco caso disso depois da perda que ele sofreu.

Maude assentiu, pensando que perder uma namorada nem se comparava a perder os dois pais.

– E, por falar em homens, eu preciso muito do seu conselho – disse Jazmine.

– Sim, você tem a minha bênção para namorar o Brad – respondeu Maude, com um tom sério, embora seus lábios tremessem, prestes a sorrir. Ela estava aliviada por mudar de assunto.

– Isso não tem nada a ver com o Brad, o palerma, como você o chamou.

– Eu falei o pateta, não o palerma. Me dá um desconto.

– De qualquer forma, não queria falar do Brad. Você se lembra do Jonathan?

– Jonathan alto e magro? – perguntou Maude.

Jazmine assentiu, franzindo a testa.

– Ele fez um teste? – perguntou Maude, surpresa.

Jazmine assentiu de novo.

– Ele conseguiu segurar a guitarra durante a música inteira?

– Eu sei, eu sei. Ele não combina com o nosso estilo. Usa uns óculos enormes, tipo Harry Potter. É magro feito um graveto, parece até que vai quebrar. Ele derruba qualquer coisa que encosta nas duas mãos esquerdas que tem. Mas, quando ele toca, *quase* dá para esquecer a cara de nerd dele. Quase, mas não vamos exagerar. É por isso que estamos em dúvida se devemos aceitá-lo.

– Vocês tinham outros guitarristas em mente?

– Esse é o problema. Ele foi *o* melhor. Tinha uma *vibe* meio Jimi Hendrix, sabe?

– Então aceitem ele. – Maude deu de ombros, sem entender qual era o problema.

– Foi o que a Cynth disse, junto com um "beleza não é tudo, Jaz". Mas não é tão simples assim. – Jazmine suspirou. – O Matt foi o único que entendeu. Ele percebeu que, mesmo o Jonathan sendo um ótimo guitarrista, ele também precisa se encaixar com o resto da banda. Ainda mais porque ele seria o único cara no grupo.

Maude estreitou os olhos. Então, além de idiota, Matt era também um narcisista superficial.

– Olha pelo lado bom, pelo menos você sabe que nunca se apaixonaria por ele. Então é bem capaz que ele dure mais do que todos os seus outros guitarristas juntos – observou ela, com um ar filosófico.

– Você tem razão, Maude! – exclamou Jazmine, um sorriso se espalhando por seu rosto.

Nesse momento, um som terrível veio do quarto de Ben. Parecia algo entre o choro de um bebê e os últimos lamentos de um gato à beira da morte.

– Ai, meu Deus – disse Jazmine, tapando os ouvidos. – Começou.

– O que começou? *Torture* – acrescentou Maude em francês. – Alguém está torturando o Ben? E a gente ao mesmo tempo?

– Temos uma tradição.

– Envolve matar gatinhos inocentes? – Maude fez uma careta enquanto mais barulho ecoava pela casa.

– Nem um pouco. Quando fazemos onze anos, temos que tentar todos os diferentes tipos de instrumento e, no nosso aniversário de doze anos, escolhemos aquele com o qual mais nos sentimos confortáveis, aquele do qual não conseguimos nos separar. É uma tradição que a mamãe inventou. Ela ama tradições, ainda mais quando envolvem música. É por isso que o Ben está nos torturando com a gaita de foles. Vamos torcer para ele melhorar rápido.

– Quando é o aniversário do Ben?

– Em julho. E, até lá, vamos ouvir muitos instrumentos diferentes.

Julho, pensou Maude, sentindo um aperto no peito. Se ela fracassasse e tivesse que voltar para Carvin, não estaria lá para ver qual instrumento Ben escolheria.

– Ei, você está bem? – perguntou Jazmine, percebendo a expressão abatida de Maude, suas sobrancelhas franzidas. – Não se preocupe, não vai ser tão ruim. Você pode usar tampões de ouvido se quiser. Tenho certeza de que é o que a Cynthia está fazendo agora, durante a sessão de ioga – brincou ela, começando a limpar a mesa.

Maude esboçou um sorriso fraco, mas não conseguia se livrar daquela sensação horrível e persistente no peito.

Treze

Naquela noite, após se revirar na cama, Maude concluiu que não conseguiria dormir.

Ela havia passado três semanas incríveis com os Baldwin. Como a simples menção de julho, quando ela voltaria para Carvin, podia perturbá-la tanto? Isso se ela retornasse.

Quando foi que começou a se importar? Em que momento se apaixonou por aquela cidade?

O fim de janeiro se aproximava, mas julho ainda parecia tão distante, ela tentou se tranquilizar. Se seus *singles* fizessem sucesso, ela poderia ficar o tempo que quisesse. Mas como criar três canções pop se as brigas constantes atrapalhavam sua colaboração com Matt? O prazo para o primeiro *single* estava chegando, e ela ainda trabalhava sozinha, sem nenhum resultado positivo.

Ela e Matt precisavam encontrar uma maneira de trabalhar juntos.

Maude saiu do quarto em silêncio, desceu as escadas com cuidado para não fazer barulho e foi em direção à cozinha.

Ficou surpresa ao ouvir alguém se movimentando. Quando se aproximou, percebeu que era Victoria, preparando leite quente para si.

Maude hesitou, sem querer interrompê-la.

Victoria era a pessoa da família Baldwin com quem Maude tinha menos contato. Ela já tinha fofocado com Jazmine, conversado e tocado piano com Cynthia, jogado videogame com Ben e passado incontáveis horas com Terence aprendendo sobre música. Victoria era outra história.

Na verdade, Maude se sentia um pouco intimidada. Victoria tinha uma aura especial, algo que Maude nunca tinha visto em ninguém. Era uma mulher forte, destemida, que não deixava nada impedi-la. A matriarca dos Baldwin era uma defensora dos direitos das mulheres e dirigia uma organização que lutava por essas causas. Ela fundou o grupo com sua melhor amiga, uma advogada chamada Nathalie Fern. Os membros, homens e mulheres, se reuniam uma vez por mês na casa dos Baldwin para discutir questões, incluindo o abrigo para mulheres que Victoria criara oito anos antes.

Maude ouvira Victoria falar em uma dessas reuniões durante sua primeira semana na cidade e ficara admirada, e um pouco intimidada, com seu tom forte e confiante, a forma como conseguia se lembrar de detalhes e seu poder de persuasão. Cynthia e Jazmine irradiavam orgulho da mãe, embora não percebessem isso sob o olhar de uma recém-chegada como Maude. Victoria trazia alegria, piadas e risadas para a casa, mesmo enfrentando desafios diários no abrigo e no trabalho. Maude admirava a força dela.

Ainda estava debatendo se deveria interromper o lanche noturno de Victoria quando a mulher se virou e a avistou.

Ela sorriu e perguntou:

– Também não conseguiu dormir? Quer um pouco de leite quente?

– Não quero incomodar.

– Bobagem. Pode vir. Meu chocolate quente não é tão bom quanto o do Terence, mas não é ruim. Só não conte isso a ele, ou vai se gabar de todas as coisas que faz melhor do que eu. Como se fossem tantas assim... – acrescentou Victoria, com um sorriso carinhoso.

– Você tem que admitir, ele *é* um ótimo... chef! – Maude usou com orgulho uma palavra que sabia existir nos dois idiomas. – Nunca comi tão bem em toda minha vida.

– Isso é ótimo, então. Eu disse ao Terence que ele tinha que mimar e engordar você direitinho.

Maude riu da honestidade de Victoria, mas, pensando bem, ela estava com fome.

– Maude – começou a dizer Victoria –, não quero ser intrometida, e você pode me dizer se eu estiver ultrapassando algum limite, mas posso perguntar o que aconteceu com seus pais?

Maude olhou para as mãos, sentindo-se desconfortável.

– Eu não sei. Ninguém nunca quis me contar quem eles eram.

– Nem seus pais adotivos? Por quê?

– Não faço ideia – disse Maude. – Perguntei a eles, mas se recusaram a me dizer, então desisti. Tudo o que sei é que meu pai era um homem franco-nigeriano chamado Aaron Laurent.

– Franco-nigeriano? Interessante. Eu sou nigeriana-americana.

– Você é nigeriana? – perguntou Maude, surpresa.

– Do povo igbo. Meu nome completo é Victoria Chioma Okafor. Meus parentes e amigos nigerianos me chamam pelo meu nome de lá, Chioma. Meus pais emigraram para cá antes de eu nascer, e meus irmãos e eu crescemos aqui.

– Li sobre os igbos, os iorubás e os hauçás, e que existem mais de duzentos grupos étnicos na Nigéria. Mas não faço ideia de qual é o meu.

– Você pode ser uma igbo honorária, se quiser.

– Eu adoraria! – exclamou Maude, animada. – Humm, como eu faço isso?

– Minha querida Maude. – Victoria segurou o queixo de Maude e o apertou de forma afetuosa. – Só você pode definir quem você é. Não deixe ninguém fazer isso por você.

– Meu Deus, você fala igbo? A Jazmine fala?

– Eu falo, mas não ensinei aos meus filhos, para o desespero do meu pai.

– Ah, que pena. Por que você não ensinou?

– Fiquei desconfortável em ensinar a eles um idioma que o Terence não pudesse entender, embora ele fosse totalmente a favor. – Victoria fez uma pausa. – Queríamos ensinar tantas coisas para as crianças, então fiz uma escolha. Como pais, tomamos decisões o tempo todo, temendo que nossos filhos possam nos ressentir no futuro da mesma forma que nos ressentimos de nossos pais por algumas das escolhas que fizeram.

– Sempre ouvi dizer que os filhos *entendem* os pais quando também se tornam pais.

– Entendemos mais, mas nem sempre concordamos. – Victoria riu, depois suspirou. – Se você soubesse de quantas coisas eu ainda discordo do meu pai. É uma verdadeira batalha dizer o que queremos ensinar, o que nossos filhos *querem* aprender e o que temos tempo para ensinar. Ensinei outras coisas para meus filhos, como a culinária e as vestimentas igbo. Eles sabem exatamente de onde vieram os avós e todos os ancestrais. Terence e eu criamos nossas próprias tradições familiares. Deixo que eles escolham quais instrumentos querem tocar aos doze anos. Mais importante, fiz com que eles tivessem sede de aprender. Seja o que for que queiram aprender, eles podem e vão aprender, seja aos cinco ou cinquenta anos. Se e quando estiverem prontos para aprender o idioma igbo, eles vão.

– Isso faz sentido.

– Seus pais também fizeram o melhor que podiam, mesmo que por pouco tempo. Você sabia que pode pesquisar informações sobre seus pais entrando em contato com a administração francesa?

– Às vezes, tenho medo de que a morte deles tenha sido tão trágica que meus pais adotivos não quiseram me contar. Fico pensando se...

– ... se não saber é de alguma forma melhor do que ouvir uma verdade difícil demais para suportar – completou Victoria.

Algo na voz de Victoria fez Maude levantar os olhos para ela. Por um instante, viu algo nos olhos de Victoria. Era o olhar de alguém que carregava um sofrimento havia muito reprimido e silenciado, algo que só poderia ser compreendido por outra pessoa que já tivesse vivido uma angústia semelhante.

Victoria foi a primeira a quebrar o feitiço, levantando-se para servir mais uma xícara de chocolate quente.

– Então Terence já te ensinou tudo sobre os dias de glória da Motown, não é? – perguntou ela, sorrindo.

Maude assentiu. Ainda estava intrigada com o que Victoria havia revelado sem querer, mas não queria parecer intrometida, então se conteve.

– Ele e eu temos gostos musicais diferentes. Apesar de eu gostar de soul e blues, tenho um gosto especial por música nigeriana e world music. Terence e eu passamos a maior parte da nossa vida em Nova York, mas só o conheci durante meu ano de intercâmbio em Paris. Veja como o mundo é pequeno.

– Em Paris! Que romântico – exclamou Maude. – Imagine só: vocês já devem ter passado um pelo outro sem saber que estavam destinados a ficar juntos. – Ela pensou em Matt, um francês que conhecera em Nova York. Será que já haviam passado um pelo outro na França? Não, a menos que ele já tivesse ido a Carvin.

– Já ouvi você tocar o udu, e é um instrumento lindo – disse Maude, hesitando. – Estava pensando se você poderia me ensinar mais sobre esse tambor e sobre música nigeriana. Só se tiver um tempinho, claro. Sei que você deve estar muito ocupada com o trabalho e buscando financiamento para o abrigo e tudo mais.

– Sempre terei tempo para você, minha querida Maude – respondeu Victoria, com seu sorriso deslumbrante, e Maude a olhou com gratidão. – Uma das minhas amigas vai se casar com um nigeriano na primavera. Quando chegar o dia do casamento, já terei te ensinado tudo o que sei sobre música tradicional igbo.

Catorze

Na manhã em que sairiam os resultados das audições para *Cenerentola*, Maude acordou assim que os primeiros raios de sol do inverno brilharam sobre o rio Hudson, iluminando a Ponte TriBeCa com um brilho pontilhado de poeira. Com a luz do dia, suas emoções confusas voltaram à tona. Ela queria tanto aquele papel! Apresentar-se diante de um público de verdade, ainda mais como a *Cenerentola* de Rossini, seria um marco em sua vida.

Mas também queria fazer com que Terence e Victoria sentissem orgulho dela. Eles já haviam feito tanto por ela. Deram roupas, comida, gentileza e, o mais importante, a sensação de que pertencia a algum lugar. Maude queria retribuir da única maneira que sabia: cantando.

Quando ela e Jazmine foram ao teatro naquela manhã, Maude estava determinada a receber a notícia com a coragem de uma viking e o estoicismo de um filósofo grego.

– Se você não conseguir o papel, vamos afogar nossas mágoas em baldes de sorvete – garantiu Jazmine.

Maude assentiu, sem energia. Não conseguia nem falar.

Conforme se aproximavam do teatro, as meninas viram Thomas cercado por uma multidão feliz.

Maude abriu um sorriso.

– O Thomas deve ter conseguido o papel de protagonista masculino! Vamos dar parabéns para ele!

– Você não quer descobrir seu papel primeiro? – perguntou Jazmine, apressando-se atrás dela.

De repente, uma garota de sua turma gritou:

– Maude! Você é a nova Cinderela!

O coração de Maude parou por um segundo inteiro. Será que era verdade? Ela correu até o quadro de avisos de cortiça na entrada do teatro, no qual estava afixada a lista do elenco.

E lá estava o nome dela. CINDERELA: MAUDE LAURENT.

– Parabéns, Maude. – Jazmine a abraçou com força.

Quando ela a soltou, Maude deu um passo para trás e esbarrou em alguém. Ao se virar, deparou-se com uma Lindsey visivelmente irritada, que acabara de ver o resultado. Maude olhou para descobrir qual papel Lindsey havia conseguido.

– Clorinda – leu Jazmine, com um sorriso satisfeito. – O papel da irmã malvada combina muito bem com você, Lindsey. Vejo que também é a substituta da Cinderela. Substituta! – zombou Jazmine.

– Jaz – disse Maude, baixinho.

Diante da confusão e do desconforto de Lindsey, Maude não pôde evitar sentir uma pontada de empatia pela garota, apesar de ela ter sido cruel com Maude desde sua chegada. Lindsey permaneceu em silêncio por um instante. Parecia lutar contra as lágrimas e a raiva ao mesmo tempo. Por um breve instante, seu lábio inferior tremeu. Ela se endireitou numa tentativa de manter a dignidade e se virou para Maude.

– Você não merece esse papel. Está na turma da Madame Tragent há pouquíssimo tempo. Sua voz é fraca e você basicamente não tem técnica nenhuma. Não sabe atuar, não sabe cantar, mal consegue terminar seus exercícios vocais!

A empatia que Maude sentia se dissolveu no mesmo instante.

– Você tem direito à sua opinião – concedeu ela, com graça. Estava feliz demais para deixar o humor de Lindsey abalá-la.

– A Maude merece esse papel, e você sabe disso, Lindsey – disse Thomas, aproximando-se do pequeno grupo.

– Você devia agradecer à Madame Tragent por ter te dado um papel – acrescentou Jazmine.

– Ela vai arruinar o show inteiro, vocês vão ver – provocou Lindsey. – Ainda bem que estarei lá para juntar os pedaços. Não digam que não avisei! – gritou enquanto se afastava.

– Não dê ouvidos para ela, Maude – disse Thomas.

– A Lindsey não me abala. – Maude riu. – Acho que devo te dar os parabéns, sr. Príncipe Encantado.

– Parabéns para você também. Tenho certeza de que seremos ótimos juntos – respondeu ele.

Maude assentiu energicamente e, então, procurou seu celular. Não via a hora de contar a novidade para Terence e Victoria.

Quinze

Maude nunca tinha ido a um encontro de verdade.

Sentada no chão do quarto de Cynthia, com as pernas da amiga ao seu redor enquanto ela trançava seu cabelo, não sabia dizer se o frio que sentia na barriga vinha dessa experiência inédita ou do fato de nunca ter dado ou recebido um beijo de verdade.

Acontecera *uma vez*, mas não contava. Pelo menos, não para Maude, que gostaria de apagar essa lembrança da memória. Foi com Antoine, no sétimo ano. Ela era apaixonada por ele desde o sexto ano, e quando ele disse que a achava bonita e perguntou, do nada, se queria ser sua namorada, ela disse sim. Naquela noite, Maude pulou de alegria em seu quarto por meia hora.

Bem, o relacionamento deles durou cerca de uma semana, mas ela ganhou seu primeiro beijo. No intervalo, numa tarde de sexta-feira, no refeitório da escola, depois de ele ter comido peixe frito no almoço, ele se inclinou e a beijou. Tinha rolado um pouco de língua, um tanto de saliva e vários estalos de beijo. Nada parecido com o beijo romântico com que Maude tinha sonhado. Ela ficou tão decepcionada que terminou com ele dois dias depois, após passar um dia inteiro evitando-o. Desde então, se perguntava se o problema era ele ou se talvez era ela quem beijava mal.

– Pronto, tudo feito – disse Cynthia, dando os últimos retoques no cabelo de Maude.

Jazmine e Cynthia recuaram para admirar o resultado. Haviam trançado o cabelo dela em um estilo grego, que fez Maude se sentir como uma das deusas antigas que vira na ala de antiguidades do Louvre.

– Você está maravilhosa. – Jazmine suspirou. – Esse garoto misterioso que você nunca mencionou vai ficar desnorteado.

– É algo muito recente e eu nem o conheço direito. Não quero estragar tudo – respondeu Maude.

– Simples, mas elegante. Está perfeita – completou Cynthia.

– Vocês são as melhores – agradeceu Maude.

– Ainda bem que mamãe e papai saíram, ou iam querer tirar uma foto, e a mamãe ia querer bater papo com o garoto – comentou Jazmine.

– Esse encontro não é nada de mais – insistiu Maude pela centésima vez. – Ele só vai me mostrar um pouco de Nova York.

– E te convidou para um restaurante chique – provocou Cynthia.

As meninas caíram na risada até que ouviram a campainha.

– É a sua deixa – disse Jazmine.

– Hum, talvez eu devesse dar uma olhada nesse rapaz – brincou Cynthia, balançando o dedo.

– Acho que eu também. Você sabe, investigar o passado dele, a família, a profissão. E ter *a conversa* – disse Jazmine, balançando a cabeça.

– Nem pensem nisso! – alertou Maude, rindo. – Fiquem trancadas aqui no quarto. Não quero nem ver vocês espiando.

Ela desceu correndo as escadas e abriu a porta. Thomas estava lá, vestindo uma jaqueta de couro e jeans, com o cabelo escuro penteado para trás. Ela nunca o vira tão bonito.

– Pronta para a primeira parada? – perguntou Thomas.

Maude assentiu e fechou a porta atrás de si. Eles caminharam até o Battery Park, conversando animadamente.

Ao chegarem, Maude e Thomas abriram caminho pela multidão para comprar os ingressos para a balsa.

– Tudo certo. Me segue – chamou ele, balançando dois ingressos.

Centenas de pessoas lotaram a balsa, e Maude seguiu Thomas até o deque superior.

– Espero que você não fique enjoada – disse ele, apoiando-se no corrimão.

– Eu também, nunca andei de balsa.

Como tantas outras coisas na vida de Maude agora, aquela experiência era uma novidade.

– Então, me conta, como é trabalhar na Soulville?

Maude achou ter percebido um lampejo de inveja nos olhos dele. Assim que surgiu, desapareceu, fazendo-a se perguntar se era coisa da sua cabeça.

– É incrível. Quer dizer... – Ela estava prestes a mencionar como Matt era irritante, mas se conteve. De alguma forma, parecia inadequado falar dele no primeiro encontro com outro garoto. – É um pouco difícil me adaptar a tantas coisas novas, mas ainda assim é muito legal. Você deveria visitar algum dia.

– Acho que eles não gostariam que eu fosse.

– Por quê? Você é tão talentoso, tenho certeza de que é só uma questão de tempo. Talvez investir mais nas redes sociais. Cynthia insiste que é *très important* – disse Maude em francês. – Não sou muito boa nisso ainda. Para a minha sorte, ela tem paciência.

– Mas os executivos, eles pressionam para entregar resultados.

– Alguns. Como o Alan. Ele age como se minha mera presença o irritasse.

– Vou te contar uma coisa – disse Thomas, mudando de assunto. – Essa é a primeira vez em cinco anos que vou à Estátua da Liberdade.

– Sério? Você não vem aqui toda semana?

– Você ia à Torre Eiffel todo dia?

– Eu não morava em Paris. Se morasse, subiria na torre todos os dias! Talvez até duas vezes por dia.

– Antes ou depois da escola? – brincou Thomas.

Maude riu, admitindo:

– Tá, já entendi. Você cresceu aqui?

– Não, minha família se mudou de Chicago pra cá por minha causa. Meus pais sempre acreditaram que eu seria um astro. Quando quis participar de um comercial com cinco anos, eles me incentivaram. Minha mãe me levou para um milhão de audições.

– Qual foi seu primeiro comercial?

– Leite. O que mais poderia ser? Com aquela idade, não seria um comercial de carros.

– Talvez de carrinhos de bate-bate.

– Depois, fiz minha primeira aula de canto e soube que preferia cantar a atuar. Quando assinei com uma grande agência em Nova York, minha família veio junto.

– É incrível ter todo esse apoio.

– É uma faca de dois gumes. Sou sortudo, mas, ao mesmo tempo, sinto a pressão de ter que fazer tudo dar certo. Não quero que os sacrifícios deles sejam em vão.

– Tenho certeza de que eles não veem dessa forma.

– Mas eu vejo. – Seus olhos ficaram sombrios. – De qualquer forma, não deveria falar disso com alguém que perdeu os pais tão cedo.

Parecia que ele queria saber sobre os pais dela, mas Maude não conseguiu dizer mais nada. Além disso, ela sabia muito pouco a respeito dele e queria conhecê-lo melhor. Por que estragar o dia falando de morte?

A buzina soou alto, anunciando a saída da balsa. Maude se apoiou no corrimão para observar o barco se afastar lentamente. Ela respirou fundo e feliz, deixando o ar do mar encher seus pulmões. Fechou os olhos por um instante, depois os abriu de novo e observou a água, vendo as ondas dançarem contra o barco enquanto o vento cochichava ao seu ouvido e uma gaivota soltava sua risada característica.

– Olha só – chamou Thomas, afastando-a de seus pensamentos.

Maude ergueu os olhos para admirar a beleza da Estátua da Liberdade enquanto a balsa se aproximava da Ilha da Liberdade.

A estátua imponente erguia-se sobre um pedestal, com o corpo envolto em uma toga simples, mas majestosa, de cobre, e uma expressão decidida no rosto. Sua coroa e tocha brilhavam sob o suave sol da manhã.

Era raro que Maude sentisse uma empolgação tão intensa como ao subir a estreita escadaria até o topo da estátua, parando apenas para recuperar o fôlego. Thomas parecia se divertir com a empolgação dela.

Quando chegou à coroa, Maude parou, deslumbrada. Apesar do ar frio, uma sensação de calor a envolveu enquanto admirava a vista magnífica. A cidade, em toda sua grandiosidade, espalhava-se diante dela, separada pela água, mas ainda assim tão próxima que quase podia tocá-la.

– É lindo demais.

– Vamos tirar uma selfie! – sugeriu Thomas.

Maude concordou, sorrindo enquanto ele passava o braço ao redor dela e levantava o celular. Ele tirou a fotografia e perguntou:

– Posso postar?

Maude hesitou. Não sabia ao certo por que queria manter aquele momento maravilhoso em privado, mas mudou de ideia. Cynthia vivia insistindo para que ela fosse mais presente nas redes sociais.

– Tudo bem – respondeu Maude.

Ela voltou a olhar para a paisagem, mal acreditando na sorte de estar ali.

Começou a murmurar a melodia de "Un soave non so che", da ópera *La Cenerentola.*

De repente, sentiu uma vontade irresistível de cantar naquele cenário deslumbrante e não conseguiu evitar cantar baixinho as primeiras palavras que lhe vieram à mente: os versos do primeiro ato de *La Cenerentola.*

"*Que sentimento é este?*
Por que meu coração bate tão forte?"

Sentiu Thomas se posicionar bem atrás dela. Ele começou a cantar junto, quase inaudível, mas Maude conseguia ouvir cada palavra, e isso lhe causou arrepios deliciosos enquanto sentia a respiração dele em sua nuca.

"*Eu bem poderia contar, mas não me atrevo a falar.*"

Maude se virou para encará-lo, e os dois continuaram sussurrando as palavras, olhando um para o outro com desejo.

"*Quisera eu falar, falho em tentar, porém:*
Um encanto sem nome, que a arte não retém
Em cada traço de seu rosto a se espalhar
Como é doce o sorriso que vejo ao te olhar!"

Ela previu o que viria em seguida antes que acontecesse. Estranhamente, naquele instante, não soube explicar por quê, mas pensou em Matt. E, tão rápido quanto surgiu, ele desapareceu de sua mente. Thomas se inclinou e a beijou. Suas mãos grandes moldaram com gentileza o rosto dela, e, quando seus lábios se tocaram, Maude achou que suas pernas cederiam. Ela levantou as mãos, passando-as devagar pelo cabelo dele, enquanto seu coração pulsava como um tambor udu. Sentiu a língua dele na sua e o sabor fresco de menta. Ele envolveu sua cintura com os braços, puxando-a para mais perto, e ela podia sentir o coração dele batendo tão rápido quanto o dela. Eles se soltaram, mas continuaram presos ao olhar um do outro.

– Uau. – Foi tudo o que Maude conseguiu dizer.

– A mágica da Estátua da Liberdade – murmurou Thomas.

Maude só podia concordar. Seu celular vibrou. Ela ficou boquiaberta ao perceber que havia recebido uma mensagem de Matt.

Que coincidência. Será que ele sabia o que tinha acabado de acontecer?

Ela abriu a mensagem e leu.

Descoberta enorme. Consegue vir agora?

– É o Matt. *Il dit*, hããã, que fez uma descoberta e quer que eu vá agora mesmo.

Maude mordeu o lábio inferior, desconfortável. Era uma péssima ideia ver Matt agora. O fato de o rosto dele ter surgido em sua mente logo antes do beijo com Thomas a incomodava profundamente. Com certeza, era uma má ideia. Ainda assim, ela estava morrendo de vontade de ver Matt. Era só curiosidade sobre a música, ela tinha certeza disso.

– Sem problemas! Você deveria ir – disse Thomas.

– *Tu peux*, ééé, você pode vir comigo, se quiser! – gaguejou, visivelmente agitada.

– Ah, não quero incomodar.

– Vamos lá, posso te mostrar onde eu trabalho.

– Não, tá tranquilo, vai lá, faz o que tem que fazer – insistiu Thomas. – Afinal de contas, isso é só o começo.

Dezesseis

Quando Maude chegou ao Estúdio de Criação do Matt, sentiu um leve arrepio ao vê-lo com a cabeça inclinada sobre o violão. Ele vestia uma camisa azul estampada e larga, com mangas que ela sabia que ele arregaçava, frustrado, quando a inspiração não fluía do jeito que queria. Ela se perguntou como seria estar nos braços dele da mesma forma que ele segurava o violão, ser tocada e acariciada como ele dedilhava as cordas. Ele ergueu a cabeça, e o movimento interrompeu os devaneios de Maude.

Depois de ter acabado de beijar Thomas, achou que não deveria se perguntar como seriam os lábios de Matt enquanto ele tirava uma palheta de entre os dentes.

– Obrigado por vir – disse ele, levantando-se do sofá laranja.

– Eu sempre coloco a música acima de tudo – respondeu Maude, ríspida.

– Olha, eu queria me desculpar pelo que aconteceu na semana passada. Jazmine me contou sobre seus pais. Sinto muito por ter dito que você era mimada.

Maude percebeu que ele falava com sinceridade, e algo dentro dela cedeu. Que diferença um pedido de desculpas fazia!

– Acho que você não tinha como saber – respondeu Maude. – Mas talvez não devesse tirar conclusões precipitadas. Nem todo mundo cresce com uma mãe e um pai, sabe.

Matt evitou encará-la nos olhos, e Maude assumiu que o desconforto dele vinha da culpa. Mas então viu a tristeza no rosto dele. Ficou intrigada com aquilo até que ele voltou a fitá-la e abriu um sorriso rápido.

– Queria te mostrar uma coisa. Trabalhei feito louco na última semana em três músicas novas: “Deixar Você pra Trás”, “Inconsequente” e, a minha favorita até agora, “Quando o Sol Nascer”. Dá uma olhada na partitura.

Ela pegou a folha de música, aliviada por mudar de assunto e pensar em outra coisa. Rapidamente percorreu a partitura, e seu rosto se suavizou ao ler a letra. Respirou fundo e começou a cantar.

“*Você fica linda assim, dormindo*
Te olho sem querer parar
O relógio vai seguindo
Nem o tempo vem te acordar
A luz do sol na sua pele quente
Seu sorriso apaga qualquer temor
Com você por perto é diferente
As sombras perdem todo o valor.”

Maude parou e olhou para Matt.

– É linda – sussurrou.

– Eu estava inspirado quando escrevi – disse ele, baixinho, seus olhos cinzentos e sérios pousando nela. – Lembra daquela manhã em que você estava ensaiando *La Cenerentola* aqui, sob a luz do sol? Usei aquilo e, bom, extrapolei.

Maude mordeu o lábio inferior. *Ela* tinha sido a inspiração *dele*?

– Então eu sou meio que sua musa. É isso que está dizendo?

– Claro. – Matt deu de ombros. – Quando trabalho com um artista, uso o que sei dele para escrever uma música. Só para garantir que a música combine.

– Ah, sim. Claro – murmurou Maude.

– Essa música ficaria perfeita com uma mistura de clássico e pop. O arranjo poderia ser você no piano, começando com um solo bem clássico, e o pop viria na hora de cantar.

– Gosto dessa ideia. Vamos tentar.

Pelas horas seguintes, Maude e Matt trabalharam no piano, rabiscaram a partitura, fizeram anotações e adicionaram novas letras. Foi um momento maravilhoso, cheio de brincadeiras, esforço, concentração e a inegável satisfação de finalmente estarem progredindo!

Quando o sol se pôs sobre a confusão exuberante da Times Square, os dois se sentiram satisfeitos com o resultado e suspiraram, exaustos.

– Até que enfim temos nossa primeira música para apresentar ao Terence – disse Matt, esticando as pernas no sofá laranja. – Vamos pedir comida para comemorar. A menos que você prefira ir para casa.

– Estou morrendo de fome! Podemos pedir comida nigeriana? A Victoria fez um ensopado outro dia chamado egusi, e eu não consigo parar de pensar nele.

– O egusi da Victoria é o melhor.

– Você já provou? Ah, é verdade, o Ben comentou alguma coisa sobre você ser praticamente da família.

– Ah, que fofo da parte dele. Tenho certeza de que ele disse isso depois que o deixei ganhar a última rodada de videogame.

– Aquele garoto é um péssimo perdedor. – Maude riu. – Vou fazer o pedido.

Ela pegou o celular e viu que tinha uma notificação do aplicativo PixeLight.

Matt se aproximou por trás dela.

– Você pode pedir no restaurante igbo Kwenu? Vou te mostrar, a comida deles é ótima.

Maude abriu o aplicativo PixeLight e se engasgou ao ver a selfie dela com Thomas estourar na tela.

– Hã... é você e o Thomas Bradfield? – perguntou Matt.

Ela virou o celular para longe depressa.

– Você conhece o Thomas?

– Conheço – disse ele, baixinho. – E não sei como dizer isso sem parecer um babaca, mas acho que você não deveria sair com ele.

Matt passou a mão pelo cabelo, soltando um suspiro de frustração.

Maude franziu a testa, intrigada.

– Por que diria uma coisa dessas?

– Vocês estão juntos?

– É algo bem recente. Recente, tipo, hoje. Nós saímos...

– Hoje? Você esteve com ele *hoje*? O quê? Por quê? O que você vê nesse cara?

– Isso não é da sua conta – rebateu Maude, indignada. – Você não pode dizer "nunca misturo negócios com prazer, mas você não pode namorar ninguém da cidade inteira".

– É por isso que está com ele? Por causa do que eu disse?

Maude percebeu que sua verdadeira raiva vinha do fato de que Matt não só havia descartado com firmeza qualquer possibilidade entre eles, como agora também tentava sabotar qualquer chance que ela tivesse com Thomas. Ele não podia nem suspeitar que ela tinha tido um leve, o *mais leve* dos interesses nele.

– Desce do pedestal por um *minute*! – Maude pronunciou a última palavra em francês. Respirou fundo. Não podia falar francês agora, senão ele saberia que tinha mexido com ela. – Eu gosto do Thomas. Ele é o oposto de você. Eu não te namoraria nem se você fosse o último cara na Terra.

Matt se retraiu, e Maude percebeu que suas palavras tinham machucado.

– O que o Thomas te contou sobre a Soulville? – perguntou Matt num tom cortante.

– Só que deve ser um sonho trabalhar aqui.

– Ele quase assinou com a Soulville, Maude.

– E daí? O que isso tem a ver comigo?

– Eles não fecharam com ele porque a Soulville assinou com *você*. Digamos que, na época, Thomas não lidou muito bem com isso.

– Mentira – disse ela, incrédula.

– Por que eu mentiria? – Matt passou a mão no rosto, exausto.

– Não sei. Eu só... preciso ouvir isso dele.

– Ele escondeu isso de você. E agora está postando sobre vocês dois. Ele está te usando para fortalecer a própria imagem.

– Eu disse que ele podia postar essa selfie – rebateu Maude. – Só não achei que fosse me marcar. Olha, eu e você trabalhamos juntos. Mas você não tem o direito de comentar sobre minha vida amorosa.

– Só estou dizendo que você deveria tomar cuidado.

– Sabe de uma coisa? Perdi a fome – disse Maude, embora seu estômago roncasse em protesto.

E, com isso, pegou seu casaco e saiu.

• • •

– Seus dedos são numerados de um a cinco, sendo o polegar o número um – explicou Maude naquela noite. – A posição das mãos é essencial. Não curve os dedos assim. Imagine que está segurando uma bola. Abaixe o pulso – indicou Maude, com gentileza.

Maude estava dando a um impaciente Ben sua primeira aula de piano. Não importava o quanto o dia tivesse sido ruim, Maude sempre sentia que passar um tempo com aquele garotinho atrevido era a solução para todos os seus problemas. Inclusive os amorosos.

Os dois estavam sentados no banco em frente ao Yamaha

branco dela, e Ben tentava ao máximo não apertar todas as teclas de uma vez.

– Me diz uma coisa, Maude, quando eu vou conseguir tocar Beethoven e Chopin como você?

– Você vai precisar praticar muito. Isso não acontece da noite para o dia.

Ben suspirou.

– O que foi? – perguntou Maude, preocupada.

– Nenhum instrumento combina comigo – explicou Ben.

– Você não testou instrumentos suficientes para desistir.

– Minhas irmãs sabiam exatamente quais queriam, como se tivessem sido atraídas por uma espécie de mágica. Elas aprenderam a tocar os instrumentos rapidinho.

– Pode até ser. Mas, para nós, meros mortais, leva tempo e exige muita prática. Você ainda tem meses para decidir.

– E se eu não encontrar o certo?

– Tenho certeza de que seus pais não vão se importar se você escolher um instrumento mais tarde. Mas sua escolha não pode te impedir de gostar de outros instrumentos. Olha a Victoria, por exemplo. Ela toca udu e vários outros tipos de instrumento de percussão.

– Eu quero sentir o que você sente pelo piano. Seus olhos brilham toda vez que você vê um, e passa horas nesse banco. Quando começou a tocar?

– Quando eu tinha onze anos – disse Maude, pensativa. – Acho que estava seguindo a tradição de vocês sem saber. Eu não tinha acesso a muitos instrumentos, só à flauta doce, que era a única coisa que aprendíamos na escola. Você tem muita sorte, Ben.

Ben baixou os ombros. Estava claro que ele não se sentia sortudo.

– Talvez você devesse ampliar sua busca – sugeriu Maude. – Até agora, só experimentou instrumentos que já conhecia.

O mundo é grande. Você deveria tentar algo completamente novo, sem amarras ou ideias preconcebidas.

Os olhos de Ben se iluminaram de repente, e ele saltou do banco.

- Valeu, Maude! - gritou, abraçando-a apertado.

- E a aula de piano? - chamou ela, vendo-o correr para a porta.

- Não precisa mais! - respondeu ele.

Maude suspirou. Ela não era uma grande professora, afinal. Por um instante, achou que tinha soado como uma versão mais jovem da Madame Tragent.

Dezessete

Maude esperou por Thomas antes do ensaio de *Cenerentola* no dia seguinte. Ela não tinha parado de pensar na postagem no PixeLight.

Na noite anterior, tinha mandado uma mensagem pedindo para ele remover a marcação, mas precisava vê-lo pessoalmente quando perguntasse sobre o que Matt tinha dito. Cara a cara, conseguiria avaliar a sinceridade das palavras dele.

Mas o pouco de coragem que ela tinha foi embora quando o viu entrar com Lindsey.

– Ah, e aí, Maude, não vi você aí – disse Lindsey, com um tom malicioso. – Até mais tarde, Thomas.

Lindsey saiu andando sem pressa, e Thomas roubou um beijo de Maude. Antes que pudesse prolongá-lo para algo mais, ela afastou as mãos dele de sua cintura e disse:

– Preciso falar com você. – Seu tom parecia mais firme do que sua determinação.

Ela tinha pensado bastante no que dizer e em como falar corretamente em inglês sem soar emotiva demais.

– O que foi? Você parece preocupada. Eu já tirei a marcação, como você pediu.

– Não é isso. O Matt me contou uma coisa ontem.

– Ah, já sei no que isso vai dar. – Thomas suspirou, enfiando as mãos nos bolsos do jeans.

– Por que você não me contou que quase assinou com a

Soulville? – perguntou Maude. – E que só não assinou por minha causa?

– Porque eu já superei isso, Maude.

– Matt disse que você não reagiu nada bem.

– É claro que ele disse. Tenho certeza de que ele gosta de você.

– Não gosta, não – insistiu Maude. Thomas bufou em resposta. – Isso não tem nada a ver com ele. Você devia ter me contado a verdade.

– Vou contar a verdade agora. Sim, eu reagi bem mal. *Na época*. Mas depois eu te conheci e gostei de você, de verdade. Você é incrível. E eu não queria que achasse que eu era um fracassado. Ou que tivesse pena de mim. Ou se sentisse culpada. Não quando você mereceu tudo isso.

Maude respirou fundo. Thomas parecia sincero, e dava para ver que ele se sentia péssimo.

– Olha, se você não quiser mais sair comigo depois disso, eu vou entender.

– Não foi isso que eu disse – respondeu Maude, de maneira gentil.

A dúvida dela se desfez quando viu o rosto triste dele. Thomas parecia realmente vulnerável e abalado. Bem diferente de Matt, que nunca perdia a chance de se exibir.

– Eu perdoo você. Mas não guarde mais segredos como esse. Eu falei sem parar sobre a Soulville. – Maude enterrou o rosto nas mãos. – Você devia ter me mandado parar! De agora em diante, vou poupar seus sentimentos.

– Quero que você tenha tudo o que merece. Vou chegar ao topo por conta própria, você vai ver.

– Eu acredito em você.

Maude o beijou e, juntos, seguiram para o palco para ensaiar a cena quatro do primeiro ato.

Maude adorava esse ato. Era o momento em que Cinderela

e o Príncipe Encantado se conheciam, sem saberem quem o outro realmente era. O Príncipe estava vestido como um lacaio, e Cinderela, em trapos. Foi amor à primeira vista! O Príncipe ficou encantado com a beleza, a graça e a simplicidade de Cinderela. Queria saber mais sobre ela, sobre sua família, seu nome. Mas ela contou que não sabia quem era de verdade, que o barão não era seu pai e que sua história familiar era complicada e incompleta.

Maude e Thomas formavam um par incrível. O tenor ágil do garoto se entrelaçava perfeitamente com o mezzo-soprano caloroso dela enquanto cantavam sobre amor e encantamento.

Quando o ensaio terminou, Maude se surpreendeu ao ver Matt sentado na quinta fileira do teatro.

Ela desceu apressada do palco e parou diante dele.

– O que você está fazendo aqui? – perguntou, tentando parecer indiferente, embora estivesse longe de se sentir assim.

– Relaxa, não estou te perseguindo.

– Se quer saber, Thomas me explicou tudo.

– Tenho certeza de que explicou. Te desejo toda a felicidade do mundo. – Os lábios de Matt se curvaram em um sorriso sem graça alguma.

– Ótimo – retrucou Maude. – Você não precisa ficar me vigiando. Não estou vendendo segredos da Soulville para ele. Então pode ir.

– Já disse, não estou aqui para te ver. – Antes que Maude pudesse protestar mais, Matt disse: – Oi, tia Cordelia. Dessa vez não estou atrasado.

Confusa, Maude seguiu o olhar de Matt.

Tia Cordelia?

Maude ficou ainda mais surpresa ao se virar. Obviamente, a Madame Tragent estava ali. Seu rosto se abriu em algo que lembrava um sorriso, talvez um pouco enferrujado por estar havia muito tempo sem uso.

No entanto, ela parecia genuinamente feliz ao ver o sobrinho e o abraçou, dando-lhe dois beijos calorosos nas bochechas.

– Vocês dois são parentes? – perguntou Maude, atônita.

– Você tem sorte de estar trabalhando com dois membros da nossa família extremamente talentosa, não é, Mathieu?

– Mathieu? Que nome comum. – Maude riu, enquanto Matt fez uma careta.

– Você achava que o nome dele era Matt? O nome completo é Mathieu Durand. E eu me recuso a chamá-lo de outro jeito.

– Valeu, tia. Sério, por que você não conta para ela todos os meus segredos de infância de uma vez? Você é a única pessoa que ainda me chama assim – resmungou Matt, um pouco envergonhado.

– Você vai ter que me perdoar, Mathieu. A figurinista não está acertando nada, preciso ficar de olho nela.

Madame Tragent saiu apressada.

Mathieu Durand e Cordelia Tragent. Que família, pensou Maude, deslumbrada.

– É bom ver você sorrir – observou Matt. – Não se preocupe, não vou me meter na sua vida pessoal. Trabalhamos bem juntos. Não quero estragar isso.

Maude assentiu.

– Ah, olha só quem chegou – disse Matt.

Maude se virou no momento em que Thomas se aproximou deles, jogando a mochila no ombro.

– Maude, pronta para ir? – Ele passou um braço protetor pelos ombros dela.

Embora falasse com Maude, seus olhos não desgrudavam de Matt.

– Claro! – respondeu Maude, com uma animação forçada.

– Matt, como você está?

– Ótimo. Maude e eu temos andado bem ocupados. E você?

Nenhum ressentimento por não ter assinado com a Soulville? – provocou Matt.

Maude fechou os olhos. Será que civilidade era um conceito extinto?

– Antes que você vá mais longe – interrompeu Thomas –, só quero deixar claro que não estou usando a Maude. Aliás, vou parar de postar sobre ela nas redes sociais. Ninguém precisa saber que estamos namorando. A não ser você, pelo visto.

– Isso não é mais problema meu.

Maude sorriu, tentando aliviar a tensão.

– Divirta-se com sua tia, Matt.

Matt apenas assentiu, lançando um olhar fulminante para Thomas. Maude podia sentir o olhar dele fixo em suas costas até saírem do teatro.

Dezoito

– O udu é um instrumento muito popular entre o povo igbo – disse Victoria, pegando um tambor em formato de pera que se parecia, bem, com um simples jarro de barro para água.

– Comecei a pesquisar sobre o udu e li que hoje ele é usado no mundo todo. Tipo no reggae e em outros estilos musicais ocidentais – comentou Maude.

– É verdade. – Victoria assentiu. Dava para ver que ela adorava compartilhar seu conhecimento e estava feliz em ver Maude tão entusiasmada para aprender a tocar. – Agora, sobre o som. As pessoas muitas vezes pensam, de maneira equivocada, que para tocar um tambor é só batucar nele o mais forte possível. Isso não é verdade. A técnica é tão importante quanto em qualquer outro instrumento, como o piano.

– Quem te ensinou a tocar o udu? – perguntou Maude.

– Minha mãe, quando eu era criança. – Victoria acariciou a base do instrumento. – Ela explicou que o udu é, antes de mais nada, um objeto doméstico. Parece um jarro de água, não parece? Porque no começo ele era. Mas o instrumento tem um furo extra bem aqui.

Victoria cobriu com a palma da mão o buraco no meio do udu e então bateu nele, produzindo um som grave e forte.

Maude observou enquanto Victoria alternava entre bater no buraco e no corpo do instrumento com a palma e quatro dedos, sem usar o polegar.

– O udu fica encaixado entre as pernas. Tipo como quando a Cynthia trança o seu cabelo!

Maude ergueu os dois polegares. Gostava tanto de Victoria que se perguntou como teria sido crescer com uma mulher como ela em sua vida.

– Você segura a parte de cima do instrumento com a mão esquerda. Deixa eu te mostrar.

Maude observou Victoria bater com a palma e os dedos no buraco, no centro e na base do tambor. Ela alterava a posição da mão rapidamente sobre diferentes partes do instrumento, criando um padrão rítmico complexo. O som dos toques rápidos às vezes fazia Maude pensar em passos em uma estrada de terra, outras vezes imitava o barulho da chuva batendo na janela. O amor de Victoria por seu país reverberava no instrumento que ela tocava com concentração serena e um sorriso afetuoso.

– Por que sua família se mudou para os Estados Unidos? – Maude se arriscou a perguntar quando Victoria parou de tocar. – Você parece amar tanto a Nigéria, não entendo por que sua família quis sair de lá.

O olhar de Victoria se perdeu.

– Você já ouviu falar da Guerra de Biafra? – perguntou ela. – Também é chamada de Guerra Civil Nigeriana.

Maude balançou a cabeça em negativa. História era uma de suas matérias favoritas: a Revolução Francesa, Luís XIV. Mas, fora a história da França, ela não sabia muito. Tinha certeza de que nunca ouvira falar dessa guerra.

– Foi um conflito terrível que aconteceu na Nigéria em 1967. Meus pais fugiram da guerra e vieram para cá antes de eu nascer – explicou Victoria, a voz soando distante.

Maude se arrependeu de tê-la forçado a revisitar lembranças dolorosas e não suportava pensar na guerra. Estremeceu involuntariamente e olhou para Victoria, perguntando-se se aquela tristeza velada vinha da Guerra de Biafra.

– A guerra já acabou faz décadas – continuou a dizer Victoria. – Mas minha vida é aqui agora. Cresci no Brooklyn, mas em um lar nigeriano. Há tantas culturas misturadas dentro de mim e dos meus irmãos que às vezes me pergunto se não formamos um grupo étnico só nosso. Quando vou à Nigéria, me sinto em casa porque tenho uma conexão com meus pais lá. Mas o lar que eu escolhi para viver é aqui, com a minha família. Esse é meu novo grupo.

Maude sorriu. Quantas culturas viviam dentro dela? Morria de vontade de descobrir.

– Agora, pegue seu udu. Ele não vai tocar sozinho, sabia? – disse Victoria, tentando fazer uma brincadeira.

Maude olhou para Victoria com admiração e pegou seu udu com um novo respeito. Não havia nada pelo que essa mulher não pudesse passar.

Dezenove

Na sala de reuniões da Soulville, a tensão pairava no ar.

Terence, Alan, Matt, Maude e Cynthia estavam sentados ao redor de uma mesa oval. Atrás deles, do outro lado das janelas enormes, a neve caía sobre os arranha-céus. O que Maude não daria para estar lá fora, fazendo um boneco de neve, em vez de ouvindo Alan falar sem parar sobre "Quando o Sol Nascer"?

– Achamos que "Quando o Sol Nascer" seria uma ótima música de estreia para Maude – disse Alan.

– Não, você e o Travis acham isso. A versão original da Maude tem uma mistura interessante de clássico e pop – rebateu Terence.

E, como se Maude nem estivesse na sala, Alan retrucou:

– Tem piano demais por cima da voz dela, fica muito melódico. Não queremos uma ária de ópera aqui.

Maude, sentada ao lado de Matt, sentiu um nó de decepção se formar em sua garganta.

– Podemos tirar o solo de piano – insistiu Matt. – Só que, se ela for encaixada só na categoria de pop, ninguém vai lembrar que é a mesma garota do vídeo.

– Olha, eu estou começando a gostar de pop, de verdade – interveio Maude. – Mas, quando vim para cá, vocês me disseram que eu poderia manter parte do que me tornava clássica.

Ela sentiu certo orgulho por ter expressado seus pensamentos em um inglês tão claro, apesar do ambiente intimidador.

Cynthia se manifestou:

– Temos ótimas ofertas de publicidade de qualquer forma.

– O Terence fez uma promessa que não pode cumprir – disse Alan. Ele tinha penteado parte do cabelo para o lado para disfarçar a careca, e as rugas ao redor da boca se aprofundaram em uma expressão de desagrado. – Travis e eu já batemos o martelo.

– Eu sou o CEO – lembrou Terence.

– Mas você também é copresidente e precisa responder ao conselho.

Terence apoiou as mãos sob o queixo, pensativo.

– Gostaria de falar com Maude a sós, por favor.

Matt fez um sinal de positivo para Maude ao sair, encorajando-a.

A sala se esvaziou, e Terence se voltou para ela.

– Quero saber *sua* opinião sobre a música e como você tem se sentido em relação à sua estadia em Nova York, agora que já faz mais de um mês desde que chegou.

– Para ser sincera, no começo eu não tinha certeza se ia gostar de Nova York – começou a dizer Maude. – Mas eu gostei muito. Amo morar com a sua família e aprendi bastante coisa.

– Isso é ótimo. Mas como você se sente, e seja sincera, em relação à música popular?

– Bom, eu ainda amo música clássica, mas acho que talvez devesse aprender mais sobre pop. Motown é incrível, assim como música eletrônica e o rock da Jazmine. – Maude sorriu. – Mas ainda não me sinto tão à vontade quanto acho que deveria. Ainda estou aperfeiçoando o canto com a Madame Tragent.

– Maude, eu acredito que você esteja só no começo. Está fazendo um enorme progresso, mas, se continuar se escondendo atrás do seu amor pela música clássica, não vai descobrir todo o seu potencial.

– Vai ver eu não fui feita para ser mais mente aberta. Talvez eu tenha nascido para ser uma cantora de ópera incrível e devesse focar nisso? – Maude não tinha certeza do que sentir. Ficou olhando para a neve flutuando do lado de fora da janela da sala de reuniões.

– Na família Baldwin, acreditamos que, quanto mais mente aberta você for, maior será seu crescimento. Do mesmo jeito que abriu seu coração para a música igbo...

– Mas isso foi porque descobri que meu pai era nigeriano.

– Como você sabe que seu pai não gostava de música popular também?

Maude se recostou na cadeira e ergueu os olhos para o teto.

– *Bien vu* – concedeu, mudando para o francês.

– Mas não importa se ele gostava ou não. Embora eu tenha certeza de que ele era um homem inteligente e que devia adorar motown, assim como eu.

– Terence! – Maude riu. – Ninguém ama motown tanto quanto você.

– Você tem uma oportunidade única de estar com uma gravadora que permite que cresça. Que *quer* que você cresça. Você tem três canções para lançar. Se permita ter espaço para explorar. Quando os seis meses terminarem, terá crescido tanto que nem vai conseguir lembrar por que resistiu tanto ao pop.

O tom de Terence era tão gentil e acolhedor que Maude só conseguiu assentir.

– *Oui*, você tem razão. Mas, se eu tiver que admitir para o Alan Lewis que ele está certo, você me deve uma.

– Pode me cobrar. Eu cuido do Alan.

– Você tem que me ensinar a preparar um prato igbo.

– Só se você comer com a mão.

– E se eu comer dos dois jeitos? Metade com colher, metade com a mão. Aí você pode me ensinar a preparar um prato igbo?

– Qual prato? – Terence cedeu.

– Fufu com sopa de ogbono. A Victoria disse que o seu é melhor que o dela!

– E a Vic já contou alguma mentira? – disse Terence, com um brilho divertido no olhar.

Vinte

"Você fica linda assim, dormindo
Te olho sem querer parar
O relógio vai seguindo
Nem o tempo vem te acordar."

Era a primeira sessão de gravação de Maude, e ela tocaria o arranjo de piano para a primeira faixa, "Quando o Sol Nascer". Estava sozinha na sala de gravação, mas, através da grande janela de vidro, conseguia ver que Terence, Matt e Sam, o engenheiro de som, estavam ouvindo. Tinha passado horas praticando aquela melodia e sabia de cor. Podia tocá-la de olhos fechados. Ela mal reagiu quando viu Alan entrar na sala de controle para supervisionar a gravação, apesar de não entender quase nada do processo de gravar um álbum. Ele a observou por alguns minutos antes de sair com um sorrisinho irônico. Ela sabia que o homem só estava ali para deixar um recado: queria que Maude soubesse que estava de olho no que ele tinha investido.

– Hora de fazer uma pausa. Depois do intervalo, você toca a ponte de novo, mas um pouco mais devagar – disse Terence no microfone.

Maude foi até o Estúdio de Criação do Matt. Por sorte, ele não estava lá. As coisas ainda estavam um pouco tensas entre eles.

Enquanto caminhava até seu lugar favorito perto da janela, bateu o pé em uma das caixas dele.

Maude decidiu que já era hora de movê-la. A caixa era pesada e estava bem lacrada, mas, ao pegá-la, o papelão rasgou por baixo, e tudo dentro dela caiu no chão.

– Não! – exclamou Maude, angustiada.

Ela olhou para o conteúdo, que consistia em roupas femininas, botas e sapatos. Quem quer que fosse a dona, tinha um gosto bem fora do convencional. *Artístico*, pensou Maude. Botas de couro verde e camisas de tafetá roxas.

Devem ser da ex dele, pensou, sentindo uma pontada no peito. Ele guardava todas aquelas peças com carinho.

Ela selou o fundo da caixa e fez questão de colocar os itens de volta às pressas. Sapatos, vestidos, livros. Quando estava prestes a encaixar as últimas coisas, a porta se abriu de repente.

Matt estava ali. Seu rosto passou do choque para a raiva em um segundo. Ela nunca o tinha visto tão furioso.

– O que você está fazendo com as minhas coisas? – Ele marchou até as caixas e jogou os últimos itens lá dentro.

– Eu só estava movendo a caixa e...

– Eu te disse para não mexer!

– Fico esbarrando nela o tempo todo. Tudo caiu do nada.

– Por que você não pode deixar minhas coisas em paz?

– Foi mal. De verdade. Eu não tinha a intenção de mexer nas coisas da sua namorada. Eu só... – Maude enfiou a última bota na caixa, se levantou e correu em direção à porta.

– Isso não era da minha ex-namorada. – A voz de Matt a fez parar. – Era da minha mãe.

Maude se virou lentamente e deu um passo na direção dele.

– Você quer dizer que sua mãe...

– Ela morreu faz sete meses.

– Foi por isso que você fez uma pausa na carreira. – Maude percebeu seu erro.

Foi por isso que *Matt mãe* apareceu na pesquisa. Por que

ela não clicou naquilo em vez de ficar stalkeando as ex-namoradas dele?

– Uma pausa, um sabático. Chame do que quiser – disse Matt.

– Ah, Matt, eu...

Ela não conseguia colocar em palavras o quanto lamentava, então fez a única coisa que lhe pareceu certa no momento. Correu até ele e o abraçou. Ele enrijeceu de surpresa, mas logo relaxou e retribuiu o abraço. Ao apertá-lo mais forte, ela sentiu um conforto estranho, como se não quisesse soltá-lo.

Ele a afastou com um sorriso triste.

– Essas eram as coisas favoritas dela. Meu pai queria jogar tudo fora ou doar. Mas eu não consegui. Então, está tudo aqui. Inclusive os diários dela. Estou tentando ler tudo para entender quem ela era antes de eu nascer. Antes de ela conhecer meu pai. Só tem coisa sobre música. Tenho tantas perguntas. E, sei lá, ela não está mais aqui para responder. Meu pai e eu não estamos nos falando. Parece tudo tão inútil. – Matt afundou no chão.

– Eu te entendo muito bem, pode acreditar – disse Maude, ajoelhando-se ao lado dele. – Os Baldwin não sabem disso, mas o principal motivo de eu ter vindo para Nova York foi ter descoberto que meu pai morou aqui. Eu vim mesmo sem saber nada sobre ele além do nome: Aaron Laurent. Não faço ideia de onde procurar. Tenho tantas perguntas! Sinto que, se descobrir tudo sobre a cultura nigeriana e sobre Nova York, talvez consiga entender quem ele foi.

Eles se olharam e trocaram sorrisos melancólicos.

– Sabe, se seu pai esteve aqui há dezesseis anos... – começou a dizer Matt.

– Quase dezessete.

– Certo, dezessete. Então talvez ele tenha frequentado um lugar muito legal que eu conheço no Brooklyn, chamado O Marco. O dono é nigeriano. Ele é iorubá.

– Ah. Eu não faço ideia do meu grupo étnico, então eu supertopo.

– Tem muitos nigerianos lá, praticamente todo mundo que gosta de boa música. O lugar existe há décadas. Podemos ir juntos, se quiser. Quer dizer, se o Thomas...

– O Thomas não liga para as minhas companhias. E, mesmo se ligasse, não faria diferença – disse ela, com gentileza.

O sol brilhava forte pela janela enquanto eles se olhavam, os rostos a poucos centímetros de distância.

Naquele momento, bateram à porta, e os dois pularam de susto. A cabeça de Sam surgiu.

– Maude? Intervalo acabou. Você está pronta? – perguntou.

– Indo!

Sam saiu, fechando a porta atrás de si.

Ela se levantou e ajudou Matt a se erguer também.

– Você pode manter isso em segredo? – perguntou Matt, ansioso. – Os Baldwin vão ficar preocupados se souberem que estou guardando tudo. Eu preciso, de verdade, dar uma olhada nas coisas dela. Mas ainda não estou pronto.

– Com certeza. Ninguém vai saber. Vou ficar de bico calado – disse Maude, fazendo o gesto de trancar os lábios com uma chave invisível, jogá-la longe e depois imitar a chave afundando no rio Hudson.

– Obrigado. Mas talvez seja melhor destrancar esses lábios. Você tem que cantar.

Maude riu, e, juntos, eles voltaram ao estúdio de gravação.

Vinte e um

Maude e Thomas caminhavam com dificuldade pela neve no Central Park. Apesar da paisagem deslumbrante ao redor, Maude estava preocupada que seus pés se transformassem em dois blocos de gelo se continuassem andando por muito mais tempo. Os invernos em Carvin eram rigorosos, mas aquilo era algo completamente diferente. No entanto, Carvin não tinha a mesma beleza pitoresca que o Central Park.

– Por que a marca de energéticos Red Eagle quer que eu entre ao vivo no PixeLight no Central Park? – lamentou Maude. – No inverno? Isso não é uma boa ideia.

– É a edição de inverno deles – disse Thomas. – Momento perfeito para gravar. Sem falar que vamos fazer isso em um lugar legal.

– Ainda não sei para onde você está me levando.

– Você não gosta de surpresas?

– Só estou curiosa. Essa alameda é deslumbrante – disse Maude, admirando a paisagem enquanto um arrepio de encantamento percorria sua coluna.

– Chama-se The Mall – informou Thomas. – Bem prático, né?

– Que nome horrível para um lugar tão lindo! – exclamou Maude, balançando a cabeça em reprovação.

O nome era sem vida e sem imaginação comparado à realidade. Os olmos nus, cobertos por um manto branco de cristais de gelo, formavam um túnel encantado, como um caminho para um mundo élfico. Sussurrando segredos, os galhos cobertos de neve se entrelaçavam em uma ampla cúpula, lembrando a abóbada de uma catedral. A casca grossa e escura, enrugada pela sabedoria de séculos, observava os poucos pedestres em um silêncio solene.

- Vou dar outro nome para essa alameda - decidiu Maude. - Passarela dos Sussurros será seu novo nome, porque, se você prestar bastante atenção, o farfalhar das árvores soa como um murmúrio.

- Eu, por meio deste, batizo esta trilha de Passarela dos Sussurros! - declarou Thomas, com um tom solene. - Uma trilha digna de uma rainha.

Maude lançou um olhar para Thomas, esperando ver um brilho divertido em seus olhos. Surpreendida por não encontrar, ela o beijou.

- E isso foi por quê? - perguntou ele.

- Por tornar o trabalho tão divertido.

Thomas retribuiu o beijo até que os dois estivessem perigosamente perto de esquecer que estavam em uma missão. Por fim, seguiram o caminho pela neve em um silêncio feliz.

- Você só pode estar brincando! - exclamou Maude ao chegarem ao destino.

Diante dela estava a maior pista de patinação no gelo que já tinha visto. O Wollman Rink não estava muito cheio, mas, mesmo assim, Maude o observou com desconfiança.

- Melhor a gente voltar para casa.

- Está com medo? - provocou ele.

Maude se manteve em silêncio por pura teimosia, a preocupação estampada no rosto.

- Você não sabe patinar, é isso? - perguntou ele, com um olhar da mais sincera preocupação.

Maude balançou a cabeça.

- Você deu sorte! - exclamou ele. - Além de estar com o

melhor namorado da cidade, também está com um excelente instrutor de patinação. Eu *nunca* caio. Vamos lá!

Relutante, Maude o seguiu para pegar os patins, perguntando-se, desconfortável, como conseguiria se manter de pé sem parecer uma completa idiota.

Ninguém patina no gelo pela primeira vez sem cair de cara pelo menos uma dúzia de vezes, e Maude, por mais que se esforçasse para se manter na posição vertical, não foi exceção. Gritava, surpresa, cada vez que voltava para a posição horizontal do fracasso. Admirava a facilidade de Thomas, deslizando como se fosse o único competidor em sua própria edição particular das Olimpíadas de Inverno. Ouvir as gargalhadas dele a cada vez que ela caía de bunda não ajudava em nada a melhorar seu desempenho.

– Pode rir à vontade – disse Maude, irritada, esfregando os joelhos depois da centésima queda. E ainda nem tinha saído do canto da pista!

– Não consigo evitar! Você fica tão fofinha quando cai – brincou ele. – Acho que deveria te deixar cair só pela diversão.

Maude revirou os olhos. Ele era mesmo um convencido.

– Vamos, Maude – incentivou ele, tentando conter o sorriso. – Só pega na minha mão e desliza.

– Estou bem aqui, obrigada – respondeu Maude, agarrando-se à mureta da pista como se sua vida dependesse disso.

– Nunca imaginei que você fosse covarde – provocou ele.

Ele não tinha dito a palavra *frouxa* em voz alta, mas podia muito bem ter dito. Os olhos de Maude brilharam enquanto ela se endireitava de imediato, erguendo o queixo com toda a dignidade que conseguiu reunir. Olhou para a mão que ele estendia.

– Se você me deixar cair... – advertiu ela.

– Eu não vou – prometeu ele.

Eles deram as mãos. O coração de Maude martelava no peito enquanto Thomas a puxava lentamente para longe do canto. Não era tão ruim. Na verdade, até que era divertido. Antes que percebesse, já estava dando voltas e mais voltas na pista, graças ao aperto firme de Thomas, que a ajudava a se manter de pé.

– Certo, muito bem – disse ele depois de um tempo. – Vou soltar sua mão agora, mas você tem que ficar *reta e sem medo*, combinado? Só me acompanha.

Maude assentiu e seguiu as instruções dele. Reta e sem medo, repetiu mentalmente. Em pouco tempo, já era uma patinadora independente, movendo-se com certa graça e permanecendo em pé. *Ele não é um mau instrutor*, pensou, satisfeita. *Excelente* talvez fosse um exagero, mas ele era *razoável.*

Ele era excelente em se mostrar, isso sim.

Enquanto ela continuava a dar voltas, Thomas fazia questão de demonstrar suas habilidades, deslizando para frente e para trás depressa, chegando até a arriscar alguns saltos.

Era a vez dela de dar uma lição nele, decidiu.

Thomas patinava de costas, sem vê-la, então não percebeu que Maude o esperava no outro lado da pista. Ele aumentava a velocidade aos poucos, mas sua postura permanecia firme enquanto cantarolava baixinho uma melodia repetitiva. Ele estendeu os braços à frente e depois os deixou caírem frouxos ao lado do corpo, aproximando-se cada vez mais.

Foi nesse momento que Maude saltou atrás dele e gritou, com todo o ar de seus pulmões:

– AAAARRGHHH!

Thomas deu um pulo de susto, embolou os pés e caiu desamparado no gelo, como um bebê aprendendo a andar, bem a tempo de Maude capturar o momento com uma foto no celular.

Maude explodiu em gargalhadas enquanto ele tentava, ainda visivelmente atordoado pela queda, recuperar a dignidade. Ele sorriu ao notar que ela se divertia, vendo a foto tirada no momento perfeito. Na imagem, Thomas exibia um olhar de puro espanto, agarrando o nada com uma das mãos do jeito mais engraçado possível, enquanto tentava, inutilmente, frear a queda com a outra. As pernas, por sua vez, flutuavam descontroladas no ar.

– Acho que... – começou a dizer Maude, tentando recuperar o fôlego – ... isso é uma lição valiosa, uma ilustração perfeita da verdade universal de que o orgulho precede a queda.

– Você caiu mais vezes hoje do que eu caí a vida inteira – rebateu Thomas, esfregando os cotovelos.

– Agora sou profissional – respondeu Maude, com um sorriso travesso, estendendo a mão para ajudá-lo a se levantar. – Se fosse você, ficaria espero.

– Acho que vou ficar mesmo – disse ele, voltando a ficar de pé.

– Antes de cair, ouvi você cantarolando uma melodia – comentou Maude. – É uma música nova?

– Estou trabalhando nela há alguns dias. Quero mandar para a Glitter Records.

– Ótima ideia! Qual o nome da música?

– "Caidinho por Você." Mas não consigo terminar.

– Por que não canta para mim? Talvez eu possa ajudar.

Ele hesitou e deslizou para longe de Maude.

– Nem vem, não pense em fugir de mim assim tão fácil! – avisou Maude, patinando atrás dele, ainda um pouco trêmula.

Ele acelerou, mas ela foi atrás, determinada a não o deixar escapar. Aumentou o ritmo até conseguir alcançá-lo. Por fim, Thomas parou e suspirou, rendendo-se.

– Tá bom, você venceu. É uma música sobre alguém que está se apaixonando, mas tem medo de admitir. O refrão é assim:

"Olho pra você, será que é ilusão?
Mas meu coração diz que é paixão
Tento fugir, mas não tem jeito"

– E não consigo encontrar a última frase – confessou Thomas, parecendo frustrado.

Maude olhou para ele, voltou a patinar e começou a cantar baixinho, quase com um quê de melancolia:

"*Esse amor só cresce no meu peito?*"

– Ficou incrível – disse ele, seguindo-a. – Sabia que você ia dar um jeito.

Thomas parou e, fitando Maude de canto de olho, continuou:

"*Será que devo dizer o que sinto?*
Ou você iria se assustar
Se eu decidisse confessar
O amor é uma confusão maluca."

Maude riu.

– O amor é uma confusão maluca? Você consegue achar um verso melhor – disse ela, balançando a cabeça. – E se for:

"*Devo contar o que há em mim?*
Será que ia te assustar?
Nunca senti nada assim
O amor chegou pra complicar."

– Nada mal, srta. Laurent.

Segurando-se na lateral da pista, a "srta. Laurent" estava se sentindo um pouco mais aventureira do que quando havia entrado e tentou erguer a perna esquerda. Só conseguiu cambalear perigosamente antes de Thomas aparecer ao seu lado, segurando-a firme.

– Aqui, segura no meu braço e depois levanta a perna – instruiu ele.

Ela obedeceu e estendeu a perna com graça para trás.

– Muito bem. Agora faz isso enquanto se move, e aí, sim, eu vou ficar impressionado de verdade – provocou Thomas.

– Isso não vai acontecer tão cedo – respondeu ela, divertida, se soltando do braço dele e se impulsionando para se juntar aos outros patinadores. Ele a observou de longe enquanto ela dava voltas na pista, perdido novamente em pensamentos sobre a música.

– Ele não deveria admitir os sentimentos dele? – chamou Maude.

– O quê? – perguntou Thomas.

– A música – lembrou ela. – Se ele está tão confuso, acho que a melhor coisa a fazer é admitir o que sente para a pessoa por quem está apaixonado – sugeriu Maude, inocente.

– E se ele tiver medo de ser rejeitado? – questionou Thomas.

"*Não consigo mais negar*
Meu coração só faz te amar."

Maude começou a cantar enquanto tentava patinar de costas.

– Talvez você tenha razão, talvez saber seja melhor – refletiu ele.

"*Pode ser um sim, pode ser um não*
Ao menos saberei qual a direção."

Thomas completou o verso.

– Legal! Agora podemos fazer o vídeo ao vivo para o Red Eagle? Você pode filmar com meu celular?

Ela entregou o celular para ele, que respondeu com um joinha. Treinaram por mais uma hora, até que Maude se sentisse pronta.

Ela pegou a lata de Red Eagle na bolsa e abriu com um *tsss*.

– Só falar quando estiver pronta – avisou Thomas.

– Ok! Pode começar a *live*!

Thomas fez outro joinha e apertou o play.

– Oi, Maudeusos! – saudou Maude, animada, erguendo a latinha. – Estou passando o dia na pista de patinação. No inverno, adoro tomar o Red Eagle edição especial de inverno. Ele é cheio de vitaminas e me dá energia o dia todo.

Sentindo-se confiante, Maude deslizou na direção de Thomas. Mas, naquele exato momento, seus pés se cruzaram de forma desajeitada e ela desabou no gelo, derramando Red Eagle no próprio rosto. Ela gaguejou, surpresa, enquanto Thomas voava até ela.

– Ai, ai! *Arrête la caméra!* – gritou Maude, frenética, em francês.

– Ah, é! – Thomas parou a transmissão ao vivo, mas o estrago já estava feito.

– Thomas, me diz que eu não acabei de cair de cara no chão na frente do mundo inteiro?

– Só das dez mil pessoas que estavam assistindo a *live*.

Maude tombou para trás no gelo.

Ia precisar de bem mais do que uma bebida energética para se reerguer.

Vinte e dois

A boa notícia era que Maude tinha reacendido sua fama on-line: o vídeo ao vivo viralizou. A má notícia era que Maude estava morrendo de vergonha.

Se dependesse dela, não sairia de casa nunca mais. Para o azar dela, os Baldwin não eram do tipo que permitia que alguém da família se entregasse ao sofrimento por muito tempo. Eles a arrastaram, junto com Matt, para o Colher de Prata, um restaurante chique no Upper East Side.

– Quero tudo do cardápio! – exclamou Ben, balançando-o na frente do nariz de Maude.

Maude levou um susto e olhou para cima, desviando a atenção do celular. A #tombonaneve ainda estava em alta.

– Nem pense nisso, Ben – disse Jazmine, com firmeza. – Lembra o que aconteceu da última vez que você comeu demais.

Cynthia e Matt riram, enquanto Ben fez uma careta.

– Do que vocês estão falando? – perguntou Maude.

– Nada de detalhes sórdidos à mesa – alertou Victoria, séria, embora seus olhos brilhassem com uma leve diversão.

– Victoria tem razão – acrescentou Terence. – Esta é uma noite especial para a Maude. Não queremos estragá-la com descrições gráficas do processo digestivo de Ben.

– O primeiro jantar de ritual pré-evento da Maude! – disse Jazmine, sorrindo orgulhosa.

– Jantar de ritual pré-evento? – perguntou Maude. Ela não

fazia ideia do que estavam falando. - Achei que isso fosse só para me distrair da *hashtag* tombo na neve - disse, fazendo um biquinho.

- Ah, Maude, vai - disse Cynthia. - Acho que a *hashtag* tombo na neve nem é tão ruim assim. A Red Eagle está recebendo um monte de publicidade.

- Mas me cortaram das campanhas futuras.

- Eles vão voltar atrás. Não seria a primeira vez. Vamos ver como isso tudo se desenrola. Você não pode surtar sempre que tiver um pequeno fracasso.

A confiança de Cynthia deu um leve impulso ao ânimo de Maude. Meio que como o energético faria se ela tivesse ingerido um em vez de ter deixado cair tudo em sua cara.

- Este é um jantar de celebração por dois motivos. Para parabenizar vocês dois pelo lançamento de "Quando o Sol Nascer" amanhã. E porque, na semana que vem, é a grande noite da Maude, né, minha querida *Cenerentola*? - explicou Cynthia.

- E como você está se sentindo? - perguntou Jazmine.

- É incrível o quanto me sinto calma - respondeu Maude. - Nunca pensei que ficaria tão tranquila antes de algo tão grande.

- Nossa sessão de ioga matinal deve ter ajudado - afirmou Cynthia, bastante satisfeita consigo mesma.

- Ou pode ser porque tudo que consigo pensar é na *hashtag* tombo na neve - disse Maude, desanimada.

- Tenho um dedinho no motivo de ela estar tão calma - apontou Matt. - A gente tem trabalhado muito bem, e até compusemos duas músicas novas, apesar de eu ainda não ter certeza de que quero mostrar para vocês por enquanto.

- Duas músicas novas? Excelente - disse Terence. - Eu sabia que vocês fariam uma ótima dupla.

Maude ergueu o olhar e encontrou uma expressão séria nos olhos de Matt. Surpresa, desviou depressa, bastante ciente de que suas bochechas estavam ficando mais quentes que o normal. Maude se sentiu grata por Thomas não estar no jantar. Ele estava ocupado trabalhando nas músicas que planejava apresentar à Glitter Records.

Seus olhos percorreram a mesa até perceber que Jazmine tinha testemunhado aquela troca silenciosa e estava com a testa franzida. Maude brincou com o garfo, nervosa.

– Cadê o garçom, estou morrendo de fome! – exclamou Ben, oferecendo a Maude uma distração bem-vinda do talher.

Como um gênio sendo invocado da lâmpada mágica, o garçom se aproximou a passos rápidos, ou melhor, aos tropeços. Hesitante, folheava as páginas do bloco de notas rapidamente, murmurando algo para si mesmo. Era um garoto alto, de pele marrom-clara, cabelo escuro e óculos de aro redondo. O uniforme de garçom o fazia parecer mais velho do que de fato era.

Ao chegar à mesa dos Baldwin, perdeu o equilíbrio por conta dos próprios pés, mas conseguiu se estabilizar a tempo.

Jazmine ergueu o olhar para ele e perdeu o ar.

– Jonathan? – perguntou, num fio de voz. – O que você está fazendo aqui?

Jonathan levantou o olhar do bloco e deixou a caneta cair.

– Jazmine! – exclamou. – O que você está fazendo aqui? – repetiu ele.

– Ela veio te ver, é claro – provocou Matt.

Jazmine lançou um olhar fulminante para Matt antes de se voltar para Jonathan.

– Eu não sabia que você trabalhava aqui.

– É minha primeira noite. Oi, Maude – acrescentou, virando-se para Maude, que observava a cena, divertida.

Antes que Maude pudesse responder, Ben se intrometeu:

– Ei, Jonathan. Você acha que vai conseguir segurar nossos pratos melhor do que segurou essa caneta?

– Ben – repreendeu Victoria. – Peça desculpas ao rapaz.

– Ah, não me ofendi. Seus pratos estão em boas mãos, acho – respondeu Jonathan, claramente em dúvida.

Maude, que já tinha ouvido falar da incrível destreza de Jonathan com a guitarra, se perguntava como ele conseguia ser tão desastrado com todo o resto. Sempre que passava por ele no corredor, o via derrubando alguma coisa, de lápis a óculos e pilhas inteiras de livros.

Apesar da falta de jeito, Jonathan era querido na escola. Extremamente inteligente, nunca hesitava em ajudar quem precisasse e até dava aulas particulares para alguns jogadores de futebol americano que precisavam de uma intervenção divina. Ainda assim, nunca pareceu interessado em fazer amizades duradouras ou se tornar popular. Mas, quando segurava uma guitarra, era como se ele se transformasse completamente, e, segundo Jazmine, era hipnotizante.

Pena que não conseguia segurar mais nada nas mãos por mais de um segundo. *Nossos pratos com certeza vão acabar no chão*, pensou Maude.

Toda a família parecia pensar o mesmo, exceto Jazmine, que olhava para Jonathan com um brilho suave nos olhos.

– Posso anotar o pedido? – perguntou Jonathan, como se tivesse ensaiado aquela frase um milhão de vezes.

Jazmine saiu do transe e gaguejou, hesitante:

– Eu vou querer a salada com...

– Uma salada?! – exclamou Ben, incrédulo. – Desde quando você come salada? Você não tinha falado que queria mussaca?

– É, quero mussaca – disse Jazmine, agora com mais firmeza.

Enquanto os outros faziam seus pedidos, Maude passou a observar Jazmine. Seu semblante tinha mudado completamente. Já conhecia Jazmine bem o suficiente para saber que era uma das pessoas mais seguras de si que já tinha conhecido. Ela sempre sabia o que dizer na hora certa e nunca parecia se abalar.

Maude se deu conta de que talvez os sentimentos da garota pelo guitarrista tivessem se intensificado. Durante o jantar, Jazmine foi ficando cada vez mais quieta, enquanto o resto da família conversava animadamente. Matt e Maude discutiam com Terence sobre o álbum, enquanto Ben, Victoria e Cynthia faziam apostas sobre quantos pratos Jonathan, que corria de um lado para o outro tentando estar em vários lugares ao mesmo tempo, derrubaria naquela noite.

Quando uma música suave de jazz começou a tocar no restaurante, Terence se levantou e convidou Victoria para dançar. Ela aceitou, e os dois seguiram para a pista.

Matt olhou para Maude, pigarreou e disse:

– Você gostaria de...?

– A gente deveria dançar, Matt, não acha? – interrompeu Jazmine.

Matt pareceu confuso, mas concordou.

Os olhos de Maude os acompanharam com certo pesar. Se Matt tivesse convidado, ela não teria recusado. Estranhamente, não parecia que Jazmine estava dançando com Matt. Na verdade, ela apontava um dedo zangado para ele, que estava vermelho como um pimentão. Jazmine olhou de relance para Maude, o suficiente para fazê-la se perguntar se a conversa era sobre ela. Mas então Jazmine acenou para ela com um sorriso sem graça, como se quisesse dissipar qualquer preocupação. Ela trocou mais algumas palavras com Matt e, em seguida, saiu pisando firme da pista de dança, indo direto para o terraço do restaurante.

Matt ficou parado, parecendo ter acabado de levar um tapa. Maude se levantou para ir até ele, mas, assim que Matt a viu se aproximando, virou-se para sair.

– Está tudo bem? – Maude segurou o braço dele.

– Sim, olha, eu preciso ir.

– Achei que essa fosse a nossa noite.

Matt abriu a boca para falar, mas parou, desconfortável. Depois de uma pausa, disse:

– Na verdade, essa noite é sua.

– Espera, você vai ver minha apresentação na semana que vem?

Ela saiu para falar com Jazmine. A princípio, não conseguiu vê-la, mas logo encontrou a garota sentada a uma mesa, perto de uma cortina de luzinhas cintilantes que iluminavam o terraço. Jonathan estava com ela. Sem querer interromper, Maude já ia se afastar quando ouviu seu nome.

– Maude agora você faz parte da família, sabe? Não consigo deixar de protegê-la.

Ao ouvir aquelas palavras, o brilho interno de Maude ficou tão radiante quanto as luzes do terraço.

– Clássica Jazmine – disse Jonathan. – Mas nem tudo acontece do jeito que você quer.

– Clássica Jazmine? Como pode dizer isso? Você mal me conhece.

– Já vi o suficiente para saber do que você é capaz – respondeu Jonathan, sério.

Jazmine assentiu.

– Você me lê como um livro aberto, mas também me desafia.

– Até que enfim percebeu que eu sou mais do que um nerd desajeitado.

– Eu já percebi faz tempo. Seu jeito desastrado é encantador. Atrás desses óculos enormes, parece que você está sempre rindo de uma piada interna que se recusa a contar pra qualquer um. Mas eu quero saber o seu segredo.

– Tudo bem, mas foi você quem pediu. É que esse lugar está cheio de insetos – brincou Jonathan. – Mas eu tomei um cuidado extra com os pratos de vocês. Tirei sozinho todos os insetos que encontrei. Você percebeu?

– Percebi, Jon. Eu estava até comentando com a minha

família como o Colher de Prata melhorou desde a última vez que viemos. Normalmente, tem ratos correndo por todo lado. Dessa vez, nada.

– Tudo graças a mim.

– Acho que contratar um destruidor de pratos profissional tem suas vantagens.

– É, pena que eu vou me demitir depois desta noite, mesmo que eles não me mandem embora. Aposto que vão sentir minha falta.

– Eu sentiria – respondeu Jazmine, agora sem qualquer brincadeira na voz.

Ela o encarou nos olhos e se inclinou devagar. Jonathan a imitou.

Então, ele a puxou para perto e a beijou. Primeiro de maneira suave, terna. Depois com mais intensidade, como se estar perto dela fosse a coisa mais natural do mundo e ele nunca quisesse soltá-la.

Maude desviou o olhar e fechou a porta do terraço com delicadeza. Estava feliz por Jazmine.

Três palavras se repetiam em sua cabeça enquanto voltava para a mesa, tendo esquecido completamente por que tinha ido atrás de Jazmine em primeiro lugar. *Parte da família.*

Será que era mesmo? Era bom saber que Jazmine a via dessa forma. Mas e os outros Baldwin?

– Você sabe onde a Jazmine está? – perguntou Victoria. – Vamos embora daqui a pouco.

– Ela está no terraço – respondeu Maude, ainda imersa nos próprios pensamentos.

– Vou chamá-la.

– Ah, não! – exclamou Maude, percebendo que Victoria poderia flagrar a filha aos beijos com Jonathan. – Quer dizer, eu vou buscar ela. Você deveria descansar depois de tanta dança.

Maude empurrou Victoria para a cadeira mais próxima e

atravessou o salão, apressada. Assim que estava prestes a abrir a porta do terraço, ela se abriu sozinha, e Jonathan surgiu.

– Oi. – Foi tudo que ele disse ao passar por Maude.

Maude correu para fora e encontrou Jazmine sentada sozinha a uma mesa vazia, com a mão sobre os lábios.

– Já estamos indo – avisou Maude.

Quando Jazmine não respondeu, Maude se sentou de frente para ela.

– Então... você e Jonathan...?

– Ele me beijou! E depois foi embora? Eu sou *tão* repulsiva assim? – perguntou Jazmine, perplexa.

– Ah, vai, você pode ter qualquer garoto do Colégio Franklin.

– Mas eu quero o Jonathan.

– Você gosta *mesmo* dele?

– Gosto. E eu sei que ele gosta de mim também. A gente acabou de dar o beijo mais incrível. Mas ele disse que eu esmagaria o coração dele em mil pedaços.

– Talvez ele não acredite de verdade que você gosta dele. E toda aquela conversa sobre liberdade?

– Isso foi antes de passar um tempo com ele. – Jazmine grunhiu, levantando-se. – Vamos pra casa. Argh, Maude, você acabou de testemunhar meu primeiro fora – disse, franzindo o nariz. – E não é nada legal. Se a Lily e a Stacey me vissem agora, iam rir da minha cara. Rejeitada pelo nerd oficial da escola.

Maude envolveu a amiga em um abraço reconfortante. As duas suspiraram em uníssono enquanto atravessavam a porta pesada, que se fechou atrás delas com um estrondo.

Vinte e três

– Você está horrível, Maude – disse Kyra, a maquiadora, admirando sua própria obra de arte.

Maude estava sentada no camarim do Teatro Morningside, diante de um espelho enorme. Seu cabelo natural, escuro, estava desgrenhado, e a maquiagem lhe dava um ar assustador e descuidado. Vestia trapos acinzentados e puídos, que cobriam seu corpo sem forma. Ela sorriu para o próprio reflexo enquanto Kyra saía sorrateiramente da sala. Tinha sido uma semana e tanto.

A primeira vez que ouviu "Quando o Sol Nascer" em público, estava tomando um chocolate quente enorme em um café que estava na moda no Soho, com Cynthia e Jazmine. As três estavam sentadas em um sofá confortável, em uma conversa animada sobre o filme a que tinham acabado de assistir.

Foi quando aconteceu. Ela sempre imaginou que reagiria com calma, com classe, ao ouvir sua música pela primeira vez, tendo prometido a si mesma que não surtaria. E se esqueceu no mesmo instante de tudo aquilo que prometera. Saltou como se tivesse levado uma picada de abelha, derramando o chocolate quente por cima do muffin de framboesa e do próprio jeans, mas nada disso importava. Cynthia e Jazmine pularam ao mesmo tempo, em perfeita sincronia. Ali mesmo, na frente de pelo menos trinta pessoas, as três gritaram, saltaram e se abraçaram, alheias à bagunça que fizeram.

O garçom atrás do balcão olhou para elas e balançou a cabeça ao ver o caos na mesa.

– É a minha música! – gritou Maude, quase descontrolada.

Jazmine e Cynthia gritaram de volta:

– Essa é a música dela! Ela é Maude Laurent! A voz dela está por toda Nova York!

Então fizeram uma dancinha maluca, que arrancou risadas dos outros clientes. O garçom amoleceu um pouco e foi até suas clientes desastradas.

– Se você é famosa, quero um autógrafo – disse ele, entregando a Maude um guardanapo.

Maude pegou o guardanapo. Tinha treinado bastante para aperfeiçoar seu autógrafo, caprichando na caligrafia cursiva. Mas, pega de surpresa, tudo o que conseguiu escrever foi um sem graça e nada criativo "Maude Laurent".

– Guarda isso. Seu guardanapo de cinco centavos acabou de virar uma relíquia importante – comentou Cynthia, sem fôlego por causa da dança.

Agora, o *single* de Maude tocava online e no rádio, e naquela noite ela esperava que seu sucesso como *Cenerentola* fizesse todo mundo esquecer de #tombonaneve. Cynthia estava pronta para filmar a ovação estrondosa que a garota receberia no fim da apresentação. Muita coisa dependia daquela noite. As mãos de Maude tremiam. Com sorte, sua voz não seguiria pelo mesmo caminho. Finalmente! Sua carreira musical estava começando, e não só a de estrela pop. O mundo da ópera estava de portas escancaradas para ela, só esperando que entrasse. Poderia seguir o caminho de Soulville e, ao mesmo tempo, o que seu coração de fato desejava.

O público já havia chegado, e os Baldwin estavam na primeira fila. Maude sentiu a tensão subir até a garganta. Um arrepio percorreu sua espinha.

Uma batida à porta interrompeu os seus pensamentos.

Maude correu para abrir. Terence entrou, segurando o celular dela. Tinha deixado o aparelho com ele para evitar qualquer distração.

– Como você está? Espero que não muito nervosa. Ainda tem vinte minutos para se acalmar, tomar um ar, se quiser.

Maude balançou a cabeça.

– Estou bem, obrigada. Mas queria te perguntar: como estão os números da primeira semana de "Quando o Sol Nascer"?

Terence respirou fundo e, com um sorriso tenso, respondeu:

– Maude, quero que você se concentre na apresentação de hoje. Não pense em números agora. Essa noite é sua. Além disso, tem alguém no telefone querendo falar com você – disse ele, sorrindo com gentileza. – Ela quer te parabenizar antes de você subir no palco.

Ele estendeu o braço para entregar o celular, mas Maude encarou o aparelho, confusa. Não fazia ideia de quem poderia querer lhe dar os parabéns.

– É a Victoria? Porque a gente já se falou hoje à noite, e...

– Não é a Vic. Pega o telefone, você vai ver.

Ele colocou o celular na mão dela e fechou a porta ao sair.

Maude levou o aparelho ao ouvido, mas quase o deixou cair ao reconhecer a voz do outro lado da linha.

– Então hoje é a sua grande noite, hein? – disse a sra. Ruchet.

– Sra. Ruchet! – exclamou Maude. – Oi! Como você soube da apresentação?

Maude ficou sem palavras. Desde que chegara a Nova York, não tivera notícias dos Ruchet nenhuma vez. Saber que tinham pensado nela naquela noite tão importante foi uma surpresa inesperada e agradável, que aqueceu seu coração. Era bom sentir que fazia falta para alguém.

– Seu produtor, o sr. Batwing, nos contou. Ele deixou um recado dizendo o quanto essa noite era importante e que seria bom se a gente te apoiasse. E eu pensei: por que não? – disse a sra. Ruchet. – Como está indo o seu novo *single*? Já está rendendo dinheiro?

Maude se recompôs.

Então era por isso que a sra. Ruchet estava ligando. Por dinheiro. Não porque sentia falta dela. Maude não queria que aquela mulher arruinasse sua noite. Quanto mais rápido encerrasse a conversa, melhor.

– Preciso ir. Tenho que me preparar – mentiu. – Não posso conversar agora – acrescentou depressa.

– Ah, entendi – respondeu a sra. Ruchet, ríspida. – Está esnobando as pessoas que te criaram.

– Não, eu só preciso me arrumar. Eu...

– Não importa. Sabe por quê? Porque o relógio está correndo, Cinderela.

O coração de Maude parou por um instante.

– O relógio vai bater à meia-noite, e você vai ter que voltar para Carvin. Se esses *singles* não forem um sucesso, você vai ficar exatamente onde tudo começou. Aqui. Então sugiro que pare de se fazer de boba nas redes sociais e comece a levar isso a sério.

– E se eu dissesse que estou ocupada procurando meu pai? – Do outro lado da linha, o silêncio foi gélido.

– Nem ouse buscar informações sobre o seu pai – disse a sra. Ruchet.

– Ah, você quer dizer o Aaron? – provocou Maude.

A sra. Ruchet deu uma gargalhada.

– Ele nunca usou Aaron em Nova York.

– Me diga o nome dele – pediu Maude, tentando segurar as lágrimas.

– Ele usava o nome nigeriano. Boa sorte descobrindo qualquer coisa a respeito dele agora.

Ela ouviu a risada da sra. Ruchet. Incapaz de suportar aquilo por mais um segundo, Maude desligou o telefone, com a visão borrada pelas lágrimas quentes que escorriam.

Foi nesse momento que Jazmine e Cynthia entraram no camarim, animadas para ver Maude uma última vez antes de sua estreia.

Elas pararam de repente ao notar a expressão no rosto de Maude.

– Maude, o que houve? – Cynthia correu até ela.

Maude não conseguiu responder. Apenas balançou a cabeça, tentando segurar as lágrimas.

– Quem te ligou? – perguntou Jazmine, notando o celular apertado no punho fechado de Maude.

– Eu não posso subir no palco. – Maude tremeu. – Eu não posso subir assim. Avisem a Madame Tragent para preparar a Lindsey.

Cynthia e Jazmine trocaram um olhar preocupado.

– Maude, é normal sentir um pouco de medo do palco. Essa é a sua primeira vez. Você vai se sair maravilhosamente bem – disse Cynthia, com a voz suave.

Maude balançou a cabeça.

– Cadê o Matt? – perguntou, tentando inutilmente enxugar as lágrimas.

Precisava vê-lo agora mesmo. O sorriso fácil e descontraído dele a acalmaria e, de algum jeito, a tranquilizaria.

Jazmine pareceu desconfortável.

– Ele ainda... não chegou.

– Ele não veio? – perguntou Maude.

– Ele vai chegar, Maude – garantiu Jazmine, apressada. – Vou ligar para ele agora. Tenho certeza de que já está a caminho.

Ela saiu correndo do camarim com o celular de Maude e bateu a porta atrás de si.

Alguns minutos depois, voltou e encontrou Cynthia enxugando o rosto de Maude com um lenço de papel.

– O Matt já está vindo, ele só se atrasou um pouco. Não se preocupa, ele vai chegar.

– Eu não ligo se ele vem ou não – afirmou Maude, levantando-se da cadeira e saindo da sala em silêncio.

Ao fechar a porta, ouviu Cynthia sussurrar:

– Convenci ela a subir no palco. Não sei se devia ter feito isso. A gente chama o papai?

– Acho que não. Agora já é tarde. Ela tem que se apresentar. A Lindsey ia adorar tomar o lugar dela. Vamos para os nossos lugares.

Elas passaram apressadas por Maude, chegando a tempo de ouvir a Madame Tragent dizer:

– Kyra fez um ótimo trabalho com a maquiagem. Você está horrível!

De repente, Maude estava sozinha no palco, com uma vassoura na mão, esperando a cortina subir. Ouviu a orquestra tocar o tema de abertura, mas, por mais que tentasse, não conseguia ignorar a voz da sra. Ruchet ecoando em sua mente.

Ela era um fracasso. Sua queda no gelo ainda estava em alta, e todo mundo em Carvin já devia ter visto. Talvez até Stephane estivesse rindo. Ela era a garota que sonhou alto demais, que ousou mudar de vida. E o que ganhou com isso?

Ela ainda não tinha descoberto nada sobre o pai e, agora, soube que o primeiro nome dele era diferente do que estava procurando. Como conseguiria encontrar qualquer informação sobre ele?

E pensar que seu novo *single* não era tão bom quanto ela esperava? Terence não disse nada, mas ela sabia muito bem o que aquele silêncio significava.

Não podia voltar para Carvin como uma fracassada. Ela nem queria vir para Nova York no começo. Mas, ah, como amava a cidade agora!

Maude evitara pensar no que aconteceria quando seus seis meses chegassem ao fim. Será que conseguiria voltar para sua vida sem graça? Olhou para seus trapos e sorriu amargamente, contendo as lágrimas que ameaçavam cair de novo. Na ópera, Cinderela conseguia escapar de sua realidade. Mas Maude sabia que não teria a mesma sorte. Continuaria sendo uma órfã sem identidade pelo resto da vida. *Odeio essa história*, pensou, com raiva. Era tudo uma grande ilusão. Essa ópera inteira era uma farsa!

A cortina subiu, e Maude encarou a plateia.

A sala estava lotada. As mulheres vestiam elegantes trajes de gala, os homens ao lado delas exibiam seus melhores ternos, e pequenas garotas se remexiam inquietas em vestidos de veludo, parecendo fadas. Cada assento, cada camarote estava ocupado por pessoas ansiosas para ouvir a versão de *La Cenerentola* da renomada Cordelia Tragent.

A mente de Maude se apagou.

Ela mal percebeu os Baldwin na primeira fila, trocando olhares preocupados, se perguntando se ela cantaria. Lançou um olhar para o fosso da orquestra, onde os músicos, confusos, haviam recomeçado o tema de abertura, na esperança de que ela começasse a cantar. Eles não faziam ideia de que seu coração estava martelando muito mais alto que a música, e que aquele era o único ritmo que ela conseguia ouvir. O que de fato chamou sua atenção, porém, foi um jovem alto, magro e desgrenhado, vestindo um *trench coat* marrom-claro, que tinha acabado de chegar, ofegante, mas com discrição. Matt, sem dúvida, não tivera tempo de trocar de roupa.

Maude voltou à realidade com um sobressalto e uma constatação dolorosa e apavorante. Ela não conseguia fazer isso. Não conseguia cantar. Não conseguia respirar. Não conseguia fingir. Então fez a única coisa que lhe veio à cabeça.

Saiu correndo do palco.

Vinte e quatro

Maude passou o dia seguinte de pijama, se lamentando, enquanto Cynthia e Jazmine tentavam, sem sucesso, animá-la. Assistiram a incontáveis filmes de Nollywood na Netflix, incluindo várias comédias românticas cheias de festas de casamento animadas.

Como essas atrizes são tão perfeitas?, Maude se perguntava. Elas sabiam atuar, às vezes em dois idiomas, dançar e pareciam destemidas em tudo. Enquanto isso, ela ficava paralisada de medo de palco. Toda vez que pensava na noite anterior, se encolhia de vergonha. Poderia colocar toda a culpa na sra. Ruchet, mas isso não seria totalmente verdade. O nervosismo a havia dominado a noite toda; a sra. Ruchet só tinha confirmado seu maior medo, e aquilo foi a gota d'água.

– A gente podia ir fazer compras, ou coisa do tipo? – sugeriu Cynthia, com cautela, depois de assistirem à quarta comédia romântica seguida sobre um casamento entre um igbo e uma iorubá.

Fazer compras geralmente tirava Jazmine do estado de melancolia, mas Maude não era Jazmine. Ela balançou a cabeça.

– Nunca mais vou ver a luz do dia. Nem atender o celular – acrescentou ao olhar para a vigésima notificação de chamada perdida de Thomas.

Doía saber que Matt nem tinha se dado ao trabalho de mandar uma mensagem.

– Isso pede mais um pote de sorvete de baunilha com pedaços de cookie – sugeriu Jazmine.

– Não, não, não! – protestou Cynthia. – Maude Laurent, você vai levantar desse sofá e sair dessa casa agora mesmo.

– Você está me dando ordens como minha publicitária? – Maude se ajeitou, decidida a continuar exatamente onde estava.

– Como sua amiga e, sabe, irmã mais velha honorária. Hierarquia é tudo.

– Mas eu quero assistir a filmes de Nollywood.

– Você pode assistir a filmes de Nollywood, *ou* pode ir a um *point* nigeriano bem aqui em Nova York.

As sobrancelhas de Maude se ergueram.

– Aqui? – guinchou ela.

– Ah, faz tempo que não vamos ao Marco! – Jazmine pulou do sofá.

– Matt mencionou o Marco – disse Maude.

Era para eles irem juntos. Mas isso foi antes de ele chegar atrasado na apresentação e nem se preocupar em ver como ela estava lidando com a humilhação pública.

– Agora que você tem duas irmãs Baldwin pegando no seu pé, não tem escolha – apontou Cynthia.

– O Ben já teria cedido a essa altura. – Jazmine cruzou os braços.

– Tá bom. – Maude estendeu as mãos, e as irmãs a puxaram para cima.

• • •

O Central Harlem estava pronto para o fim de semana. O Uber das garotas voava pela 125th Street, permitindo que Maude se maravilhasse com aquele bairro vibrante e artístico. Conforme os estúdios de tatuagem e os salões de beleza fechavam, as vitrines revelavam grafites brilhantes que celebravam a alegria e a resiliência da cultura afro-americana. As letras vermelhas do lendário Teatro Apollo brilhavam. Grandes redes de restaurantes e lojas de roupas pairavam sobre vendedores ambulantes agitados, que ofereciam comida e moletons. O cheiro de comida afro-americana pairava no ar da noite, e, pela janela aberta, Maude viu uma criança dar uma mordida gulosa em um cupcake *red velvet*. Ela se sentiu um pouco melhor. A música das ruas não era tão diferente da de uma ópera; Maude comparava o hip-hop à percussão da orquestra, as sirenes da polícia ao lamento dos violinos, e o cantarolar de um animado "Você também, querido!", dito por uma mulher ao se despedir de um vendedor, às últimas notas do solo de uma diva antes de sair de cena.

O Uber deixou as garotas perto do Adam Clayton Powell Jr. Boulevard.

Pessoas entravam e saíam do Marco ostentando tranças deslumbrantes, coques bantu, *twists*, afros, *dreads*, penteados com fios e outros estilos incríveis que Maude nunca tinha visto antes.

O Marco não era apenas um restaurante nigeriano, nem só um bar ou uma balada. Era um universo artístico próprio. Quando entrou, Maude mal podia acreditar na energia do lugar. Bebidas azuis e amarelas iam das mãos do barman para os clientes, enquanto o DJ tocava os últimos sucessos de afrobeat e afro house, puxando a multidão para a pista de dança.

– Tá vendo – disse Cynthia, puxando Maude para o meio da galera –, o udu da mamãe é legal, mas os nigerianos não fazem só música tradicional.

Pelas horas seguintes, as três garotas se deixaram levar pela música eletrônica de várias partes da Nigéria. Braços, pernas, quadris e tranças balançavam no ritmo, e o estilo musical era diferente de tudo que Maude já tinha ouvido. Sons eletrônicos se misturavam a percussões, tambores e batidas de todos os lugares, com letras em iorubá, naijá e igbo.

A dança não era só dança, era como se cada corpo tivesse vontade própria, como se nada pudesse detê-los. Maude mal podia acreditar no que via.

Todas as suas preocupações desapareceram assim que a batida a tomou por completo. E daí que seu *single* tinha sido um fiasco? E daí que ela tinha fugido do palco na sua primeira apresentação? Quem ligava?

A música era muito mais do que ópera. Muito mais do que categorias rígidas.

O DJ passou de músicos nigerianos para outros artistas africanos de música eletrônica. Tocavam faixas em suaíli, luganda e zulu enquanto os dançarinos exibiam ritmos variados, rebolando, fazendo *breakdance* e batalhas de dança. Mas a linguagem mais expressiva de todas era a alegria.

Enquanto se soltava, os problemas de Maude pareciam menores.

Ofegantes, Cynthia e Maude pegaram uma cesta de micate e dois coquetéis de manga, então seguiram para o terraço aquecido, onde outros clientes aproveitavam o ar fresco ou simplesmente relaxavam. Elas se sentaram a uma mesa perto da porta, de onde ainda podiam ouvir a batida pulsante da música. Maude enfiou um dos bolinhos redondos e dourados na boca e ofereceu um a Cynthia.

– E aí, já está se sentindo melhor? – perguntou Cynthia, dando um gole no coquetel de manga.

– Acho que se tivesse feito isso *antes* da apresentação, teria ficado menos nervosa. Eu me sinto viva de novo, sinto que posso conquistar o mundo. Cynth, me diz a verdade. Fugir ontem estragou de vez minhas chances na Soulville?

– Maude, você está levando isso a sério demais. Precisa lembrar o que a música é de verdade. Se divirta de novo! Eu me lembro de uma garota em Carvin que não estava nem aí para música pop.

– Mas agora eu me importo! Quero ficar e trabalhar com a Soulville.

– Você pode querer isso, mas não precisa disso.

– Preciso, sim.

– E esse pode ser o problema. Se você sente que *precisa* disso, esse sentimento só vai aumentar seu nível de estresse. Em vez disso, seria melhor você curtir o processo. Independentemente de como tudo isso acabar, olha só tudo com o que você voltaria para casa. *Se* voltar para casa.

– Mas eu ficaria tão envergonhada se todo mundo em Carvin soubesse que eu fracassei.

– Como isso seria um fracasso? Não pode ser um fracasso se você tentou algo novo, algo que ninguém lá nunca nem tentou. Fracasso teria sido nem tentar. Olha tudo o que você conquistou: novos interesses musicais, novos amigos, novo namorado. A propósito, como estão as coisas entre você e o Thomas? Você atendeu as ligações dele?

– Não consigo falar com ele – soltou Maude de repente. – Sei lá, Cynthia. Parece que tem alguma coisa errada. Desde que soube que ele também queria gravar na Soulville, não consigo falar disso com ele direito.

– Tenho certeza de que ele está feliz de verdade por você.

– Ele está. Ele está – repetiu Maude. – Agora que a Glitter está demonstrando interesse, sim, ele está feliz de verdade por mim. Mas não sei como ele vai se sentir se também o recusarem. Espero que não aconteça. Só sinto que não consigo falar com ele do mesmo jeito que falo com... – Maude parou de repente.

Estava prestes a dizer o nome de Matt, mas desistiu. Não era culpa de Thomas que os dois pais dele estivessem vivos. Mas não era só isso. Sua conexão musical com Matt era muito mais forte do que com Thomas, mesmo que ele também amasse ópera, assim como ela.

– Relacionamentos são complicados – disse Cynthia. Ela colocou um micate na boca, mastigou com cuidado e engoliu.

A porta se abriu, e Jazmine entrou acompanhada de um homem que parecia ter bem mais de sessenta anos.

– Falei que a Cynthia estava aqui, Femi – disse Jazmine.

Cynthia cumprimentou o homem calorosamente.

– Deixa eu te apresentar a uma das estrelas em ascensão da Soulville, Maude Laurent. Maude, esse é o dono do Marco, servindo nigerianos e outros africanos da diáspora há mais de 35 anos.

Os olhos de Maude se arregalaram.

– Trinta e cinco anos? Por acaso você conheceu um homem franco-nigeriano chamado Aaron Laurent? Quer dizer, ele usava o nome nigeriano, mas o primeiro nome americano dele era Aaron.

– Era?

– Não sei.

– Nunca vi nenhum Aaron Laurent por aqui. Foi mal, garota.

– Tudo bem.

Os ombros de Maude murcharam junto com sua esperança. Pelo visto, a sra. Ruchet estava certa. Ninguém conhecia Aaron pelo primeiro nome. Mas, no fundo, ela sentia que seu pai teria amado um lugar como aquele.

– Cynthia, tem um artista que você precisa conhecer – disse Femi.

– Você sabe que eu não posso assinar com todos os seus artistas. – Cynthia riu.

As garotas voltaram para dentro e dançaram até não aguentar mais.

Quando chegaram em casa, Maude estava sonolenta, mas inspirada e determinada a fazer boa música de novo.

No dia seguinte, as meninas assistiram a um novo filme de

Nollywood, com potes de sorvete, querendo prorrogar a energia da noite anterior.

Dessa vez, Maude estava bem mais animada.

No fim da tarde, a campainha tocou.

Cynthia foi atender, e, quando voltou para a sala, a fria e imponente Madame Tragent entrou atrás dela. Maude levou um susto e tentou, sem sucesso, esconder os potes vazios de sorvete debaixo do sofá. A Madame Tragent ergueu uma sobrancelha severa, e Maude desistiu dos potes para ir cumprimentar a professora.

– Posso falar com você a sós, srta. Laurent? – Saiu mais como uma ordem do que uma pergunta de verdade, mas Maude assentiu mesmo assim.

Enquanto iam para a sala de jantar, Maude desejou estar com qualquer coisa que não fosse aquele pijama ridículo.

Já sua professora estava impecável, vestida com elegância e sem um fio de cabelo fora do lugar. Maude tentou, sem sucesso, domar os cachos rebeldes, mas só conseguiu deixá-los ainda mais desgrenhados.

– Srta. Laurent, fiquei muito decepcionada com você duas noites atrás – começou a falar a professora.

– Eu... – tentou protestar Maude.

A Madame Tragent a silenciou com um gesto de mão.

– Terence insistiu para que eu aceitasse você na minha turma, e eu confiei nele. Você demonstrou um talento bruto notável. E, para alguém que nunca tinha treinado a voz de verdade, impressionou bastante nas audições para o papel principal. Sua técnica não era perfeita, mas mesmo assim escolhi você em vez da Lindsey. Mas, na hora H, você envergonhou a si mesma e a mim. E agora me fez dizer algo que eu nunca imaginei que diria: graças a Deus a srta. Linton estava lá. Quero uma explicação, e quero agora.

– Sinto muito, Madame Tragent – protestou Maude. – Eu

não sei explicar o que aconteceu. Foi um caso sério de medo de palco.

A Madame Tragent bufou.

– Existem regras muito simples que você deveria seguir, incluindo não mexer no celular antes de uma apresentação. Você deixou sua vida pessoal interferir na sua vida profissional. Se deixou dominar pelas emoções!

Os olhos de Maude faiscaram, e lágrimas furiosas ameaçaram cair.

– O seu sobrinho me aconselhou a fazer isso certa vez – rebateu ela, sentindo o rosto esquentar de vergonha e indignação. – Ele me disse para mergulhar mais fundo nas minhas emoções.

– Não distorça as palavras do meu sobrinho. Se ele te disse para usar suas emoções, sua dor e alegria, para dar profundidade à sua apresentação, com certeza não quis dizer para deixar tudo sair do controle, como aconteceu naquela noite! Eu ensinei tudo o que ela sabe. E nunca ensinei isso para ela – retrucou a Madame Tragent, com irritação.

De quem ela estava falando?

– Quer dizer que você nunca ensinou isso a *ele*?

– Não, quis dizer *ela*, srta. Laurent. Estou falando de Isabella Durand, nascida Tragent, mãe do Matt. Minha irmã caçula – respondeu.

– A sua irmã era a mãe do Matt? – Maude sempre achou que a ligação entre Matt e a tia fosse por parte de pai.

– Sim, ela era. E era muito parecida com você. Extremamente talentosa. Mas emocional demais. No fim, cedeu à pressão do marido e largou tudo. Queria ser uma boa *esposa*. – A Madame Tragent cuspiu as últimas palavras como se fossem um insulto. – Preciso saber agora, Maude Laurent. Você está comprometida com o canto?

O olhar da mulher perfurou Maude como lâminas.

Maude respirou fundo e respondeu com calma:

– Com todas as minhas forças.

– Então esteja no teatro domingo de manhã, às seis horas em ponto, para sua primeira aula particular – declarou a Madame Tragent, antes de se levantar e caminhar até a porta.

Maude quase caiu da cadeira.

– Mas você nunca dá aulas particulares! – exclamou.

– Eu ouvi uma reclamação, srta. Laurent?

– Não, claro que não!

– Ótimo. Seis horas em ponto. Não se atrase.

A Madame Tragent atravessou a sala de estar com imponência e lançou um olhar altivo para o sofá, no qual Jazmine e Cynthia estavam sentadas.

– Jazmine Baldwin, os ombros! – ordenou, severa.

Depois, seguiu seu caminho e saiu sozinha.

– Ela vai me dar aulas particulares – disse Maude, sonhadora.

– Madame Tragent! – exclamou Cynthia, maravilhada. – Ela nunca dá aulas particulares. Nenhum dos meus amigos da Juilliard conseguiu convencê-la.

– Mal posso esperar para ver a cara da Lindsey quando descobrir! – gritou Jazmine, empolgada. – Me promete que não vai contar pra ela sem mim, Maude.

As garotas riram e continuaram comemorando o sucesso de Maude com mais sorvete de baunilha com pedaços de cookie.

Naquela noite, quando subiu para o quarto, Maude enviou uma mensagem para Matt.

Pronto para compor nosso próximo hit?

Vinte e cinco

– Matt! Você voltou! – gritou uma garotinha de oito anos, de rabo de cavalo saltitante, enquanto se jogava nos braços dele.

Matt e Maude tinham acabado de entrar no Las Fajitas, um restaurante mexicano em Fort Greene, Brooklyn. Maude observou o ambiente com admiração. O lugar era aconchegante, mas ao mesmo tempo vibrante. A decoração era linda: *sombreros* pendiam das paredes e um cacto decorava cada mesa coberta com toalhas vermelhas.

O lugar estava lotado, e alguns clientes dançavam ao som animado da banda ao vivo, que tocava com guitarras, tambores e maracas.

O restaurante tinha um salão principal e um terraço, e era tão famoso que os donos só abriam da primavera ao outono, fechando durante o inverno.

– É claro que estou de volta – disse Matt, abraçando a menina com carinho. – Como você está, Anita? Onde estão Rosa e Eduardo?

– Eles já vêm. Eu estou bem. Perdi os dois dentes da frente. Olha!

Anita exibiu com orgulho a janelinha na boca, como se estivesse mostrando um troféu.

– Que legal – disse ele, sorrindo. – Aposto que a fada do dente fez uma surpresa para você, né?

– Fez! Agora estou rica, Matt. Posso até te comprar um

conversível, se quiser. Quem é ela? – perguntou, apontando para Maude.

– Ótima pergunta, Anita. Quem é essa moça encantadora que você trouxe para o nosso restaurante? – perguntou uma mulher ao sair da cozinha. Ela era imponente, tinha cabelo escuro e usava um avental.

Atrás dela, vinha um homem magro, também de cabelo escuro.

– Rosa, Eduardo! – exclamou Matt antes de ser puxado para um abraço de urso apertado.

– Faz séculos que não te vemos! Você nos abandonou. E está tão magro, Matt. O que anda comendo?

– Eu estive aqui no mês passado, Rosa. Isso mal pode ser chamado de abandono. Além disso, tenho andado ocupado com os lançamentos da Maude. Maude, estes são Eduardo e Rosa Delgado. A Rosa é a melhor cozinheira de Nova York.

– De Nova York? Você quis dizer do mundo! Prazer em conhecê-la, Maude. O Matt nunca traz os amigos aqui. Sempre achei que ele tinha vergonha da gente.

– Nunca, Rosa – garantiu Matt. – Na verdade, eu tinha mais vergonha dos meus amigos. Mas a Maude é apresentável. Ainda tem alguma mesa livre?

– Ah, Matt, você sabe que sempre tem espaço pra você – disse Eduardo, abrindo caminho pelo restaurante lotado.

– Pronto, vocês dois relaxem e aproveitem. Vou preparar o que quiserem. Estão magros demais. Peçam à vontade, é por conta da casa – disse Rosa, saindo antes que Matt pudesse protestar.

Eduardo se inclinou para Matt e sussurrou:

– Você sabe que tudo o que ela quer é que você cante naquele palco. Então, trate de fazer isso quando terminar de comer. – Ele piscou para Maude antes de sair.

– Eles parecem ser pessoas muito legais – comentou Maude.

– São os melhores. E a comida é incrível.

– Não sei bem o que pedir. Nunca comi comida mexicana antes.

– A machaca é ótima. Você deveria experimentar.

– Vou confiar em você.

– Beleza, vou lá fazer o pedido.

Matt saiu apressado para os fundos do restaurante enquanto Maude observava os músicos colocarem os instrumentos de lado com todo o cuidado para fazer uma pausa.

Quando Matt voltou, trazia dois drinques grandes e frutados, com pequenos guarda-chuvinhas vermelhos equilibrados na borda dos copos.

– Enquanto esperamos – disse ele, colocando um dos drinques na frente dela.

– Esse lugar é incrível – comentou Maude, provando a bebida.

– Faz anos que venho. Anita ainda nem sabia andar direito na primeira vez que pisei aqui.

– Foi antes ou depois de você ficar famoso? – perguntou Maude, com um sorriso malicioso.

– Antes. Mas isso não importa. Vou ser sempre o Matt deles.

Maude o observou com atenção antes de perguntar:

– Fiquei curiosa. Como é trabalhar com a Soulville depois de ter trabalhado com a Glitter e lançado três álbuns que ganharam o Grammy com eles?

– Eu estava de saco cheio da Glitter. Não queria mais trabalhar com eles – admitiu ele, sem rodeios. – Eu me recusei a continuar sendo o fantoche deles.

Maude pensou em Thomas e se perguntou se a Glitter era mesmo o lugar certo para ele, já que Matt claramente os detestava.

– Posso ser sincera? – perguntou Maude. – Achei seu álbum de estreia, *Matt*, muito bom. Dá para ver que você se dedicou bastante. Seu segundo álbum, *Superastro,* foi um desastre. Seus *singles* de mais sucesso, “Vivendo a Vida” e “Até o Topo”, não tinham profundidade nenhuma. E você já sabe o que acho de "Doutor do Amor".

Matt riu da honestidade dela.

– Eu concordo com você. Quando a Glitter me descobriu, estavam dispostos a me promover como o cantor e compositor que sou. Participei de cada etapa da criação do *Matt.* O álbum foi um enorme sucesso, muito maior do que eles esperavam, e é claro que iam querer ganhar mais dinheiro em cima disso. Trabalhei quase um ano em *Matt. Superastro* ficou pronto em um mês, e eu não escrevi um único verso dele. Eu odiava esse álbum. Eles queriam que eu lançasse um *single* novo quase toda semana! Eu lancei três *singles* no *Matt,* mas no *Superastro* foram sete no total. Eu achava o álbum ruim, mas ele fez ainda mais sucesso – disse ele, com amargura.

– Pena que você não conhecia o Terence Baldwin naquela época, hein?

– Na verdade, eu conhecia, sim. Ele quis me contratar na mesma época em que a Glitter me fez uma proposta. Minha mãe adorava a Soulville e a mentalidade do Terence.

– E por que não assinou com ele? – perguntou Maude, sem entender por que alguém escolheria a Glitter em vez da Soulville. – A Glitter me queria, mas eu disse não. Eles forçam tanto isso do pop. Ou você vira uma lenda, ou é um fracasso!

– Nem me fale – respondeu Matt, abatido. – Quando saímos de Paris e viemos para Nova York por causa da promoção do meu pai, minha mãe achou que era a oportunidade perfeita para eu começar minha carreira musical, depois da minha participação no *Kids Talent.*

– Você apareceu no *Kids Talent*? – exclamou Maude. – Que inveja!

Ela tinha assistido a trechos do *Kids Talent* quando tinha doze anos. Sonhava em ir lá cantar uma ária de ópera, mas nunca teve coragem de mandar um vídeo.

– Na edição francesa. Eu era uma criança muito fofa e mandava bem no *breakdance*.

– Você comeu *inteiro* aquele saco de doces que eles dão para cada participante?

– Lambi até o pozinho. – Matt parecia particularmente orgulhoso desse feito, e Maude assentiu com admiração. – Meu pai insistiu que eu assinasse com a Glitter Records – continuou dizendo. – Eu não queria, mas ele disse que eu não deveria perder tempo. Ele nunca apoiou muito minha carreira musical, mas mesmo assim conseguiu convencer a mim e minha mãe a assinarmos com a Glitter. Eu só tinha catorze anos na época e não queria causar confusão. Ainda mais porque minha mãe tinha acabado de ser diagnosticada com câncer de mama.

– Deve ter sido muito difícil para ela te ver na Glitter, sabendo que você não estava feliz.

– Eu nunca demonstrei nada. Fiz o possível para mostrar que estava feliz com a minha nova carreira. Não sei se ela acreditou. Minha mãe sempre teve o dom de enxergar meus sentimentos mais profundos.

– O que te faz pensar que ela sabia?

– Ela praticamente me disse antes de falecer no ano passado. Me fez prometer que não ficaria na Glitter se não estivesse feliz.

– Parece que ela sabia mesmo – disse Maude, com suavidade. – Mas isso foi há poucos meses. Como você e os Baldwin ficaram tão próximos?

– Ah, pode até ser que meu contrato com a Soulville seja recente, mas Terence e eu somos almas gêmeas musicais há anos. – Matt riu. – Depois que nos conhecemos, quando eu tinha catorze anos, viramos amigos. Ele me cedeu o estúdio de criação, e eu passava tanto tempo na casa dele que acabei me tornando amigo do resto da família. – Os olhos dele ficaram sombrios. - Quando minha mãe faleceu, nove meses atrás, tive uma briga horrível com meu pai. Saí de casa. Não queria morar sozinho, então fui para a casa dos Baldwin e fiquei lá por seis meses. Eles são o mais próximo de uma família que eu tenho, tirando minha tia.

- Nossa, eu não fazia ideia, Matt. Você teve que sair de lá por minha causa?

- Que nada, minha tia insistiu que eu fosse morar com ela. Acho que foi mais para provocar meu pai do que por querer minha companhia. Ela não faz ideia de como lidar comigo. Daqui a pouco faço dezoito e arrumo um lugar para mim.

- Você ainda não fez as pazes com seu pai?

Matt olhou para Maude, e por um instante seus olhos pareceram perturbados. Então, ele esboçou um sorriso fraco e respondeu:

- Isso não vai acontecer tão cedo. Ele me acusou de umas coisas bem pesadas. Disse que a culpa era minha por ela ter ficado tão triste no final. Que eu não estava por perto o bastante e que era um filho ingrato.

- *Mon Dieu.* Matt, sinto muito.

- Tudo bem, Maude. Não foi você quem disse essas coisas - respondeu ele, com tristeza. - O que é uma ironia vindo de um homem que sempre colocou o trabalho acima de tudo. Ele é um hipócrita, com aquelas regras burguesas ridículas. Estudou na EDHEC, uma escola de negócios enorme na França.

- Já ouvi falar.

- O sonho dele era que eu fosse para a HEC.

- A escola de negócios número um. - Maude suspirou. - Não tem muito a ver com uma carreira no pop, né?

- Não tem muito a ver comigo. É como se ele não me conhecesse. Como se nem quisesse me conhecer.

- Ele teria preferido que você tocasse música clássica?

- Há! Não sei dizer. Minha mãe era cantora de ópera, e ele

fez com que ela desistisse da carreira quando eu nasci. Ela era incrível.

– Então é dela que vem seu amor pela música.

– Isso mesmo. Ela me ensinou tudo o que sei. Ela amava música clássica, mas ouvia artistas de todos os tipos, e me ensinou a nunca menosprezar nenhum estilo musical. Você se lembra do dia em que nos conhecemos?

Maude assentiu. Como poderia se esquecer do dia em que se conheceram?

– Eu estava indo ouvir um dos músicos de metrô favoritos dela. Ele só toca lixo.

– Tem certeza de que gosta desse artista?

– Os instrumentos que ele usa são feitos de garrafas recicladas, latas e coisas que ele encontra, bom, no lixo. Meu pai nunca ampliou os horizontes. Nunca entendeu por que eu amo blues, soul, funk, rock, dance, afrobeat. Minha mãe entendia.

Ele havia amado e sofrido com o luto, enquanto ela lamentava por pessoas que nunca chegou a conhecer. Duas tragédias. Os dois sentiam o vazio deixado pela ausência do amor materno. *É pior sentir falta do abraço quente de uma mãe ou nunca o ter conhecido?*, Maude se perguntou, sentindo-se mais próxima dele do que nunca.

– Tenho certeza de que ela estaria muito orgulhosa – disse Maude, com gentileza.

– Não sei. – Ele balançou a cabeça. – Talvez ela tivesse orgulho do primeiro álbum, mas sei que não era muito fã do segundo. Quando percebi isso, quis sair da Glitter Records, mas, de acordo com o contrato, ainda precisava lançar mais um álbum. Eu falei para eles que queria sair. Eles tentaram me acalmar, dizendo que eu poderia trabalhar em algumas das músicas do terceiro álbum, *Seguindo em Frente*, e até me deixaram compor para outros artistas.

– Foi então que você trabalhou com Lindsey – comentou

Maude, com um tom azedo. – A música dela teve um papel enorme tanto na sua carreira quanto na minha.

– Exatamente. E quando "Cortando Laços" estourou, impulsionando a carreira da Lindsey como cantora, eles quiseram que eu assinasse um novo contrato, me dando liberdade criativa total para meus futuros álbuns. Nessa época, minha mãe tinha acabado de falecer. Minha dor me deixou mais esperto. Anunciei que faria uma pausa na carreira de cantor e fui direto para a Soulville como compositor e produtor em treinamento. E não me arrependo disso.

– A música que você escreveu para a Diane Cameron, "Anseio", é incrível – elogiou Maude.

– Ahá! Até que enfim! Um elogio sincero vindo da grande Maude Laurent! – exclamou Matt, triunfante.

Maude não pôde deixar de sorrir.

– Você acha que algum dia vai lançar outro álbum como cantor? – perguntou ela.

– É uma possibilidade, com certeza, mas por enquanto estou feliz onde estou. Com você – respondeu ele, encarando-a nos olhos. – Quer dizer, trabalhando com você e tudo mais – acrescentou ele depressa.

O rosto de Maude esquentou sob o olhar dele, e ela agarrou o copo, quase derramando a bebida na toalha.

– Chega de falar de mim – disse ele, mudando de assunto. – Como vai sua busca? Alguma novidade a respeito do seu pai?

Maude suspirou.

– Fui até o Marco com a Cynthia e a Jaz na semana passada e passei a maior vergonha perguntando ao dono se ele conhecia meu pai.

– Você sabe alguma coisa a respeito da sua mãe?

– Nada. Por isso é tão importante descobrir algo sobre meu pai primeiro. Depois, posso procurar por ela.

– Posso te perguntar uma coisa?

– Claro.

– O que você mais gostaria de saber sobre seus pais? Além de como eles morreram?

– Quero saber se me pareço com eles.

– Faz sentido. Mas tem algo que me intriga.

– Você tem dúvidas sobre os meus pais? Por quê?

– Queria saber de quem você puxou esse temperamento.

Maude arfou e abriu um sorriso.

– Não é minha culpa se você vive me tirando do sério.

– De qualquer forma, tenho certeza de que eles eram bonitos. Você com certeza puxou isso deles.

Maude sorriu, transbordando de felicidade, mas sem saber como responder ao elogio. Ela ficou sem graça.

Por sorte, naquele momento, o garçom trouxe a comida, e Maude focou toda a atenção no prato. Pegou uma colherada e enfiou na boca. Então, duas coisas aconteceram ao mesmo tempo. Sua boca pegou fogo, e, através dos olhos marejados, ela viu Matt tirar uma foto sua com o celular enquanto soltava uma gargalhada histérica. Maude estava tão confusa que não conseguia entender o que estava acontecendo ao redor. Sua garganta secou, os olhos arderam, e ela tentou desesperadamente recuperar o fôlego.

– Água! – crocitou, se engasgando com a comida.

Matt, ainda morrendo de rir, encheu um copo grande para ela. Maude agarrou o recipiente, derramando metade do líquido na mesa, e bebeu o restante com a avidez de um camelo no deserto. Depois, tomou mais três copos seguidos antes de conseguir dizer qualquer coisa.

– Fica a dica para o futuro – disse Matt, entre risadas sufocadas –: não adianta nada beber água.

– Eu vou matar você – conseguiu dizer ela, rouca, para um Matt em crise de riso.

– Ei, pelo menos você não me xingou em francês.

– Ah, você acha graça? Quero ver você encarar agora. Tá me devendo essa.

– Nem ferrando. Já provei uma vez pra nunca mais. Não tô querendo morrer tão cedo.

– A Victoria sempre pega leve na pimenta nos pratos nigerianos por minha causa. E você me faz comer uma colherada desse molho vulcânico? – perguntou ela, enxugando os olhos.

– A foto ficou ótima. Dá uma olhada.

Na pequena tela do celular, Maude viu seu próprio rosto congelado em uma expressão de puro terror, os olhos arregalados, as mãos na garganta, os lábios virados para baixo. Maude caiu na risada. Ela tinha ficado ridícula.

– É assim que você vai ficar quando eu acabar com você – ameaçou ela, devolvendo o celular para ele.

– Podemos dividir meu prato. Tem comida o suficiente para alimentar um exército.

Maude assentiu, e eles compartilharam o prato de Matt: tacos, nachos, tamales e quesadillas. De fato, havia comida o bastante para um batalhão. Maude e Matt, famintos, devoraram tudo enquanto conversavam animadamente, parando apenas para mergulhar os nachos no guacamole. Pareciam duas almas perdidas que por fim haviam se encontrado e agora não conseguiam parar de falar, tentando compensar o tempo perdido.

Era raro Maude aproveitar tanto a companhia de alguém, e se surpreendeu ao lembrar que, semanas antes, tinha odiado Matt depois do incidente no metrô. Brincavam e discutiam sobre tudo, de outros cantores e compositores às próprias músicas e gostos musicais. Iam do pop e do rock para o afrobeat, k-pop, afro house, dance, hip-hop, soul e blues. Cada artista que Maude conhecia de cor ou acabara de descobrir era dissecado e analisado. Qualquer assunto aleatório virava motivo para debate.

– Você acha, de verdade, que Nova York é melhor que Paris? – perguntou Maude.

– E você não?

– Eu amo Nova York, mas você não entende o que Paris representou para mim. Era a mais absoluta liberdade. Eu me livrei de Carvin, da minha rotina, das tarefas, mesmo que só por um dia.

– Você está livre em Nova York há mais de três meses – ressaltou ele.

– É verdade. Foi um divisor de águas ter o sr. Baldwin na minha vida. Isso só aconteceu por causa de Paris. Foi lá que tudo começou, foi lá que tive coragem de cantar para um público de verdade, onde o vídeo viral foi gravado. Paris sempre será a cidade da minha vida, por mais que eu adore Nova York. Você morou boa parte da vida em Paris, é por isso que não dá o devido valor.

– Tá, pelo visto minha missão ainda não acabou. A gente devia ir andando se eu quiser te mostrar os outros lugares de música que você precisa conhecer – disse ele, levantando-se.

A banda tinha voltado a tocar, e alguns casais já estavam dançando.

– Onde você pensa que vai? – perguntou Rosa, surgindo do nada, com a filha ao lado. – Você sabe que não vai sair daqui sem subir naquele palco, né, Matt? Um pouco de improviso não vai te matar, e você sabe disso. A Maude pode cantar com você, já que também é cantora.

– O que acha, Maude? Você topa? – perguntou Matt.

– Nunca improvisei antes – admitiu Maude, olhando meio incerta para o palco.

– Esse é o momento perfeito para começar – comentou Rosa, encorajando-a.

– Ah, por favor, Matt, canta pra gente! – implorou Anita.

– Só se a Maude vier comigo.

– Eu nunca fujo de um desafio – respondeu Maude.

Há uma primeira vez para tudo, pensou ela, com ironia. Seu primeiro instinto deveria ter sido correr, considerando que nunca tinha improvisado antes e que sua última vez no palco foi um desastre! Mas aquela vozinha em sua cabeça insistia que ela preferia ser torturada numa masmorra medieval a deixar Matt perceber qualquer sinal de medo.

Ela ouviu a banda, composta de bateria, guitarra e maracas. O ritmo ficava cada vez mais alto e acelerado à medida que Maude se aproximava do palco, e seu coração começou a bater tão rápido quanto a percussão.

Ela conseguia. Podia improvisar. Pelo menos, era o que esperava. Se Matt conseguia, ela também podia. *E melhor do que ele, aliás*, pensou, tomada por um orgulho ardente.

Matt pegou o primeiro microfone e disse:

– Olá, pessoal! Eu estava conversando com minha amiga Maude, e ela me falou que Paris é a melhor cidade do mundo. E eu expliquei que Nova York é que é. Só que ela é teimosa e continua insistindo!

Matt sabia muito bem como cativar o público. Não havia o menor traço de timidez nele. Sua confiança havia conquistado milhões de pessoas ao redor do mundo, e, ao observá-lo, Maude entendeu o porquê. Por trás do olhar intenso e do sorriso arrebatador, havia algo mais profundo. Maude já havia percebido isso no estúdio de criação e agora via em uma escala ainda maior: ele amava música de todo o coração, sem sombra de dúvida. Assim como ela, Matt *vivia* para a música.

– Então, eu vou precisar da ajuda de vocês para convencê-la, beleza? – gritou.

A plateia respondeu com entusiasmo.

– Muito bem, lá vai.

"*Você chegou em Nova York*
Não fique aí dando bobeira
Dê uma olhada ao redor
Porque a cidade não espera
Nova York nunca dorme
Aqui, a noite é pra festejar
Levanta e entra nessa dança
De noite até o sol raiar."

A plateia vibrou quando Maude subiu ao palco e pegou o segundo microfone. Então, ela cantou:

"*Aqui, ratos por todo canto*
Caiu café na minha cara
O metrô quebra enquanto
A lista do caos nunca para."

A plateia incentivou Maude com ainda mais entusiasmo, e ela lançou um olhar desafiador para Matt antes de começar o refrão:

"*Nova York é pra visitar*
Paris, pra se apaixonar
Paris vence Nova York sem pena
Desiste logo e sai de cena."

Matt continuou:

"*Greve todo santo dia*
Protesto é coisa rotineira
Isso é Paris, garota,
é a verdade derradeira.
Nova York, cidade de verdade

Guiada pela Estátua da Liberdade
Labirinto de concreto, neblina no ar
Bagunça vibrante, difícil de escapar,
Mas tudo junto a se entrelaçar."

Maude dançava no ritmo dos tambores, os pés batendo no chão, a mente girando e as mãos aplaudindo. Então, parou e respondeu, erguendo um pouco mais a cabeça:

"Nova York até tem valor
Mas Paris é meu grande amor
A música flutua no ar
O ritmo faz tudo vibrar
Dançar no Moulin Rouge, então
Melhor que a Times Square e a multidão."

Matt cantou:

"Paris é pra visitar
Nova York, se apaixonar
Paris versus Nova York."

Maude cantou:

"Nova York é pra visitar
Paris, pra se apaixonar
Paris vence, não tem jeito
Desiste aí, com todo respeito."

Maude fez uma pausa e cantou devagar:

"Vamos discordar sem brigar
Meu coração em Paris vai ficar

Você ama Nova York demais
Mas venha a Paris só para ver
E juro que você vai entender."

Matt foi até Maude e finalizou cantando baixinho:

"*Paris versus Nova York, tanto faz*
Se estou contigo, estou em paz
Paris versus Nova York, deixa pra lá
Só quero estar onde você está."

Então os dois cantaram juntos:

"*Paris versus Nova York, deixa pra lá*
Só quero estar onde você está."

Maude e Matt pararam de cantar, os olhos fixos um no outro, como se nada mais no mundo importasse. O coração de Maude disparava enquanto o som dos tambores diminuía aos poucos, seus olhos buscando os dele, enquanto as últimas palavras de Matt ecoavam em seus ouvidos. *Só quero estar onde você está.*

De repente, um grito animado explodiu na multidão, que começou a cantar o refrão da música. Os pés batiam no chão, as mãos se juntavam em palmas ritmadas. Logo, Maude e Matt deixaram o palco sob uma onda de aplausos.

– Acho que não foi tão ruim para uma primeira vez – gritou Matt por cima do barulho.

– Foi melhor que "não tão ruim"! Você não tá ouvindo o público? – gritou Maude de volta.

– Uma coisa é certa – disse Matt. – Terminamos sua música sobre Paris. Vamos ajustar os instrumentos, mas essa música já está praticamente pronta, Maude.

– Você quer dizer que vamos apresentar essa música para o Terence?

O novo *single* dela! Finalmente tinham terminado a composição sobre Paris, e estava cem vezes melhor do que ela imaginava.

– Sim, é isso mesmo que estou dizendo. Tem um ritmo ótimo, uma brincadeira divertida entre os personagens masculino e feminino. Isso vai ser um sucesso.

– Brincadeira divertida, personagens – repetiu Maude, já sem tanta empolgação. – Certo, era só isso, uma brincadeira.

Matt ia dizer algo, mas foi interrompido pela família Delgado.

Anita pulou nos braços de Matt.

– Vocês foram incríveis! – disse ela, mandando um beijo estalado para ele.

– Na próxima vez que vierem, espero não precisar arrastar vocês para o palco – acrescentou Rosa, balançando o dedo para Matt.

– Prometo, Rosa – disse ele, beijando o rosto dela. – Temos que ir agora. Ainda preciso mostrar para a Maude tudo o que ela perdeu na França todos esses anos.

– Certo, Mateo. Cuida bem da Maude, ela é um achado – disse ela, voltando-se para Maude. Ela a abraçou apertado e sussurrou: – Ele precisa de alguém como você na vida dele.

Maude só concordou, sem saber o que responder.

– Vamos, Maude. – A voz de Matt a trouxe de volta à realidade.

Ela o seguiu para fora do restaurante a contragosto.

– Precisamos mesmo ir? Esse lugar é incrível!

– Eu sei! O que a Rosa te disse lá dentro?

– Nada. Só para encontrar a melhor forma de me vingar por você ter me enganado com a machaca apimentada.

– Não acredito! Espero que você não siga o conselho dela.

– Acho que vou seguir, Rosa Delgado é muito sábia.

Maude só percebeu que Thomas havia ligado cinco vezes

quando chegou em casa. Ela retornou a ligação no mesmo instante.

– Oi. – Thomas atendeu.

– Desculpa, não vi que você tinha ligado. Passei o dia todo fora com o Matt...

– Você tem passado bastante tempo fora da Soulville com ele.

– É coisa de trabalho. A missão dele é me fazer descobrir novas formas de música. E deu certo!

– Ele não pode te fazer descobrir música pelo Musicfy?

– Ah, qual é, não é a mesma coisa. Música ao vivo e Musicfy. Não tem nem comparação.

– Acho que sim. Qual foi a música?

– Eu... – Maude hesitou.

– Você não quer me contar. Uau, parece que anda escondendo muitas coisas de mim ultimamente.

– Isso não é verdade.

– Você não me contou quem te ligou antes da nossa apresentação na semana passada.

Sem querer entrar no assunto da conversa com a sra. Ruchet, Maude respondeu:

– A música não é segredo. É só que ela é tão incrível que eu não sei se vai soar bem pelo telefone.

– Sabe de uma coisa? Melhor nem cantar, tudo bem – disse Thomas, irritado. – Não liga pra mim. Pelo visto, meu gosto musical é péssimo, já que a Glitter recusou todas as minhas músicas.

– Ah, Thomas. Por que você não me contou?

– Te liguei um milhão de vezes.

– Desculpa.

– Olha, tudo bem. A gente se fala depois. Tchau.

Ele desligou, deixando Maude olhando para o celular, arrasada.

Ela se sentia a pior namorada do mundo. Estava tão focada

em compor que não esteve presente quando ele mais precisou. Não foi um apoio para ele. Mas podia melhorar.

Levantou o celular até os lábios e gravou sua nova música, "Paris versus Nova York", em uma mensagem de voz. Depois, apertou o botão de envio para Thomas sem hesitar.

Em seguida, digitou uma mensagem para ele.

Espero que isso te anime.

Desculpa por não estar presente.

Mas agora estou disponível. Que tal nos encontrarmos na Times Square?

Os três pontinhos apareceram enquanto ele digitava a resposta. E continuaram piscando por mais um minuto, um claro sinal de hesitação.

Por fim, ele respondeu:

A música tá ok. Precisa de ajustes.

Maude, decepcionada com a resposta sem graça, jogou o celular na cama. Esperava um pouco mais de entusiasmo.

Seu telefone vibrou de novo. Era outra mensagem de Thomas.

Prefiro ouvir você cantar sua nova música ao vivo.

Beleza, Times Square. Tô saindo agora.

Maude sorriu e suspirou. Claro que Thomas gostaria mais da música se ela cantasse para ele. Ela o animaria e o faria esquecer o dia ruim.

Pegou o celular, guardou na bolsa e saiu pela porta. No fundo, enquanto pensava no dia incrível que teve, não pôde evitar um incômodo: será que Thomas tinha razão em duvidar da natureza de sua relação com Matt?

Vinte e seis

Às seis da manhã em ponto, Maude chegou ao teatro. Era a primeira vez que pisava ali desde a apresentação que perdera, mas estava tão feliz por ter outra chance com a Madame Tragent que engoliria o orgulho e faria o que fosse necessário.

– Feche os olhos e relaxe – ordenou Madame Tragent, circundando Maude.

Maude obedeceu, mas era impossível relaxar sob o olhar severo da Madame Tragent.

– Eu disse para fechar os olhos e cerrar os punhos? – perguntou a Madame Tragent. – Relaxe esses ombros, srta. Laurent. Agora gire a cabeça em círculos lentos. Para um lado, no sentido horário. Isso, assim mesmo.

Tendo dormido mal na noite anterior, Maude temia cochilar se relaxasse demais.

– Relaxar antes de cantar é essencial, srta. Laurent. O estresse não ajuda na sua técnica, e com certeza não vai ajudar quando for cantar. Meus ouvidos não suportam vozes medíocres.

Maude se encolheu. Como podia ter passado de interpretar a Cinderela a ser acusada de ter um canto medíocre?

– Eu nunca disse que você é uma cantora medíocre, srta. Laurent – disse a Madame Tragent, como se lesse os pensamentos dela.

Maude abriu os olhos, surpresa.

– Olhos fechados, srta. Laurent! – ordenou, com firmeza.

– Seu rosto é um livro aberto. Até a menos observadora das pessoas consegue interpretar suas emoções. E eu sou bem mais perceptiva do que isso. Você precisa aprender a controlar suas emoções. O público não está interessado na sua vida pessoal. Eles não querem ver você lutando contra seus próprios demônios no palco.

– Entendido. – Maude assentiu.

– Eu dei permissão para você falar, srta. Laurent? – retrucou a Madame Tragent, com frieza.

Maude quase respondeu "não", mas parou a tempo.

– Como pretende relaxar se está falando?

Como ela poderia relaxar com a professora a torturando mentalmente? Talvez ter aulas particulares não fosse um privilégio. Quem sabe fosse apenas a maneira da Madame Tragent de se vingar.

– Minha voz está te distraindo, srta. Laurent? Acha que estou te torturando por prazer?

Maude fechou os olhos com mais força e tentou controlar a respiração.

– Livro aberto – murmurou a Madame Tragent, com desprezo. – Como está meu sobrinho?

O sangue subiu para o rosto de Maude, mas ela permaneceu quieta.

– Silêncio. Até que enfim. O som que eu queria ouvir.

Ela rodeava Maude como um falcão.

– É óbvio que você sente alguma coisa pelo meu sobrinho – continuou a dizer. Maude arregalou os olhos e estava prestes a protestar, mas conseguiu se conter a tempo. – Olhos fechados – repetiu a Madame Tragent, impaciente, sem nem sequer olhar para Maude. – Quando vai aprender a esconder suas emoções, srta. Laurent?

Maude tentou adotar uma expressão indiferente, mas não conseguiu.

– Meu sobrinho é um conquistador, srta. Laurent. Qualquer tabloide pode te contar isso.

A respiração de Maude acelerou, e ela lutou para manter a expressão neutra.

– Não acho que ele já tenha se apaixonado alguma vez, e é pouco provável que isso aconteça um dia. Nunca cometa o erro de achar que dá para mudar um homem. Você só vai perder tempo.

Maude controlou a respiração e apagou qualquer traço de emoção do rosto.

– Muito bem – reconheceu a Madame Tragent, satisfeita. – Abra os olhos, srta. Laurent. – Então, com severidade, a Madame Tragent advertiu: – Como cantora, você às vezes terá que se apresentar nas piores condições. Doente, com fome, com frio. As condições nem sempre serão ideais. As pessoas que você ama podem não te apoiar. Às vezes, serão justamente elas a fonte da sua distração. Um término difícil antes de uma apresentação, uma notícia ruim, um irmão à beira da morte, uma irmã grávida entrando em trabalho de parto minutos antes de você subir ao palco. Seja qual for o motivo, a vida sempre dá um jeito de se intrometer. É por isso que você precisa aprender a deixar tudo isso de lado antes de se apresentar. Antes de arruinar mais um dos meus espetáculos.

Maude sorriu, já se imaginando como protagonista de uma ópera no futuro.

– Não que eu ousasse colocá-la em mais uma das minhas óperas – acrescentou a Madame Tragent. – Você já foi a uma ópera?

Maude permaneceu resolutamente em silêncio.

– Você pode responder à minha pergunta – disse a Madame Tragent.

– Já assisti a milhões delas online.

– Não é a mesma coisa que assistir ao vivo.

– Eu nunca fui a uma ópera – murmurou Maude.

– Isso talvez explique parte do problema. Pois bem, eu mesma vou te levar à sua primeira ópera.

– Eu e minha soprano favorita na ópera. Um sonho realizado!

– Não seremos só nós duas. – A Madame Tragent bufou. – Tenho outros cinco alunos, lembra? Você já recebeu tratamento especial o suficiente. E bajulação não vai te levar a lugar nenhum. Agora, sobre sua técnica. Como está se tornando uma cantora pop, precisa usar menos vibrato. Endireite os ombros para os próximos exercícios vocais.

Vinte e sete

Com um sofisticado e esvoaçante vestido amarelo de grife, adornado por medalhões e uma cauda discreta, e o cabelo preso em um coque impecável no alto da cabeça, Maude estava em frente à encantadora Metropolitan Opera House. Daquele ponto de vista, junto à fonte, as luzes criavam um brilho incrivelmente romântico. Maude admirava os cinco arcos da fachada, desejando registrar cada momento em sua mente. A primeira vez que ia a uma ópera. Ela achava essencial parar do lado de fora para absorver aquele momento. Haveria a vida antes e a vida depois de sua primeira ópera, e saborear a expectativa era tão importante quanto o restante da experiência.

Ela atravessou a porta.

Apesar da multidão que circulava pelo saguão, Maude logo avistou o grupo de alunos da Madame Tragent reunido perto de um dos imensos murais do artista Marc Chagall. Thomas estava impecável em um smoking preto. Lindsey também estava lá, deslumbrante em um vestido carmim. Esta última bufou em desaprovação ao ver Maude se aproximar, mas ela ignorou e cumprimentou Thomas com um beijo.

– Você está linda – disse ele, com a expressão de quem mal podia acreditar na sorte que tinha.

– Digo o mesmo – respondeu Maude, pensando que, de fato, formavam um casal bonito.

– Não estou acostumado a usar ternos, mas até que gostei. Dá um ar meio James Bond.

Madame Tragent estava elegante, o cabelo branco solto em ondas ao redor do rosto.

– Estamos todos aqui – disse Maude.

– Na verdade, falta mais uma pessoa. Ah, ali está ele.

Quando a Madame Tragent abriu o mais sincero dos sorrisos, Maude soube no mesmo instante quem havia chegado, antes mesmo de vê-lo. Só uma pessoa conseguia fazer Cordelia Tragent brilhar daquele jeito.

Matt entrou na casa de ópera vestindo um terno azul-escuro justo, em vez do smoking tradicional. Seu cabelo estava preso em um coque baixo e bem alinhado. O baque no coração de Maude soou tão alto quanto um gongo. Ela tentou se concentrar em uma miçanga preta solta em sua bolsa de mão. Miçanga curiosa, de fato. Mas não o suficiente para manter sua atenção quando Matt começou a falar.

– Cheguei, já pode começar a festa – anunciou ele, despreocupado.

– Matt! – gritou Lindsey, correndo para abraçá-lo.

Ele se afastou, embora não rápido o bastante na opinião de Maude, e sem demonstrar grande incômodo com a atenção.

– O que você está fazendo aqui? – perguntou Thomas, franzindo a testa.

– Olá para você também, Thomas – respondeu Matt, com bom humor, ignorando a irritação de Thomas. – Minha tia queria aproveitar um tempinho ao lado do sobrinho favorito. Quem sou eu para dizer não?

– Muito bem, crianças – interveio a Madame Tragent. Ela ajustou a gravata do sobrinho. – Quem pode me dizer sobre o que é *La Sonnambula*, ou *A Sonâmbula*, traduzindo? Menos a Maude – acrescentou a Madame Tragent logo em seguida.

– Fácil, tem um triângulo amoroso – começou a falar Matt,

inclinando o pescoço para aliviar a pressão dos dedos intrometidos da tia. – Amina, uma pobre órfã, e Elvino, um camponês rico, estão prestes a se casarem, até que um estranho misterioso aparece.

– Não perguntei para *você,* Matt – interrompeu a Madame Tragent rispidamente. – Quero ouvir meus alunos.

Thomas deu um passo à frente.

– Elvino morre de ciúme porque o Conde Rodolfo não faz a menor questão de disfarçar sua atração por Amina. Zero noção de limites, esse conde.

– Talvez Elvino esteja certo em sentir ciúme – provocou Matt, com um sorriso travesso.

– Amina é fiel a Elvino e ama apenas a ele.

– Tem certeza? Tem certeza *absoluta*? – debochou Matt.

– É a ópera que diz isso, Matt. Não eu – rebateu Thomas. – O único problema é que Amina é sonâmbula. Ela acaba indo parar, dormindo, no quarto do Conde Rodolfo na estalagem, onde o vilarejo inteiro a encontra. E Elvino, achando que ela o traiu, rompe o noivado.

– Vocês dois esqueceram a Lisa – interveio Lindsey. – Ela gosta do conde, mas é apaixonada pelo Elvino desde sempre. E mal pode esperar para consolá-lo quando ele termina com aquela sonâmbula idiota. Ele até aceita se casar com ela. A recompensa por ser paciente – disse Lindsey, olhando para Thomas.

– Ela não é uma sonâmbula idiota – disse Maude, envolvendo Thomas com um braço protetor. – Ela tem uma condição. E Elvino, quando percebe que Amina é sonâmbula, volta para ela, e os dois terminam felizes e casados.

– Muito bem, Thomas e Lindsey – elogiou a Madame Tragent em um raro momento de gentileza. – Maude deveria aprender que, quando eu digo “menos a Maude”, quer dizer “menos a Maude”. Mas vocês dois entenderam a ópera muito bem.

– Não é bem assim, tia – interveio Matt, erguendo um dedo no ar como se estivesse em sala de aula. – Minha teoria sempre foi que, no fundo, Amina ama Rodolfo, o forasteiro charmoso. Ela só não admite. É por isso que vai parar no quarto dele quando está sonâmbula. O que você acha, Maude? – Matt se virou para ela, e todos os olhares a seguiram.

Ela vasculhou a mente em busca de uma resposta adequada para o que parecia ser uma discussão disfarçada sobre o status de seu relacionamento. Por sorte, nesse momento, o sino tocou, indicando que era hora de irem para seus assentos.

Maude suspirou aliviada, ergueu a saia e seguiu a Madame Tragent.

O grupo se acomodou no balcão do deslumbrante auditório dourado e bordô. Matt e Lindsey se sentaram ao lado de Thomas e Maude. A Madame Tragent ficou à esquerda do sobrinho. Do seu lugar, espremida entre Thomas à esquerda e Lindsey à direita, Maude admirava a cortina de damasco dourado e os lustres brilhando como as estrelas mais luminosas da Via Láctea. Os assentos bordô faziam com que se sentisse uma rainha enquanto ouvia os músicos afinando seus instrumentos no fosso da orquestra.

Maude franziu ligeiramente a testa ao ver Lindsey deslizar o braço sob o de Matt. Ele percebeu seu olhar e inclinou a cabeça de lado, sem o menor indício de arrependimento. Maude desviou os olhos de imediato e se aconchegou mais perto de Thomas.

Logo, a apresentação começou com a entrada do coro. Lisa veio em seguida, lamentando o casamento que se aproximava.

Assim que Amina, interpretada por uma jovem soprano sul-africana chamada Beauty Mbatha, entrou em cena, todos os olhares se voltaram para ela. Sua alegria e brilho pareciam iluminar todo o palco.

Assim que a soprano começou a cantar, Maude sentiu o coração se render à beleza de sua voz. As notas agudas, muito além do alcance que Maude poderia atingir como mezzo-soprano, soavam como gotas de chuva morna caindo do céu, e seu encanto com o papel se refletia em cada movimento. Maude apertou a mão de Thomas, tomada pelo êxtase.

Ah, se ela pudesse cantar em uma ópera um dia! Se ao menos não tivesse arruinado sua primeira chance de se apresentar.

Voltando a se concentrar na ópera, Maude observou os noivos, uma órfã e um rico morador da vila, vivendo dias felizes até que a chegada de um forasteiro despertou o ciúme do homem.

Quando o encantador Conde Rodolfo entoou sua ária em um tom grave e sedutor, Maude sentiu o desconforto crescer dentro de si.

Ao ver Amina interagir de forma brincalhona com o forasteiro, Maude começou a pensar que talvez a interpretação de Matt fizesse sentido.

Amina não parecia completamente indiferente às atenções do conde. Mesmo Maude tinha que admitir que aquelas notas graves tinham um charme irresistível.

E quanto ao relacionamento dela? Talvez apenas Maude tivesse sido infiel, e Amina só parecesse ter sido porque Maude queria justificar as próprias dúvidas. Mesmo enquanto vagava sonâmbula, a protagonista ainda sonhava com o amante, mas agora estava mais claro do que nunca que Maude preferia Matt a Thomas. A leveza brincalhona de Matt rondava sua mente sem parar. Ela lançou um olhar para ele no escuro e fez uma careta ao ver que Lindsey tinha apoiado a cabeça em seu ombro. Maude engoliu a raiva, convencida de que o sentimento vinha mais do desrespeito de Lindsey pela ópera do que pelo fato de Matt não parecer se importar.

O primeiro ato terminou em um turbilhão de árias e uma orquestração dramática quando Elvino cancelou o casamento por causa da suposta infidelidade de Amina.

As luzes se acenderam, anunciando o intervalo.

– Recebi uma ligação da Glitter – disse Thomas, conferindo o celular no modo silencioso. – Preciso retornar. Te encontro no bar?

– Estarei no fim da fila cantando as árias da Amina – brincou Maude.

Ela saiu da varanda, e Matt a seguiu.

– Ainda em dúvida sobre os sentimentos ocultos de Amina pelo Conde Rodolfo? – perguntou ele quando chegaram ao bar do lounge da ópera.

Maude fingiu não ouvir enquanto observava as bandejas de sanduíches coloridos, bebidas e petiscos sofisticados. Ele repetiu a pergunta.

– Chega de brincadeira, Matt – disse Maude. – Por que você veio hoje? – Ela escolheu um minúsculo sanduíche quadrado de salmão e um suco de maçã gaseificado.

– Como eu disse, para passar um tempo com minha tia.

– Porque você não consegue passar um tempo com ela morando juntos...

– Fui pego no flagra. – Ele ergueu as mãos como um ladrão cercado pela polícia. – Eu sabia que era sua primeira vez na ópera e queria fazer parte disso. E também te oferecer seu primeiro sanduíche minúsculo e superfaturado.

Ele pagou a conta dela. Maude riu e deu uma mordida.

– Agradeço pelo gesto. Mas você não precisa ser tão cruel com o Thomas.

– Quer dizer, com o Elvino.

– Eu não sou a Amina – rebateu Maude. – Eu sei o que quero. E você não é o Conde Rodolfo.

– Quem disse? Ele é um verdadeiro cavalheiro. Não se aproveita da Amina enquanto ela dorme e ainda defende a honra dela daquele noivo idiota, que com toda certeza não merece estar com a Amina.

– Então, só porque o Conde Rodolfo a poupa enquanto ela dorme, Amina deveria escolher ele em vez do amor verdadeiro? Seus padrões são bem baixos.

– Tudo o que eu estou dizendo é que ela está ocupada demais se agarrando ao Elvino, mesmo sabendo que ele não é bom o suficiente. Ela canta isso no segundo ato.

– Não é bom o suficiente? Não cabe a você decidir isso.

– Ele não a entende. Por isso termina com ela ao primeiro sinal de problema.

– Thomas e eu nos damos muito bem.

– Não como nós dois.

– Você não mistura negócios com prazer.

O silêncio foi a resposta à réplica. Os olhos cinzentos dele pousaram em seu rosto com uma suavidade que ela jamais havia sentido antes. Era como se o olhar dele mergulhasse no fundo de seu coração, de sua mente, de toda a sua essência. Os dois eram presas de uma mesma pergunta persistente: "E se?". A resposta nos olhos dela era apenas a repetição da mesma dúvida. Seu coração batia descompassado, e o tilintar dos cubos de gelo em seu copo revelou o leve tremor que tomou sua mão esquerda. De repente, o copo parecia pesar uma tonelada.

– Tudo o que estou dizendo – falou Matt, por fim – é que, na vida real, a Amina teria deixado o Elvino pelo Conde Rodolfo.

Maude desviou o olhar, decepcionada e confusa.

– Eu vou indo agora – acrescentou Matt.

– Como é? – balbuciou Maude, atônita.

– Eu vim por outro motivo. Hoje seria o aniversário de quarenta e dois anos da minha mãe, e qualquer coisa era melhor do que ficar sozinho em casa. Obrigado pela companhia.

– Você deveria ficar até o fim da ópera.

– Acho que não é uma boa ideia. O Conde Rodolfo não fica com a garota. Ele nem deveria estar rondando a Amina, para começo de conversa. Ouvi dizer que essa produção tem um final surpreendente. Vai me contar depois?

– Talvez o Conde Rodolfo fique com a garota no final.

– Duvido. – Os olhos dele se encheram de uma tristeza repentina. – No fim das contas, tudo o que o conde quer é que Amina seja feliz. Boa noite, Maude.

Matt foi embora. Maude não conseguia se livrar da sensação de que ele estava prestes a dizer algo mais, talvez até confessar que sentia algo por ela. Seria apenas o fato de trabalharem juntos que o impedia de admitir? E quanto a ela... como se sentia *de fato* sobre seu relacionamento com Thomas?

Ela precisava falar com Matt, decidiu, enquanto descia apressada as escadas, tropeçando na barra do vestido, deixando um sapato escapar e enfiando o pé de volta nele logo em seguida. Chegou ofegante ao saguão, apenas para ver Lindsey enlaçar o braço no de Matt. Juntos, saíram tranquilamente do teatro.

Maude perdeu o apetite e jogou o resto do sanduíche na lixeira mais próxima. O sinal tocou, e ela correu de volta para seu assento, onde encontrou Thomas.

– Você não foi ao bar? – perguntou Maude.

– A ligação se estendeu um pouco, mas tenho uma ótima notícia. Mandei uma música nova para a Glitter, e querem que eu lance com eles!

– Isso é incrível! – Maude o envolveu em um abraço animado.

Ela sentiu um peso sair de seus ombros. Só então percebeu o quanto o fracasso dele havia afetado o relacionamento dos dois.

Eles se sentaram no escuro, e o segundo ato começou. Conforme a cena se desenrolava, Maude só conseguia enxergá-la através da análise de Matt. Quando Amina cantou que Elvino não merecia seu amor e lhe desejou felicidade, Maude sentiu que talvez Elvino e Amina *não* fossem feitos um para o outro.

A verdade logo prevaleceu. Elvino e Amina voltaram a ficar juntos. Com uma enxurrada de arcos de violino vibrando alegremente no fosso da orquestra, a vila celebrou. Até os últimos segundos. Numa reviravolta inesperada e diferente do final original, Elvino abandonou Amina no altar e se casou com Lisa!

Amina terminou sozinha.

A plateia inteira soltou um suspiro coletivo antes de explodir em aplausos ensurdecedores quando a cortina caiu.

Que final, pensou Maude, atordoada. Amina estava sozinha.

Foi nesse momento que ela soube: não importava se Matt a queria ou não. Ela não podia continuar com Thomas.

Vive l'opéra!, pensou, fascinada, enquanto se juntava à plateia na ovação de pé.

Vinte e oito

Os dias que se seguiram foram intensos. A primavera enfim havia chegado. Maude e Matt gravaram o novo *single* dela, e ela participou de várias campanhas publicitárias de sucesso com marcas, incluindo uma para um creme antiacne para adolescentes, o que a fez morrer de orgulho. Ela também filmou o clipe do *single* que seria lançado, "Paris versus Nova York".

Thomas estava ocupado trabalhando com a Glitter, e eles se viam cada vez menos, o que deixava Maude sem oportunidade para dizer que tinha decidido terminar. Para ser sincera, ela também não sabia como fazer isso, e foi assim que acabaram comemorando quatro meses de namoro sem que ela tivesse dito nada. Foram jantar no Ambrosia.

Assim que chegou, Maude sentiu uma onda de decepção.

O restaurante era bonito, mas ela não conseguia respirar. As mesas baixas e quadradas estavam cobertas com toalhas de seda em um tom delicado de rosa-claro. No canto direito do salão, um pianista de expressão severa tocava suavemente um grande piano de cauda. Os garçons permaneciam imóveis em seus uniformes preto e branco impecáveis, com gravatas-borboleta ajustadas à perfeição sob queixos pontudos. *Eles jamais deixariam um prato cair*, pensou Maude, sorrindo ao se lembrar da curta e desastrosa carreira de Jonathan como garçom.

– Por que esse sorriso? – perguntou Thomas, levantando o olhar do menu.

– Ah, só estava lembrando de um amigo meu que, por acaso, foi o pior garçom que já pisou em um restaurante.

Maude olhou ao redor. Casais sussurravam à luz de velas e taças de vinho. Ela se lembrou do Las Fajitas, onde tudo era vibrante e deliciosamente barulhento, e suspirou.

– Não sei bem o que pedir. Alguma sugestão?

– O camarão de entrada é ótimo. Você podia experimentar.

– Hum – murmurou Maude. – Você está me dizendo que é bom quando, na verdade, é apimentado e só quer tirar uma foto minha com a boca pegando fogo?

Thomas a encarou sem entender.

– Não, só quis dizer que é bom. O Ambrosia não serve pratos apimentados – acrescentou Thomas, sem dar muita importância. – Ainda bem.

O rosto de Maude se fechou, mas Thomas não percebeu, ocupado chamando o garçom.

Por um instante, Maude quase desejou que o camarão fosse apimentado, mas, como Thomas dissera, era apenas saboroso e suave. Já na metade do prato, ela viu um jovem alto e loiro entrar sozinho no restaurante. Prendeu a respiração ao olhar para ele. Conseguia ver apenas metade de seu rosto, mas tinha certeza de que era Matt. Seu coração disparou enquanto o jovem conversava com o garçom, que logo indicou sua mesa. Ele passou por Maude e Thomas.

Não era o Matt.

Uma imensa onda de decepção a atingiu.

Naquele instante, Maude soube que não podia mais esconder a verdade de Thomas. Ela não queria mais estar com ele. Precisava terminar. Agora.

– Thomas, acho que precisamos conversar – começou a dizer Maude.

Nesse exato momento, seu celular vibrou. Era uma mensagem de Jazmine:

Entre no Musicfy agora! Rápido. É um desastre!

– Acabei de receber uma mensagem muita estranha da Jazmine. Preciso sair por uns minutos. Você se importa?

Ela saiu apressada, sem esperar resposta, justamente quando recebeu outra mensagem de Jazmine.

Jazmine quer compartilhar esta música com você.

Maude clicou no link e levou o celular ao ouvido, mas quase o deixou cair quando ouviu a música:

"*Nova York é pra visitar*
Paris, pra se apaixonar
Paris vence Nova York sem pena
Desiste logo e sai de cena."

Sua música, "Paris versus Nova York", estava no Musicfy. Mas como isso era possível? Aquela não era a voz dela!

De repente, Maude soltou um gritinho ao reconhecer a cantora. Era Lindsey, cantando a música DELA!

A cabeça de Maude girou, e ela sentiu as pernas fraquejarem. Isso não podia estar acontecendo. Só podia ser um pesadelo! Como Lindsey conhecia aquela música? A melodia continuou, e a parte masculina começou. Mais uma vez, a voz parecia estranhamente familiar. Mas não era a voz de Matt. Então, ao ver Thomas se aproximando, seus olhos se arregalaram em choque.

A voz que cantava a parte de Matt era a de Thomas!

– Meu Deus. – Ela pigarreou, dando um passo para trás quando Thomas tentou encostar nela. – Não toque em mim.

– O que aconteceu? – perguntou ele.

– O que aconteceu? O que aconteceu?! – gritou ela. – Você roubou a minha música, Thomas!

Ele abriu a boca para responder, mas ela o interrompeu:

– Não minta para mim! Está na internet, agora mesmo! Meu

Deus, é por isso que você quis jantar comigo hoje? Porque sabia que seria lançada hoje? Isso é algum tipo de piada doentia?

– Não, Maude, escuta – disse ele, tentando encostar nela de novo, sem sucesso. – Isso não é nenhuma brincadeira. Eu não sabia que seria lançada hoje. Era para ser só daqui a algumas semanas. Eu...

– Essa é sua desculpa?! – exclamou ela, incrédula. – Você não sabia que a música que roubou de mim seria lançada hoje! Tá de brincadeira? Você roubou minha música, Thomas! De mim, da sua namorada. Como pôde fazer isso?

– Minha namorada, tem certeza disso?

– O que isso quer dizer?

– Quer dizer que você anda de olho no Matt desde a noite na ópera, talvez até antes disso.

O rosto de Maude esquentou de vergonha, e a raiva ameaçou transbordar. Palavras em francês vieram à sua boca, mas ela as conteve e se forçou a continuar em inglês:

– Mesmo que fosse verdade, como isso te dá o direito de roubar de mim, seu cretino, falso, *duas caras*?!

– Maude, por favor, se acalma. Me deixa explicar!

– O que diabo você tem para me explicar? Você *me traiu,* Thomas. Mentiu na minha cara. Eu cantei essa música para você em confidência. E você usou e gravou! Com a LINDSEY LINTON!

Maude voltou apressada para o restaurante para pegar a bolsa e o casaco. Thomas veio atrás, chamando seu nome.

– Maude, escuta. *Você* conseguiu assinar um contrato com a Soulville Records. E eu fiquei feliz. Quando te conheci, me apaixonei. Mas como acha que isso me fez sentir, hein? Você andava pisando em ovos perto de mim, com medo de ferir meus sentimentos.

– E eu estava certa, não estava? Você não soube lidar com o meu sucesso.

– Não é isso. Mas, Maude, meus pais estão contando comigo. Todas as esperanças deles estão em mim. Eu sei que você não consegue entender isso.

– O quê? – Maude se virou de repente, sem se importar que os outros clientes estivessem olhando para eles. – Ah, então agora a culpa é minha por não entender porque sou órfã!

– Não foi isso que eu quis dizer – respondeu Thomas, angustiado.

– Já que você é um especialista em pais, o que será que os seus diriam se soubessem que o filhinho deles é um grande mentiroso e ladrão, hein?

– Eu não quero te perder, Maude. Mas você sabe que sou ambicioso. Foi uma das coisas que gostou em mim. Você nunca teria ficado comigo se eu não tivesse me tornado uma estrela. Não é disso que gosta no Matt?

– O Matt e eu nos damos bem porque eu posso falar com ele sem medo. Posso ser eu mesma. E pensar que, com você, eu pesava cada palavra, com medo de te magoar. No fundo, já sabia que não podia confiar em você. Porque a única coisa que eu te contei, você usou contra mim. Você disse que a música era ruim.

– Ela precisava de ajustes. Mas quando levei para a Glitter pela Lindsey, eles sabiam que seria um sucesso. Me ofereceram um contrato. Agora, eu estou na Glitter Records.

Maude se afastou, enojada, balançando a cabeça. Pegou sua bolsa e se levantou, mas Thomas segurou seu braço com força.

– Por favor, não vai embora – implorou ele.

Ela olhou para a mão dele, sentindo os dedos se apertarem ao redor de seu braço.

– Você me dá nojo – disse friamente. – Tira a mão do meu braço agora, ou vai se arrepender – alertou ela, os olhos sombrios de dor.

Thomas soltou os dedos devagar. Maude pegou seu casaco da cadeira e saiu do restaurante com a cabeça erguida.

Ao chegar em casa naquela noite, foi recebida pela expressão sombria de Jazmine.

– Está por todo lugar na internet. Sinto muito, Maude – sussurrou Jazmine.

Maude não disse uma palavra. Passou por Jazmine e se trancou no quarto. Thomas a traiu. Sua música, aquela em que trabalhou por semanas, tinha sido roubada. Seu grande sucesso tinha sido arrancado dela. Era a canção que deveria reacender sua carreira depois de seu primeiro fracasso. Essa era especial.

E ainda ter que ouvir Lindsey cantar sua parte!

Maude conteve as lágrimas. Não derrubaria uma só lágrima por isso, mesmo que fosse de raiva.

Thomas não merecia suas lágrimas.

Thomas pode ter me traído, pensou, furiosa, *mas eu não vou deixar que ele me destrua. Nem a mim, nem minha carreira.*

Ela caminhou até o piano e se sentou, furiosa. Aos poucos, a letra foi tomando forma em sua cabeça, enquanto uma melodia ecoava sem trégua em sua mente. Naquela noite, Maude não dormiu. Não ouviu a porta bater quando Terence e Victoria chegaram, nem a discussão de Terence ao telefone com Alan. Passou a madrugada inteira trabalhando na música, lapidando cada detalhe, moldando-a com sua raiva, sua decepção e uma determinação fria.

Só quando os primeiros raios do pálido sol da primavera começaram a despontar no céu foi que ela enfim adormeceu, exausta mas satisfeita.

Vinte e nove

– Ela entregou nossa música para o inimigo! – bradou Alan Lewis, batendo o punho na mesa oval da sala de reuniões.

Maude se encolheu ainda mais na cadeira, desejando desaparecer. Para todos os efeitos, já podia ser invisível. Alan falava como se ela nem estivesse ali!

– Até quando você vai continuar defendendo ela enquanto comete erro atrás de erro? – disparou ele, o rosto vermelho de raiva.

– Até quando você vai continuar procurando desculpas para se livrar dela, Alan? – retrucou Terence, a voz controlada, mas o olhar firme.

– Eu não estou procurando desculpas! Ela está me entregando todas de bandeja! – rebateu Alan, cuspindo as palavras.

– A Maude ainda é jovem e inexperiente. Ela compartilhou a informação com o namorado.

– Você devia ter vigiado ela melhor, em vez de dar toda essa liberdade para criar, compor, escrever, cantar e jogar meu dinheiro fora!

– Eu assumo total responsabilidade, Alan. Quanto à liberdade para criar, é disso que todo artista precisa. E, por mais que você pense o contrário, Alan, a música que Maude e Matt compuseram foi incrível. Essa liberdade criativa que você tanto despreza deu origem a um grande sucesso.

– Eu sei que é um sucesso! – gritou Alan, histérico. – Está

em todas as playlists do Musicfy. Thomas Bradfield vai ficar famoso. Nunca devíamos ter deixado ele ir.

Terence Baldwin respondeu com calma:

– Acho que isso só prova que tomamos a decisão certa ao deixá-lo ir. Eu nunca poderia trabalhar com um artista capaz de uma atitude tão baixa. Thomas pode estar famoso hoje, mas isso é só porque a Maude e o Matt escreveram uma música que vale a pena ouvir, não por causa do Thomas. Matt jamais teria composto algo assim se tivesse trabalhado com o Thomas.

– Você não sabe disso, Baldwin. E, na minha opinião, não deveríamos mantê-la. Essa garota só traz problemas. Podemos rescindir o contrato dela agora e minimizar o prejuízo. O Travis concorda comigo.

Os olhos de Terence brilharam. Ele nem percebeu quando Maude saltou da cadeira.

– A Soulville vai manter Maude Laurent, Alan. Vamos começar a trabalhar no terceiro *single* dela agora mesmo. Eu me recuso a...

Maude não ouviu o fim da frase quando saiu da sala e seguiu direto para o saguão. Ninguém nunca tocava o piano de cauda que, supostamente, era amaldiçoado.

Mas ela tocaria. Sentou-se no banco e começou a dedilhar sua melodia. As teclas do piano eram duras, e o som saía áspero.

Quando Alan e Terence chegaram para ver o que estava acontecendo, não eram os únicos que haviam se reunido em volta do antigo piano. Os cantores que trabalhavam nas salas vizinhas, incluindo Matt, tinham se juntado no saguão. Terence e Alan se aproximaram e viram Maude tocando.

A voz dela soou cheia de emoção:

"*Eu acreditei, eu me entreguei*
Pelos seus olhos doces me apaixonei

Como ousou? Como pôde, então?
Me enganar, partir meu coração."

A voz dela falhava, carregada de uma emoção avassaladora, enquanto entoava o refrão:

"*Traída, mas não derrotada*
Um ciclo se fecha, começo outra jornada
Vou me curar, vou renascer,
E ao amanhecer vou te esquecer
Traída, mas jamais derrotada
Sua presença será logo apagada."

Seus dedos deslizaram pelo piano enquanto ela tocava o solo sem cantar. Normalmente, quando tocava, tudo fluía sem esforço. Mas, naquele piano, sentia a energia percorrer seus braços e explodir na ponta dos dedos a cada contato com o marfim duro e pesado. Era como se Maude estivesse lutando contra as teclas resistentes, tentando dominá-las, conquistá-las, e o resultado era de tirar o fôlego.

Ela voltou a cantar, a dor estampada em seu rosto:

"*Suas mentiras ecoam em minha mente*
Não consigo dormir, me sinto doente
Meu peito é só arrependimento
O que deixei de perceber?
Em que momento?
Devia ter lido os sinais
Devia ter me esforçado mais
Mas, ainda que machucada,
Aprendi a lição e sigo minha estrada."

Ela curvou os ombros e diminuiu o ritmo da canção.

"Nosso passado, ferido, manchado
Agora te vejo, seu eu revelado."

Ela acelerou o ritmo, e suas notas ecoaram alto, vibrando contra as paredes do cômodo enquanto tocava a parte final da música.

"Saiba que sempre será
O mentiroso que ousou me enganar
Saiba que sempre será
O mentiroso que não soube me amar."

Os compassos finais do solo foram o triunfo de Maude, enquanto as teclas rígidas cediam à sua força e determinação. Ela demonstrava genialidade enquanto o piano acompanhava a bela lamentação, amplificando a dor e o sofrimento. Como uma fênix renascendo das cinzas, Maude havia dado uma nova vida ao antigo piano de jacarandá.

Terence lançou um olhar presunçoso para seu parceiro. Alan estava atônito. Maude sabia que ele não entendia muito sobre o processo criativo, mas sabia reconhecer ouro quando via – e aquilo era ouro.

– Lance esse *single* antes que Lindsey Linton o faça, ou a Maude está fora.

– Essa música será pop *e* clássica – afirmou Terence, com firmeza.

O silêncio de Alan foi sua resposta.

Terence sorriu para Maude.

Lindsey Linton e Thomas Bradfield não eram páreo para ela.

Trinta

O coração de Maude transbordava de animação com a perspectiva de assistir ao seu primeiro casamento da alta sociedade igbo em um prestigiado clube de campo em New Rochelle, acompanhada dos Baldwin e de Matt.

Até que enfim ela viveria seu sonho de Nollywood!

Para sua grande estreia, escolheu uma saia longa deslumbrante em um tom vermelho-vivo, feita sob medida, que combinou com uma blusa amarela de mangas bufantes e um colar de contas de tom coral-vermelho, igual aos que eram tradicionalmente usados em casamentos igbo. Uma bolsa de mão bordada com miçangas e sandálias de salto baixo, perfeitas para dançar a noite toda, completavam seu traje. Maude nunca tinha se sentido tão elegante em toda sua vida, e o leque que tinha em mãos lhe conferia um ar refinado que ela nem sabia que poderia ter.

A postura naturalmente majestosa de Victoria era acentuada pelo lindo turbante rosa que usava como uma coroa e o enorme pano roxo amarrado em sua cintura, como uma saia longa, se estreitando nos tornozelos.

Dessa vez, quando o coração de Maude disparou ao ver Matt em um elegante terno de duas peças, ela não se sentiu culpada. Afinal, agora estava solteira.

Os Baldwin, Maude e Matt chegaram a uma mansão que ficava na orla.

A área externa, onde os convidados se reuniam, estava decorada com fitas coloridas, as cadeiras adornadas com laços vibrantes, e a paisagem natural e exuberante ao redor quase enganou Maude. Por um instante, parecia que não estava mais em Nova York, apesar de não ter saído do estado.

Mais de trezentos convidados, vestidos com trajes coloridos, haviam se reunido para celebrar o casal.

Enquanto Terence cumprimentava os amigos, Maude observava tudo ao redor e seguia Victoria até os assentos reservados do lado da noiva.

– Aqui, fique com isso – disse Victoria, entregando um punhado de notas de um dólar para ela, organizadas em uma pilha impecável.

– Preciso pagar para entrar?

– Você vai ver. – Victoria sorriu. – Faça como nós fizermos.

– Você já fez isso muitas vezes? – perguntou Maude para Matt enquanto se acomodavam. Ela estava nervosa.

– Pelo menos uma vez por ano, desde que conheço os Baldwin. A música é sempre incrível.

– Você faz alguma coisa que não envolva música? – provocou Maude.

– Existe algo na vida que não tenha música?

– Deixa eu ver... – Maude levou um dedo ao queixo, fingindo pensar. – Comer!

– Até o som de alguém mastigando é música.

– Eca, uma música que com toda certeza não quero ouvir.

– Vou prestar atenção quando você estiver comendo arroz jollof na festa.

– Não faça isso! – Maude o empurrou de brincadeira.

– Tarde demais! Tenho certeza de que consigo compor uma música só com o ritmo da sua mastigação.

– Que tal parar de ficar obcecado comigo e prestar atenção no casamento?

– Minha única obsessão é a música – respondeu ele, mas seu olhar persistente sugeria exatamente o contrário.

Os convidados ficaram em silêncio e voltaram o olhar para a porta da mansão. Dela, emergiu a linda noiva com um turbante branco, um vestido combinando que realçava suas belas curvas, e um colar de contas de coral branco. Cercada por um grupo de dançarinas, ela se movia ritmicamente ao som dos tambores, incluindo o udu, abanando um leque de penas brancas. Seus passos eram lentos, calculados, para que todos a seguissem com o olhar. E seguiram. Maude pensou que aquela era a noiva mais radiante que já tinha visto.

A primeira procissão foi seguida pela entrada do noivo. Vestido elegantemente com um isiagu branco, uma túnica de mangas longas com padrões vibrantes e calça de seda, ele dançava em um ritmo mais animado.

Ao fim de sua entrada, sentou-se, cercado pelos padrinhos.

A noiva voltou uma segunda e depois uma terceira vez e, a cada entrada, vestia um traje tradicional diferente, sendo o terceiro o mais impressionante de todos.

O penteado elaborado dela estava enfeitado com fileiras de contas de coral vermelho. O vestido, de um verde-floresta esvoaçante, tinha um corte moderno e uma longa cauda arrastando pelo chão.

Dessa vez, ela segurava uma xícara.

– O que é isso? – perguntou Maude para Victoria.

– É vinho de palma. Faz parte da tradição. Ela precisa entregar para o noivo. Outros homens entre os convidados vão chamá-la para confundi-la. Mas ela precisa encontrar o noivo. Isso prova que o escolheu.

Maude observou, fascinada, enquanto a noiva hesitava, movendo-se de um homem para outro antes de finalmente encontrar o noivo, que a esperava, os olhos brilhando de amor e orgulho.

A cerimônia oficial veio em seguida, marcada por bênçãos e um ritual que envolvia o compartilhamento de uma noz-de-cola. A noiva fez uma careta discreta ao sentir o gosto amargo da noz.

– Isso, sim, é um casamento – comentou Jazmine. – O meu vai ser assim, com certeza.

O casal entrou na mansão e, quando reapareceu, foi como marido e mulher.

Os convidados os cercaram e lançaram as notas sobre o casal feliz.

– Então é pra isso! – exclamou Maude.

Ela revirou a bolsa de mão e jogou suas notas. Ben olhou para as dele com um ar arrependido, sem saber se deveria jogá-las ou não.

– Ben – disse Victoria, com firmeza –, eu avisei que você podia guardar algumas notas, mas não todas.

– É que... eu queria muito comprar os volumes mais recentes de *One Piece* e completar minha coleção de mangás. E esse é o valor exato.

– Quer ficar de castigo? – perguntou Victoria.

Ben se virou para o casal e jogou um punhado de notas para o alto.

– Preciso ir à Anime Con na semana que vem – disse Ben para Maude, meio sem jeito.

Ela riu e continuou a lançar suas notas uma a uma no ar, assim como Jazmine. Cynthia filmava Maude com o celular, registrando o momento para a posteridade.

Depois veio a comida e a dança. Maude tinha melhorado seus passos, mas ainda se sentia tímida para dançar, então foi até o buffet. Pegou um prato grande e uma tigela extra e se serviu de arroz jollof, egusi, inhame amassado e uma sopa apimentada de bagre.

Maude olhou para o inhame amassado com entusiasmo.

Parecia purê de batatas, porém era mais denso. Hesitou por um momento, sem saber se deveria usar a colher, depois mergulhou a mão na comida, separando um pedaço da massa compacta e acrescentando um pouco de egusi com carne de cabra. Assim que colocou na boca, o sabor da carne, das especiarias e dos temperos se misturou e derreteu na língua. Que alegria comer com as mãos! Parecia a coisa mais natural do mundo.

Depois de terminar o egusi, mergulhou a mão em uma tigela com água limpa, enxaguou-a e lançou um olhar para o arroz jollof. Já estava satisfeita, mas não conseguia parar. A comida era boa demais!

Ao engolir mais uma garfada do arroz de grãos longos, sentindo o sabor dos tomates, dos legumes e das especiarias, uma sensação estranha tomou conta dela. Algo não estava certo. Ao redor, os convidados e familiares comiam e riam.

Ela deveria estar comendo com os pais, com a família dela. Em sua mente, pintou um quadro imaginário de si mesma sentada à mesa de jantar com os pais, ou com a imagem que fazia deles. No centro, colocou a si mesma e, ao lado, um irmãozinho que nunca existiu, mas que completava a cena. Aquilo era a versão perfeita da família que nunca teve. Deveria ter provado aqueles pratos com seus pais, não sozinha em um casamento cercada de desconhecidos, sendo lembrada de que não sabia nada sobre seus parentes. Uma onda de tristeza a envolveu. Enquanto mastigava, a imagem em sua mente ganhava cada vez mais detalhes: risadas e piadas, broncas e discussões, aniversários comemorados ao redor da mesa, guerras de comida com o irmão caçula, que, estranhamente, tinha o rosto de Ben.

Maude mastigava sem pressa, perdida em pensamentos.

Mastiga, mastiga, mastiga.

– Parece música para mim – disse Matt, surgindo ao lado da mesa.

A bolha de sonho de Maude estourou. Ela se lembrou do comentário dele sobre música mais cedo e riu tanto que quase se engasgou. Escondeu os lábios com o leque para que ele não visse o que tinha na boca, afinal já a ouvira mastigando.

Engoliu a comida e baixou o leque.

– Tem um pouco de inhame no seu rosto. – Matt apontou para o pedaço de comida com um gesto da mão.

Ela passou os dedos na bochecha, achando que tinha limpado.

– Não, espera. Ainda está aqui. Deixa que eu tiro. – Os dedos dele roçaram sua pele.

Ela sentiu o toque quente e suave da mão dele, e o sangue subiu rapidamente para seu rosto. Os olhos de Matt ficaram presos aos dela; a mão permaneceu em sua bochecha. O olhar dele lembrava o que o noivo lançara à noiva mais cedo, e o coração de Maude disparou. Por que o toque de Thomas nunca fizera com que ela se sentisse assim?

– Maude!

Ben correu até ela. O encanto se quebrou. Matt tirou a mão de seu rosto e voltou a atenção para o próprio prato.

– Estou interrompendo alguma coisa? – perguntou Ben, os olhos indo animados de Maude para Matt.

– Nem um pouco! – respondeu Maude, enfiando arroz na boca para esconder o desconforto.

– A mamãe quer falar com você.

Maude engoliu a comida que ainda tinha na boca.

– A gente se fala depois? – perguntou, evitando o olhar de Matt.

Sem esperar por uma resposta, levantou-se e seguiu Ben até a mesa da mãe dele. Victoria, imersa em uma conversa com um senhor idoso, só ergueu os olhos quando Maude se aproximou. O homem tinha uma barba branca, vestia um isiagu elegante e usava um gorro vermelho na cabeça.

– Maude, quero te apresentar ao Chetachi. Ele conhece todas as famílias nigerianas que viveram em Nova York. Talvez possa te ajudar a encontrar seu pai. Vou deixar vocês conversando.

– Obrigada, Victoria!

Victoria se afastou com graça e se juntou à dança.

– Então, jovem – disse Chetachi em um tom solene. – Quem é você?

– Uma pergunta bem simples para qualquer um, menos para mim – respondeu Maude, encolhendo-se de leve. – O nome do meu pai era Aaron Laurent. Mas ele usava outro primeiro nome, um nigeriano, de um grupo étnico que eu não sei qual é. Ele morou em Nova York antes de eu nascer, há dezesseis anos. E morreu... acho que antes, ou na época, do meu nascimento. Eu não sei ao certo.

– Aaron? – Os olhos do homem brilharam por um instante, um lampejo rápido de reconhecimento, mas, tão rápido quanto veio, desapareceu.

Os olhos de Maude se acenderam de esperança.

– Você o conhece?

– Nunca ouvi falar de um Aaron Laurent. Esse não pode ser o nome dele.

– Não, você o conhece, não é? – insistiu Maude. – Deu pra perceber.

O rosto de Chetachi se fechou, e Maude temeu que ele não dissesse mais nada.

– O sobrenome dele não era Laurent – disse Chetachi, por fim. – Nunca conheci um nigeriano com esse nome. Você não vai encontrá-lo procurando por esse sobrenome francês.

– Mas ele era franco-nigeriano.

A risada repentina de Chetachi pegou Maude de surpresa.

– Nunca conheci um homem franco-nigeriano em Nova York.

– Sério?

Maude se lembrou da conversa entre os Ruchet. Ela sempre presumira que o pai fosse franco-nigeriano.

– Eu presumi que ele fosse francês por causa do meu sobrenome, Laurent.

– Esse não é exatamente um nome que soe nigeriano nem britânico.

– Mas minha família adotiva disse que eu era parte nigeriana. E se eu herdei o sobrenome do meu pai...

– Esse não é o sobrenome do seu pai, criança.

Maude abriu a boca em choque, enquanto a verdade a atingia em cheio.

– Laurent é o nome da minha mãe? Mas por quê?

– Pelo que parece, seu pai não te reconheceu legalmente.

Maude sentiu a garganta apertar. O pai não se importava com ela?

– O que você sabe sobre o meu pai?

– Nada – respondeu o homem simplesmente. – Mas vou te dar um conselho: esqueça seu pai. Não o procure. Descubra o nome completo da sua mãe. – Os lábios dele se contraíram, como se segurassem algo. Maude teve a impressão de que ele estava prestes a dizer mais alguma coisa, mas tudo o que disse foi: – Deve ser mais fácil encontrá-la no sistema francês.

Maude percebeu que ele sabia de algo e ficou frustrada ao notar que se recusava a dar uma resposta direta. Ela também sabia que não adiantaria insistir.

– Obrigada, senhor – disse, educada, embora quisesse gritar. – Acho que vou indo.

Maude se afastou, sentindo o coração despedaçado. Entrou apressada na mansão e se refugiou em um dos cômodos, mas não ficou sozinha por muito tempo.

– Maude, você está bem? – Matt apareceu logo depois. – Vi você conversando com aquele homem.

– Pelo que parece, meu pai não era francês e nunca me

reconheceu legalmente – cuspiu Maude. – Ele nunca se importou comigo.

– Tenho certeza de que isso não é verdade. Você precisa continuar procurando por ele.

– Como? Eu não sei o primeiro nome dele, nem o sobrenome. Não faz sentido! Laurent é o nome da minha mãe, e ela era francesa. Meu pai era nigeriano. Onde eles se conheceram? E por que meu pai não se importava comigo?

– Talvez ele se importasse – disse Matt. – Por que seus pais adotivos ficariam preocupados com você encontrar seu pai se ele fosse só um homem que nunca ligou para você?

– É verdade – murmurou Maude, ponderando. – Isso faz sentido! Acho que ele se importava! Ah, Matt, obrigada!

Ela jogou os braços ao redor dele e o abraçou.

Percebendo o quanto tinha sido impulsiva, se afastou.

– Vamos, temos que aproveitar o casamento! Não se preocupe com isso agora – disse Matt.

Maude assentiu.

– Já vou me juntar a vocês – respondeu.

Ela pegou o celular, abriu o navegador e digitou na barra de pesquisa do Google: *Encontrar biológicos + França.*

Todo esse tempo, achara que precisava encontrar o pai, quando talvez a mãe dela estivesse bem diante de seus olhos, uma mãe que lhe dera o nome legalmente. Matriarcado; o que seria do mundo sem ele? Não havia mais como esconder a identidade de seus pais.

Após encontrar o escritório administrativo com o qual precisava entrar em contato, Maude voltou para a festa e dançou até o amanhecer.

Trinta e um

– O Alan, como sempre, está furioso – declarou Terence à mesa de jantar alguns dias depois. – Desde que o Thomas roubou sua música e entrou no Billboard Hot 100, Alan não fala de outra coisa além de processar a Glitter Records.

– Advogados, é? – disse Victoria, com um leve, mas inconfundível, desprezo. – Isso nunca é uma boa ideia.

– Foi exatamente o que eu respondi. Mas ele está decidido. Fico repetindo que é perda de tempo. Mesmo que ganhássemos, seriam meses de má publicidade para a Soulville e para Maude.

– Você tem razão. Ela não pode lançar o *single* no meio de um julgamento – concordou Jazmine.

– Mas o Thomas ainda precisa pagar pelo que fez – comentou Cynthia. – Talvez um processo seja um bom começo. Ele não tinha o direito de roubar a música dela.

– Concordo com você, Cynth – disse Maude. – Mas pretendo vencê-lo de forma justa. Vou tirar o *single* dele da Billboard Hot 100.

Ela estava mais do que determinada a superar Thomas e Lindsey lançando um sucesso ainda maior. Sabia que "Traída, Mas Não Derrotada" era forte, e dessa vez ninguém tomaria a música dela. Só queria que Alan parasse de vigiá-la como um falcão.

– Ele está na posição treze. Tenho certeza de que poderia estar no top três se tivesse usado nosso arranjo musical em vez daquela batida horrível e estridente que ele escolheu – disse Terence, fazendo uma careta.

– Claro, pai, porque roubar a letra dela não foi suficiente, ele devia mesmo ter levado o arranjo também! – exclamou Jazmine, com sarcasmo.

A mesa inteira caiu na risada.

– Vai ser o único sucesso dele, tenho certeza – disse Victoria, com simpatia. – Sendo sincera, não acho que um processo seja o melhor caminho. Sempre conseguimos manter processos longe dos negócios da Soulville, e acho que deve continuar assim. Você sabe o quanto eu odeio advogados.

– Ah, mãe, nem todos os advogados são ruins – argumentou Cynthia. – A Nathalie Fern, uma das fundadoras da sua associação de direitos das mulheres, é advogada, e ela é ótima.

– Ela deve ser a única que conheço. Acredite em mim quando digo que a maioria deles não é confiável.

– Concordo – disse Terence. – Lembra seu ex-namorado, Vic? Ted Willow. Virou advogado e também o pior dos canalhas. Mas eu nunca confiei nele, nem naquela época.

Victoria assentiu, enquanto seus filhos arregalavam os olhos em choque.

– Ex-namorado?! – exclamaram em uníssono.

Victoria riu.

– Ah, por favor, crianças – disse, abanando a mão de forma despreocupada. – Sabem que seus pais tinham uma vida antes de vocês, não sabem? – zombou ela.

– Eu não sabia... – lamentou Ben.

– A mamãe provavelmente viveu mais do que o papai, já que ele não se importava com nada além de música naquela época – provocou Jazmine.

– Como se isso tivesse mudado. – Cynthia gargalhou.

Todos caíram na risada. Maude quase conseguia imaginar Terence como um nerd de banda aos dezesseis anos.

– *Ahem.* – Terence pigarreou. – Acho que estamos desviando cada vez mais do assunto inicial.

– Sim, advogados são sujos! – exclamou Ben, fazendo uma careta.

– Isso não é verdade – disse Cynthia, com suavidade. – E eu tenho toda a intenção de me tornar uma – acrescentou, meio desafiadora, meio tímida.

O silêncio que se seguiu preencheu a sala de jantar. O garfo de Victoria ficou suspenso no ar, e Jazmine, que tomava um gole da sua bebida, quase se engasgou. Maude olhou ao redor, confusa com a reação geral.

– O quê? – conseguiu dizer Victoria, a voz rouca.

– Eu quero ser advogada – repetiu Cynthia, agora com mais firmeza.

– Você estuda na Juilliard, a *melhor* faculdade de artes do mundo, e quer ser *advogada*? – perguntou Terence, como se tivesse ouvido errado.

– Eu quero ser advogada – repetiu Cynthia. – Já fazia um tempo que eu queria contar essa boa notícia para vocês, mas eu...

– *Boa notícia?* – Victoria pigarreou. – Eu diria que é uma notícia *surpreendente*. *Boa* com certeza não é – disse ela, estreitando os olhos.

– Victoria – interveio Terence, com delicadeza.

Cynthia se mostrou atordoada quando Victoria se levantou da cadeira de repente.

– Eu... Qualquer outro pai nigeriano ficaria radiante ao saber que a filha quer estudar Direito! – balbuciou Cynthia, infeliz.

– Achei que tivesse criado minhas filhas para explorarem possibilidades interessantes, ousadas, *novas*, não para entrarem em carreiras convencionais, engessadas, em que o conflito é incentivado apenas para gerar mais dinheiro! – disparou Victoria, com ferocidade.

Então, saiu da sala com passos firmes.

Terence parecia tão surpreso quanto a esposa e também se levantou.

- Pai - implorou Cynthia.

- Você podia ter anunciado essa novidade de uma maneira mais apropriada, Cynthia - declarou Terence antes de sair da mesa.

- Foi um sucesso, Cynth - comentou Jazmine depois que os pais saíram. - Desde quando você quer ser advogada, aliás? É a primeira vez que te ouço falar disso.

- A mamãe exagerou demais agora! - exclamou Cynthia. - Eu tenho trabalhado com a Nathalie toda sexta e sábado à tarde desde janeiro, e estou adorando. - Os olhos dela brilharam ao mencionar o estágio.

- E mamãe não sabe disso? Talvez seja só uma questão de dar um tempo para eles absorverem. - Jazmine suspirou. - Eles claramente não conseguem imaginar um Baldwin fazendo carreira em qualquer coisa que não seja música.

- Ainda mais em algo tão chato quanto Direito - acrescentou Ben.

Cynthia estreitou os olhos para o irmão, que se escondeu atrás do guardanapo.

- Convenhamos, nossos pais sempre tiveram alguma coisa contra advogados. Acho que eles nem teriam se importado tanto com sua mudança de carreira, contanto que não fosse para Direito - reconheceu Jazmine, franzindo o nariz.

- Imagino que eles pensaram que você quisesse trabalhar na indústria da música, já que entrou na Juilliard e trabalha na Soulville - disse Maude. - Eles só vão precisar de um tempo para se acostumar.

- Eu nunca conseguiria ser advogada - refletiu Jazmine em voz alta. - Nenhuma maleta seria grande o suficiente para carregar meu baixo. E eu com certeza não posso me separar dele.

- Vocês precisam me ajudar a falar com a mamãe.

– Com ela desse jeito? – disse Jazmine. – Nem pensar. Prefiro ir pra qualquer outro canto. Você está por sua conta, mana.

Então, Jazmine encheu a boca com grandes garfadas de comida e saiu da mesa às pressas.

– Jazmine! Você nem terminou seu prato! Ben?

Ben nem se deu ao trabalho de inventar uma desculpa. Simplesmente pegou o prato e subiu para terminar o jantar no quarto.

Cynthia revirou os olhos ao ver os irmãos desaparecerem um por um.

– Maude, você também vai sair correndo?

– Desculpa, Cynth, tenho um monte de trabalho para fazer hoje à noite – respondeu Maude, virando o resto da água antes de sair apressada da sala de jantar.

No caminho para o quarto, Maude fez uma parada rápida na sala de estar para verificar se havia recebido alguma correspondência. Uma pilha de cartas ainda lacradas estava organizada sobre a mesa de centro. Ela passou os olhos depressa pelos envelopes. Conta de gás, conta de água, uma assinatura de revista para Victoria Okafor-Baldwin, a edição de abril da *Vogue* de Jazmine, uma edição especial do *New York Times*.

Nada para ela.

Subiu as escadas apressada, entrou no quarto e ligou o notebook. Abriu o e-mail pela centésima vez naquela semana e, ao ver uma nova mensagem da administração francesa, quase deu um grito. Era do Conseil National pour l'Accès aux Origines Personnelles (CNAOP). Ela leu.

Sra. Laurent,

O CNAOP recebeu sua solicitação de informações sobre a identidade de seus pais. Infelizmente, não podemos fornecer esses dados pelo seguinte motivo: sua mãe está registrada como desconhecida.

No entanto, podemos confirmar que o nascimento de Maude Laurent foi registrado no Hospital Bichat-Claude Bernard, em Paris, no dia 7 de setembro.

De acordo com a lei nº 93-22, de 8 de janeiro de 1993, uma mãe pode dar à luz sob o nome X caso deseje manter o anonimato. Essa regra também se aplica ao nome do pai. Essa legislação foi criada para proteger mães em situação de risco, o que significa que o nome de sua mãe não pode ser rastreado. Entretanto, dentro dessa mesma legislação, as mães são incentivadas a deixar cartas, objetos ou informações caso seus filhos as procurem no futuro. Isso não é uma obrigação, mas é dever do nosso serviço repassar esses itens à criança abandonada, caso ela deseje recuperá-los.

No seu caso, sua mãe deixou uma caixa em seu nome. Ela nunca foi aberta. Para retirá-la, você deverá comparecer a Paris com um documento de identidade...

A mãe dela não queria ser encontrada?

Com a cabeça girando, Maude releu o e-mail várias vezes. Sua mãe não queria que ela soubesse quem era. E, ainda assim, deixara uma caixa para ela. Maude releu o e-mail mais uma vez. Ela nascera em Paris! Os Ruchet sempre a fizeram acreditar que tinha nascido no norte da França. Não era à toa que sentia aquela atração inexplicável pela cidade. Seu coração bateu mais rápido ao ler a frase: "Essa lei foi criada para proteger mães em situação de risco". Sua mãe estava em perigo quando Maude nasceu? E por causa de quem? Ela não estava com o pai de Maude na época? Ou ele era o perigo?

Maude fechou o notebook com firmeza. Sentia uma empolgação contida, mas não podia deixar aquele e-mail deixá-la maluca. Encontraria um jeito de ir a Paris quando voltasse para a França, mas, por ora, não havia muito mais o que fazer.

Nunca estivera tão perto de descobrir mais sobre os pais.

Trinta e dois

– Isso foi tolerável – comentou a Madame Tragent, com cinismo.

Maude tinha acabado de cantar *Tra-la-la... Coupe-moi, brûle-moi*, da ópera *Carmen*, de Georges Bizet.

– Lembre-se, sua personagem é brincalhona, espirituosa e cheia de charme. Ela sabe disso, e todo mundo na ópera também. Não hesite. Seu riso não está tão encantador quanto deveria ser.

Maude conteve um suspiro impaciente. Já havia testado pelo menos treze risadas diferentes, mas nenhuma parecia satisfazer sua exigente professora.

A Madame Tragent se afastou do piano, se aproximou de Maude e a observou atentamente.

– Quando se canta ópera, é preciso incorporar o personagem por inteiro. Cada detalhe importa. Sua risada soou nervosa demais. Chegou a ferir meus pobres ouvidos – disse ela, afastando-se.

– Mas isso é porque eu já forcei umas vinte risadas diferentes! – protestou Maude.

Madame Tragent se virou de repente para ela, os olhos faiscando. Maude recuou, mas logo mudou de ideia, endireitando-se com uma postura desafiante e dando uma risada leve, graciosa e espirituosa.

Madame Tragent escondeu um sorriso divertido.

– Assim está melhor – concedeu.

Maude suspirou de alívio. Até rir exigia um esforço hercúleo com a Madame Tragent. Ainda assim, ela adorava cantar *Carmen*.

– Sei que você aproveita cada minuto que passa aqui – observou Madame Tragent, com sua habilidade quase sobrenatural de ler pensamentos. – Por mais rígida que eu seja, você continua firme.

– Quero melhorar – respondeu Maude, com sinceridade.

– E você melhorou, srta. Laurent. Agora pode cantar pop sempre que quiser. E pode cantar ópera. Sempre que quiser.

Maude encarou a professora severa com curiosidade. Um elogio da Madame Tragent era uma raridade, algo de que Maude já ouvira falar, mas nunca presenciara.

– Você tem o que é preciso para se tornar uma cantora de ópera notável, se quiser. Com mais treinamento clássico, é claro. Já pensou em seguir uma carreira clássica?

– Antes de vir para Nova York, o meu plano era seguir uma carreira clássica – admitiu Maude.

– E agora?

– Não posso negar que a ideia de ser uma cantora de ópera é empolgante. Mas a música clássica é exclusiva. Um cantor de ópera não pode cantar mais nada. E eu descobri o pop, o jazz, o rock, o blues, o soul. Nunca conseguiria abrir mão deles.

– E quem foi que disse que isso seria necessário? Veja a Barbara Hendricks como exemplo. Ela é uma soprano renomada no mundo todo e, no entanto...

– E, no entanto, também canta jazz profissionalmente – completou Maude, assentindo. – Sei o que quer dizer. Mas, ainda assim, ela faz parte de uma minoria privilegiada.

– Você precisa trilhar o seu próprio caminho. Moldar sua própria carreira, seja qual for a estrada que escolher – aconselhou Madame Tragent. – Ouvi trechos do seu novo *single*.

Maude se encolheu, esperando a dura crítica da professora.

– Não foi tão horrível quanto eu imaginava – continuou falando Madame Tragent. – Você e o Matt fizeram um bom trabalho ao misturar diferentes influências musicais. Combinar elementos do pop e do clássico é um feito. Isso tornou a música interessante.

Ela fez uma pausa, observando Maude com um olhar penetrante.

– Você tem sorte de trabalhar com o Terence. Espero que saiba disso. Ele te deu liberdade para experimentar e criar uma música que reflete quem você é de verdade. O Matt não teve a mesma sorte com a Glitter Records. A música clássica faz parte de você e se encaixa bem em qualquer estilo moderno, desde que seja feita da maneira certa. Não apague essa parte só para se encaixar em uma categoria, um rótulo.

– Isso não está nem perto dos meus planos – respondeu Maude, com seriedade.

Madame Tragent a observou com uma pontada de inquietação.

– Espero que você sempre tenha essa liberdade, mas, no seu lugar, teria cuidado com o Alan. Ele é um tubarão que teria se saído melhor na Glitter do que na Soulville.

Maude sorriu com pesar.

– Só não deixe que ninguém roube suas músicas, e tudo ficará bem – acrescentou a Madame Tragent em um tom seco. – Agora, chega de devaneios. Do início!

Trinta e três

Depois de semanas de trabalho intenso no estúdio e da gravação de um videoclipe, a Soulville estava a poucos dias do lançamento do novo *single* de Maude, “Traída, Mas Não Derrotada”.

A Soulville estava organizando uma festa para o evento, e todos foram contagiados pela empolgação. Mas Maude tinha outras preocupações na cabeça.

Ela precisava ir a Paris para recuperar a caixa que a mãe lhe deixara, mas não fazia a menor ideia de como faria isso. Sua agenda social e profissional estava lotada.

Em três dias, seu *single* seria lançado, e, uma semana depois, ela deveria comparecer ao baile de verão anual do Colégio Franklin. Era, ao mesmo tempo, empolgante e assustador. Embora esses eventos fossem algo pelo que ansiar, também serviam como um lembrete inevitável de que sua estadia estava chegando ao fim, a menos que seu *single* chegasse ao top três da Billboard Hot 100 ou do top 100 do Musicfy.

– Certo, Maude, foi ótimo – disse Matt, do outro lado da sala. – Vamos fazer uma pausa. Parece que o Terence e o Alan querem falar com a gente.

– Sobre o quê? – perguntou Maude, juntando-se a ele.

– Sobre a sua festa de lançamento – respondeu Alan, entrando na sala junto com o Terence.

– Estou pronta para me apresentar. Venho praticando sem parar para...

– Você não vai se apresentar – interrompeu Alan, direto.

– Como assim? – interveio Maude.

– *Nós* decidimos... – disse Alan. Ele se virou para Terence, cuja expressão era de profunda desaprovação, mas permaneceu em silêncio. – Nós decidimos que você ainda não está pronta para subir ao palco.

– Eu estou pronta – insistiu Maude. – Se isso for por causa do que aconteceu com *La Cenerentola*...

– Tem tudo a ver com aquela noite.

– Uma festa de lançamento serve para promover o artista – interveio Matt. – Qual é o sentido de fazer uma festa se ninguém vai ouvir a Maude cantar?

– Haverá repórteres, produtores, gente da indústria da música. É pressão demais para a Maude neste momento. Quando o *single* for um sucesso, ela poderá cantar em outros eventos. Por enquanto, os riscos são altos demais.

– Eu cometi um grande erro, eu sei disso – argumentou Maude. – Mas não vou cometer esse erro de novo. Eu posso cantar na sexta-feira, Alan.

– E como eu posso ter certeza de que você não vai travar naquele palco de novo, hein?

– Eu trabalhei nisso, Alan! A Madame Tragent me deu dicas ótimas: comer algo leve antes da apresentação, nada de celular, dormir bem... – A voz de Maude foi sumindo à medida que percebia que Alan não dava a mínima para o que ela dizia.

– Agora vai ser assim, então? Ela vai ficar em um cativeiro pelo resto da carreira? – provocou Matt. – Ela é uma cantora, Alan. Cantar em público faz parte do trabalho, e ela precisa fazer isso sempre que puder. Ela está pronta.

– Não – disse Alan, com firmeza. – Em vez disso, vocês dois vão promover esse *single* para cada repórter presente. Vão dar entrevistas juntos, sorrir para as câmeras e dizer "xis" a noite inteira.

– Juntos? – perguntou Maude.

– Você ouviu bem. Vamos vender vocês dois como se o *single* fosse "Paris versus Nova York". Vão dizer o quanto trabalham bem juntos, que são melhores amigos, que essa foi a melhor experiência da vida de vocês. Vão fazer isso dar certo – finalizou Alan.

Ele olhou diretamente para os dois antes de sair da sala. Maude se virou para Terence, lançando-lhe um olhar suplicante.

– Eu tentei, Maude – disse Terence, como se lesse seus pensamentos. – Ele não vai ceder, e o Travis concorda com ele. Foram dois contra um. Mas lembre-se de que essa ainda será a sua noite. Sua música será tocada. Finalmente vamos lançar a canção pop e clássica que você queria. Seu *single* vai falar por si só – acrescentou ele, com suavidade.

– Espero que ele esteja certo – sussurrou Maude, observando Terence sair.

Trinta e quatro

A Torre Soulville havia sido completamente transformada para o evento. Parecia uma casa aberta à visitação, onde os convidados circulavam de sala em sala com taças de champanhe em uma mão, ou até nas duas. Alan havia usado seus contatos para reunir as pessoas mais influentes da indústria musical para promover o primeiro *single* de Maude, e sua música preenchia todos os cômodos.

O burburinho diminuiu assim que Maude fez sua entrada, deslizando suavemente até o palco em um vestido coral elegante de um ombro só, com um corpete drapeado e uma saia fluida. Seu ombro estava adornado com uma fileira de flores, o aplique floral parecendo tão delicado quanto sua pele negra. Seu cabelo estava penteado com elegância, mas nada se destacava mais do que o sorriso radiante que iluminava seu rosto, seus olhos e todo o seu ser.

– Boa noite a todos – começou a dizer, com naturalidade. – Quero agradecer pela presença de vocês nesta noite tão especial, no lançamento de "Traída, Mas Não Derrotada". Também gostaria de agradecer à Soulville Records por tornar este sonho realidade. E eu não teria conseguido sem o cantor e compositor mais talentoso que já conheci. Matt, obrigada.

Matt, entendendo a deixa, subiu ao palco ao seu lado, exatamente como haviam planejado, e mostrou um sorriso diligente para as câmeras.

– Vamos responder a todas as suas perguntas – continuou Maude. – Enquanto isso, aproveitem esta noite maravilhosa!

Maude e Matt deixaram o palco e foram no mesmo instante conduzidos pela repórter da *Beats*, Lexie Staz, que os levou para um estúdio. Ela era alta, estava com um vestido prateado e sapatos Louboutin pretos. Tentava se esconder atrás de grandes óculos Ray-Ban e exibia um sorriso infantil. Mas Maude já ouvira falar que, por trás dos óculos e do ar ingênuo, havia uma mulher de instintos afiadíssimos. Ela vivia de informações e adorava descobrir detalhes ocultos, expressões mascaradas e segredos de qualquer tipo.

– Então, quero saber tudo sobre essa parceria – começou a conversa, com um sorriso radiante no rosto.

– Pergunte o que quiser – respondeu Maude.

– Como foi trabalhar em conjunto? Vocês sempre se entenderam ou tiveram momentos em que quiseram arrancar a cabeça um do outro?

Maude e Matt trocaram um olhar e gargalharam.

– Não posso dizer que começamos com o pé direito – comentou Maude, entre risos. – Na primeira vez que nos encontramos, o Matt derramou café no meu casaco novinho.

– Não foi de propósito – acrescentou Matt em um tom leve de brincadeira.

– Conforme trabalhávamos juntos, fomos nos conhecendo melhor. O Matt me ensinou muito sobre música, composição e canto, e, aos poucos, criamos uma ótima sintonia. Quando cheguei da França, tudo o que eu conhecia era música clássica, e ele me ajudou a descobrir diferentes estilos e ritmos.

– Como você mesma disse, você é francesa, e o Matt também. Que língua falam quando estão juntos?

– Inglês, é claro! – exclamou Maude, lembrando-se da única vez que tinha falado francês com Matt.

– Menos quando ela está brava comigo – acrescentou Matt,

com um sorriso malicioso, como se lesse os pensamentos de Maude.

– Isso aconteceu só uma vez! – protestou Maude, fingindo indignação.

Lexie Staz riu da indignação de Maude e, em seguida, franziu os lábios, pensativa.

– E você está longe da sua família e dos seus amigos na França? Não sente falta deles?

Por um breve instante, uma sombra escura passou pelo rosto de Maude ao pensar na mãe, sobre quem sabia tão pouco. Mas ela rapidamente forçou um sorriso antes de responder:

– O Terence Baldwin e a família dele foram incríveis. Me trataram como se eu fosse parte da família, e jamais vou me esquecer disso.

– Falando sobre o processo criativo agora. Quais são suas influências?

– Como eu disse, antes de vir para Nova York, eu só conhecia música clássica. O Matt e os Baldwin ampliaram meus horizontes, e queríamos colocar uma grande variedade de influências em cada música que escrevemos. Em "Traída, Mas Não Derrotada", a canção tem uma base pop, mas os solos de piano são bastante clássicos. Me inspirei na *Tempestade*, de Beethoven, para transmitir uma angústia emocional intensa.

Lexie cravou os olhos em Maude.

– Você estava emocionalmente abalada quando escreveu essa música? Essa canção foi feita para alguém em especial?

Maude hesitou, desconcertada.

– A primeira coisa que ensinei para a Maude – interveio Matt – é que a melhor música nasce da dor. Todo bom músico precisa saber falar sobre sofrimento. E Maude fez isso de maneira incrível em "Traída, Mas Não Derrotada", falando da dor ao perceber que foi traída. Todo mundo consegue se identificar com isso.

Maude olhou para Matt em um agradecimento silencioso.

– E quanto a você, Matt? Como foi trabalhar com a Maude?

– Eu amei cada segundo – respondeu Matt, com suavidade. Ele desviou o olhar para longe de Maude e pigarreou. – Ela é uma das cantoras mais talentosas com quem já trabalhei, e mal posso esperar para colaborar com ela de novo.

Maude percebeu que Lexie Staz também havia notado o sorriso afetuoso de Matt, mas foi pega de surpresa pela pergunta seguinte da repórter.

– Sua vida amorosa passou por altos e baixos. Desde que começou a trabalhar com a Maude, você não tem aparecido nos tabloides. Podemos dizer que a Maude teve um efeito tranquilizador em você?

Matt riu, enquanto Maude desviava o olhar. Sentia-se desconfortável falando com uma jornalista bisbilhoteira sobre seu trabalho com Matt, ainda mais sobre um suposto "efeito tranquilizador" que ela nem sequer percebera.

– Eu já estava fora dos tabloides antes de trabalhar no álbum da Maude, e você sabe disso, Lexie. Mas essa colaboração foi uma experiência incrível, se é isso que quer saber.

– Então quer dizer que você e Maude nunca consideraram ser mais do que amigos, mesmo depois de tanto tempo juntos no estúdio?

– Não faço o tipo da Maude – respondeu Matt, com sua habitual desenvoltura.

Lexie ergueu uma sobrancelha curiosa para Maude, cujo rosto começava a pegar fogo.

– Então, nenhum cara especial na sua vida, Maude?

– Não. Quer dizer, não mais. Para ser sincera, nem tive tempo. Trabalhar, descobrir uma nova cidade... não sobrou espaço para namorar ou conhecer alguém.

– Exceto o Matt.

– Sim, mas ele é mais como um irmão para mim agora,

então continuo esperando pelo cara certo – disse Maude, quase se encolhendo ao ouvir a própria voz dizer *cara certo*.

– Às vezes, o cara certo está *bem debaixo* do seu nariz – disse Lexie, sorrindo com malícia. – Certo, terminamos por aqui! – anunciou, desligando o gravador.

Então, desapareceu depressa, como um inseto que havia conseguido exatamente o que precisava. Maude se virou para Matt.

– Como eu me saí?

– Foi bom. Mas não leve tão a sério o que ela diz. Nunca fale de forma muito pessoal, ou ela vai te devorar viva.

– Graças a Deus você respondeu àquela pergunta sobre sofrimento e traição.

– Isso é típico da Lexie Staz. E na próxima vez que um repórter te perguntar sobre amor ou namorado, é só responder que não. Não dê muitos detalhes.

– Ou eu posso dizer que não faço seu tipo, caso perguntem se estamos juntos – sugeriu Maude.

– Isso seria uma mentira descarada – respondeu Matt, com suavidade, antes de empurrar a porta do estúdio e se dirigir a um grupo de repórteres.

Maude o seguiu, estampando um sorriso largo e satisfeito. Nunca teria imaginado que fosse o tipo de Matt, já que não tinha nada em comum com as celebridades glamorosas que ele costumava namorar.

– Ei, é o Chad! – apontou Maude para um jovem alto e corpulento, de boné vermelho.

– Quem? – perguntou Matt, seguindo seu olhar. – Ah, Chad, o Expat.

Ao perceber que havia sido reconhecido, o influenciador correu até Maude e Matt, cumprimentando os dois com um abraço.

– Que bom que você veio! – disse Maude, sorrindo de orelha a orelha. – Eu não sabia se você viria.

– A última vez que vi notícias suas, você estava na Índia – comentou Matt.

– Estou morto de cansaço. Voei de Nova Delhi para Nova York ontem. – Chad esfregou os olhos e as olheiras escuras sob eles. – Eu não perderia isso por nada no mundo.

– Essa noite não estaria completa sem convidar a pessoa que começou tudo – disse Maude.

– Você fez todo o trabalho duro. Eu só te dei uma plataforma.

– E eu serei eternamente grata por isso.

– Grata o suficiente para escrever uma música chamada "Chad"?

– Acho que não. – Maude riu. – Mas já faz um tempo que quero escrever uma música sobre um perseguidor maluco. Eu poderia chamar *essa* de "Chad".

– Deixa pra lá! – brincou Chad.

Maude ouviu seu nome e o de Matt sendo chamados.

– É o Alan – disse Matt. – Melhor a gente voltar para o trabalho antes que ele nos lembre de que tempo é dinheiro.

Maude abraçou Chad e saiu com Matt.

Pelas horas seguintes, os dois permaneceram inseparáveis, sorrindo e respondendo a cada pergunta com graça, inteligência e carisma. Maude estava tão à vontade e se divertindo tanto que mal viu o tempo passar. Até que seu celular vibrou. O identificador de chamadas apareceu em tela cheia e, antes que ela pudesse esconder, Matt leu o nome.

– Você ainda fala com o Thomas? – perguntou, parecendo magoado.

– Não. – Ela se perguntou por que ele estava ligando agora. – Mas preciso atender. Me dá um segundo.

Maude se afastou de Matt.

– Por que você está me ligando? – perguntou ela quando atendeu à ligação.

– Maude! Eu queria te dar os parabéns pelo lançamento.

– Você tem coragem, hein? Achei que fosse uma emergência.

– E é! Maude, eu quero te fazer uma proposta.

– Não estou interessada.

– Sério, é uma boa proposta.

– Tchau, Thomas.

Maude desligou e voltou para o lado de Matt.

Mas, mais tarde naquela noite, sentiu um nó no estômago ao ver Matt conversando com uma recém-chegada que ela conhecia bem demais.

– Oi, Maude – cumprimentou Lindsey docemente quando Maude se aproximou dos dois.

– Eu não sabia que você estava na lista de convidados.

– Alan a convidou – respondeu Matt.

– Estou tão feliz por ter vindo para essa reuniãozinha. Será que perdi sua apresentação?

– Eu não vou me apresentar hoje à noite, Lindsey, e você sabe disso tão bem quanto eu – respondeu Maude, entre dentes.

– O quê? Sem apresentação? Isso é um absurdo! – Lindsey riu. Então, ela fez uma pausa teatral antes de continuar: – A menos que... – Ela parou e depois continuou: – A menos que o Alan esteja com medo de que você fuja do palco de novo.

A risada estridente de Lindsey perfurou os ouvidos de Maude.

– Não se preocupe, Maude, eu estou aqui agora. Você pode cantar tranquila e, se quiser sair correndo do palco, eu continuo de onde você parou – finalizou, sarcástica, antes de se afastar.

Para surpresa de Maude, Matt seguiu Lindsey com determinação e a alcançou no momento em que ela pegava um copo de água com gás de um garçom. Mordendo o lábio, Maude observou os dois conversarem, animados, até que Matt olhou para ela com uma expressão tensa. Maude se perguntou o que Lindsey tinha dito, mas Matt se afastou, apressado, estampando um sorriso largo no rosto ao se aproximar dela e de um repórter.

Maude sentiu no mesmo instante que algo estava errado. Apesar do sorriso ainda colado em seu rosto, a expressão de Matt foi ficando cada vez mais fria à medida que a noite avançava.

Ela suspirou, sentindo que, sempre que davam um passo à frente, acabavam dando dois para trás.

Trinta e cinco

"Saiba que sempre será
O mentiroso que ousou me enganar"

Maude, de frente para o espelho, passava o pente no cabelo afro enquanto as últimas notas da música se dissipavam. Estava se arrumando para o baile de verão com tema "anos 1970" quando sua canção começou a tocar. Talvez fosse a décima vez que a ouvia no rádio desde que o *single* tinha sido lançado, mas nunca se cansava da sensação gostosa de ouvir a própria voz saindo do Musicfy.

Ela não tinha decepcionado o sr. Baldwin, nem Matt, nem a si mesma. E era isso que mais amava em tudo aquilo. Sentia orgulho do que tinha conquistado e, com sorte, conseguiria continuar em Nova York para trabalhar em seu álbum de estreia.

Os pensamentos de Maude foram interrompidos por uma batida leve à porta.

– Pode entrar!

– Você está pronta? A Jazmine já está terminando de se arrumar também. Mas, antes, queria conversar com você – disse Terence, sentando-se na beirada da cama.

– Já terminei. O que foi? Você está com uma cara muito séria – comentou Maude, sem entender como alguém podia estar preocupado quando ela se sentia tão plena, tão absurdamente feliz.

– Não sei bem como dizer isso, Maude.

– Ah. Acho que consigo adivinhar – disse Maude, baixando os olhos. – Os números não estão bons.

– Os números estão ótimos. Você entrou na Billboard Hot 100 *e* no top 100 do Musicfy.

– Mas não no top três, né?

– Você está em 39 na Billboard e em 38 no Musicfy. Não há nada do que se envergonhar, Maude. É muito melhor do que "Quando o Sol Nascer"! Mas ainda não é o suficiente para conseguirmos um contrato para um álbum completo. – Terence passou as mãos pelo rosto cansado. – Se tivéssemos lançado "Paris versus Nova York" como segundo *single*, "Traída, Mas Não derrotada" teria ficado no top três. Eu tenho certeza disso.

– Sinto muito, Terence.

– Você sente muito? Por quê? Quem deveria pedir desculpas sou eu.

– A culpa é minha de o Thomas ter roubado meu segundo *single*, de os resultados desse novo *single* serem medianos.

– Não são medianos! Ele está bombando nos *streamings*.

– Fiz você gastar todo esse dinheiro à toa – continuou a falar Maude. – Queria poder devolver tudo.

– Maude, Maude, Maude. – Ele a abraçou. – Você não foi um desperdício. Você é uma das melhores artistas que a Soulville já teve.

– Você acha mesmo?

– Se dependesse só de mim, eu te daria o contrato. Mas a diretoria nem quer ouvir falar desse assunto. Apesar disso, temos uma boa notícia. Já que você vai voltar para a França, a Cynthia achou que talvez quisesse se apresentar por lá. Não queremos que o *Cenerentola* seja sua única experiência no palco. A Cynthia conseguiu um espaço para você em um programa chamado *Terre à Terre*. Você conhece?

– Todo mundo da minha turma assiste. – Maude sorriu,

mas com um ar triste. – Fico feliz por poder me apresentar para um público.

Seu coração disparou ao perceber algo de repente.

– Ah, mas isso significa que vamos para Paris! – exclamou.

Ela finalmente poderia recuperar a caixa da mãe!

– Sim – confirmou Terence. – Vamos para Paris. A família Baldwin inteira vai estar lá pra te apoiar. O Matt também vai, tem uns assuntos para resolver. E depois vamos para Carvin, para nos despedirmos. Vamos sentir tanto a sua falta – acrescentou ele. Maude ergueu a cabeça, as lágrimas se acumulando em seus olhos castanhos grandes. O rosto de Terence estava carregado de preocupação. – Queria poder fazer mais.

Maude enxugou as lágrimas rapidamente.

– Você já fez tanto! E não se preocupe, vou ficar bem. Por enquanto, só quero aproveitar. Quando a gente viaja?

– Em uma semana – respondeu ele, com calma. – Aproveite a noite de hoje.

Ele beijou sua testa com carinho e saiu do quarto em silêncio. Apesar da tristeza que sentia, o gesto de afeto de Terence a fez sentir um quentinho no coração. Nunca houve carinho em sua antiga casa, para onde estava prestes a voltar. Ela guardou aquele momento em seu baú de memórias afetuosas, para resgatar quando estivesse sozinha em Carvin.

• • •

– Você acha que eu estou um pouco parecida com a Diana Ross? – perguntou Jazmine no táxi, a caminho do Colégio Franklin.

Ela conferiu o cabelo afro no espelho retrovisor.

– Talvez possam te confundir com uma prima bem distante dela – brincou Maude. – Abre um pouco mais os olhos e aí quem sabe?! Mas você não vai tocar só as músicas da Diana Ross hoje à noite, né?

– Claro que não! Temos uma lista gigante de sucessos da era disco, de Chic aos Jacksons e Barry White. Você vai ver.

– Espero que você não esteja muito nervosa por tocar na frente da escola inteira. Não querendo te pressionar nem nada, mas, se o baile de verão for um fiasco, a culpa é toda sua. É muita responsabilidade – provocou Maude.

Jazmine era a pessoa mais confiante que Maude conhecia, e ela não conseguia imaginar a amiga sentindo o mínimo de pressão por conta de um baile de escola.

– Não estou preocupada com a nossa banda. Vai ter um DJ também, sabia? É só que... – Jazmine hesitou.

– O que foi? – perguntou Maude, preocupada.

– O Jonathan tem agido estranho nas últimas semanas. Eu sei que ele não quer nada além de amizade, mas, mesmo assim, ele está cada vez mais distante.

– Como assim?

– Não sei explicar. É só uma sensação que estou tendo. – Jazmine se virou para Maude, ansiosa. – Nunca gostei tanto de um cara, Maude. Me mata pensar que estamos nos afastando.

– Por que você não fala com ele?

– Não sei direito como tocar no assunto.

– Entendo o que você quer dizer. O Matt tem me evitado desde a festa de lançamento, e eu não faço ideia de como colocar nossa amizade de volta nos trilhos.

– Você deveria falar com ele no baile hoje.

– Hoje à noite? – perguntou Maude, surpresa. – Ele vai ao baile?

– Sim, com a Lindsey.

Jazmine franziu o nariz. Então, olhou para Maude e percebeu que ela não sabia.

– Ele não te contou – disse Jazmine, mordendo o lábio inferior. – Meu Deus, o Matt às vezes é tão...

– Tudo bem – interrompeu Maude, depressa, embora sua expressão dissesse o contrário. – Não importa. Fico feliz que você tenha me contado. Deve ter sido sobre isso que eles estavam conversando na festa de lançamento.

– Eu nem entendo por que ele está indo com a garota que roubou sua música.

– A música também era dele. Pelo visto, ele a perdoou. – Maude deu de ombros, tentando, sem sucesso, parecer indiferente.

– E você, já perdoou o Thomas?

Maude balançou a cabeça em negativa.

– Não falo com ele desde que me ligou na festa de lançamento.

– Mas por que o Matt perdoaria a Lindsey e ainda iria ao baile com ela? Ele sabe o quanto eu odeio essa garota! – exclamou Jazmine, como se isso fosse justificativa.

Maude não conseguiu segurar a risada diante do biquinho indignado da amiga.

– Acho que ele não escolhe as namoradas com base no seu gosto, Jazmine – provocou Maude. – Vamos esquecer a Lindsey. Hoje vai ser uma noite divertida, sem conflitos! Vou esclarecer as coisas com o Matt e voltar a ser amiga dele. – Ela hesitou ao dizer *amiga*.

Maude se perguntava se eles de fato foram amigos algum dia. Eram uma ótima dupla, escreviam músicas incríveis juntos. Mas *amigos*? Não quando seu coração disparava daquele jeito sempre que ele estava por perto.

– Se um dia você virar amiga da Lindsey, eu finjo que não te conheço – alertou Jazmine quando o táxi parou em frente à escola.

– Isso *nunca* vai acontecer – garantiu Maude, rindo enquanto saía do carro.

Ao entrarem na escola, descobriram que o ginásio tinha sido completamente transformado. Os versos estrondosos de

"Stayin' Alive", dos Bee Gees, ecoavam pelo espaço, enquanto uma bola espelhada girava e balões neon flutuavam pelo ambiente. Confetes metálicos caíam sobre seu cabelo. Calças boca de sino e sapatos de plataforma deslizavam pela pista de dança, enquanto dançarinos tentavam, sem muito sucesso, imitar os passos elaborados dos filmes que se passavam nos anos 1970. Jazmine foi preparar o palco com os colegas de banda, e Maude se jogou na pista de dança.

Mal tinha começado a dançar quando ouviu gritos agudos e frenéticos, seguidos por uma multidão correndo na direção das portas.

A chegada de Matt e Lindsey não passou despercebida, já que dois terços da população feminina do Colégio Franklin se lançaram para cima de Matt. Sem papel por perto, algumas garotas não hesitaram em pedir autógrafos em qualquer parte do corpo disponível.

Maude foi buscar uma bebida; sua garganta tinha secado de repente. Vê-los juntos era mais difícil do que imaginava, e tudo o que queria era passar despercebida pelo casal deslumbrante.

Mas o desejo de Maude não foi atendido. Lindsey veio direto em sua direção.

– Maude! Que bom te ver! – gritou Lindsey por cima da música.

– Eu imagino – respondeu Maude, sarcástica.

Lindsey olhou ao redor, como se procurasse alguém.

– Não me diga que a grande Maude Laurent veio sozinha para o baile! – soltou, com um gritinho de falsa surpresa.

– Vim com meus amigos – respondeu Maude, tranquila.

Lançou um olhar carinhoso para o palco, onde Jazmine e sua banda já começavam a tocar.

– Ai, que dó! Eu não teria coragem de aparecer aqui sozinha. Ainda bem que o Matt veio comigo. Eu estaria perdida sem ele.

Maude olhou para Matt, que não tinha nem se dado ao

trabalho de vestir algo temático dos anos 1970 e continuava cercado por um enxame de garotas.

– Ele nem está arrumado – zombou ela, tentando esconder o desconforto. – E, olhando daqui, parece que ele veio acompanhado da população feminina inteira do Colégio Franklin.

Lindsey fez uma cara de quem tinha engolido uma vespa. Ela sibilou:

– Você é só mais uma artista de um *hit* só, Maude. Quando essa música cair no esquecimento, ninguém nunca mais vai ouvir falar de você.

– Você só está chateada porque não conseguiu roubar "Traída, Mas Não Derrotada" em vez de "Paris versus Nova York" – continuou a dizer Maude, imperturbável. – Eu deveria te agradecer. Sem a sua pequena armação, talvez eu nunca tivesse escrito meu primeiro grande sucesso. À Lindsey e ao Thomas – disse Maude, erguendo o copo de ponche como se estivesse fazendo um brinde. – Você diz que sou um sucesso passageiro, mas já escrevi dois – refletiu. – Se fosse você, eu estaria preocupada. Como pretende lançar outro *hit* na Hot 100 sem mim?

Lindsey engoliu em seco, a angústia genuína estampada em seu rosto. Maude tinha certeza de que acabara de dizer em voz alta exatamente o que vinha tirando o sono de Lindsey nos últimos meses.

– Diz a garota que só ficou famosa após cantar *minha* música. Você ainda estaria presa na sua cidadezinha francesa cantando óperas sem graça se não fosse por "Cortando Laços".

– Talvez eu tenha usado sua música para começar minha carreira – rebateu Maude, exaltada –, mas você precisou da minha para continuar a sua. Isso significa que eu sou relevante, e você já é passado.

– Vou colaborar com o Matt de novo em breve – provocou Lindsey, desafiadora. – Vamos ter um *hit* ainda maior do que "Cortando Laços".

– Boa sorte com isso – disse Maude, tentando soar despreocupada, apesar de não estar se sentindo assim. – A poeira baixou. – Ela apontou para Matt, que estava sozinho agora, tendo terminado de assinar autógrafos. – Acho que não temos mais nada para conversar, Lindsey. Aproveite a noite.

Ela se virou, mas congelou ao notar Thomas entrando no ginásio. Ele a avistou quase no mesmo instante e começou a caminhar em sua direção, mas, assim como Matt, foi interceptado por um grupo de alunos eufóricos. Thomas se desculpou, afastou alguns fãs desapontados e seguiu para o palco, onde o Grito dos Anjos começava a tocar "(Shake, Shake, Shake) Shake Your Booty".

– O que ele está fazendo? – perguntou Maude para si mesma.

Thomas pegou o microfone das mãos de uma Stacey igualmente surpresa e pigarreou.

– Oi – começou a dizer, ofegante. – Desculpem interromper a noite de vocês, mas isso não vai demorar. Tenho algo muito importante a dizer para uma pessoa muito especial.

Ele olhou para Maude e respirou fundo.

– Uau, nunca me senti tão nervoso – admitiu, sincero. – Maude Laurent, eu estou apaixonado por você.

Maude deixou o copo de ponche cair e rezou para que o chão se abrisse e a engolisse inteira.

Isso não podia estar acontecendo.

– Eu sei que fui um completo idiota. Errei muito, e sinto muito. Estou arrependido há semanas. Sinto sua falta: de você, da sua risada, do seu senso de humor e do seu sorriso incrível. Quero consertar as coisas. Por favor, me perdoa. Sei que você não quer falar comigo nunca mais, mas não vou sair desse palco até isso mudar – finalizou ele, dramático.

Maude escondeu o rosto entre as mãos, querendo que tudo aquilo acabasse. Devagar, espiou por entre os dedos. Uma multidão de alunos a encarava, à espera de sua resposta.

Sua garganta estava seca demais para dizer qualquer coisa, então apenas olhou para Thomas e apontou para a entrada, indicando que queria falar do lado de fora, longe dos olhos arregalados e dos sussurros incessantes.

Enquanto caminhava até a saída, passou por Matt, mas mal olhou para ele.

Thomas a seguiu para fora, e a música recomeçou atrás deles. Maude ouviu a multidão vibrar.

– Eu sei que isso é loucura, Maude, mas...

– Loucura? – Maude riu, incrédula. – Esse é o eufemismo do ano!

– Eu não sabia como chamar sua atenção. Você me bloqueou no PixeLight, não atendeu minhas ligações, não respondeu às minhas mensagens...

– E eu tenho culpa? Depois do que você fez?

– Eu sei, e me arrependo desde então. Não sei como te dizer o quanto estou arrependido.

– Você nem teve coragem de me contar, Thomas. Descobri quando estávamos no restaurante. Nunca me senti tão humilhada na vida! Quer dizer, até hoje à noite.

– Eu sei que nunca devia ter roubado sua música. Quero consertar isso.

– Como? Como você pode consertar o fato de ter roubado minha música e cantado com a Lindsey?

– Acho que deveríamos voltar.

– Há! Eu não entendo, de verdade, como isso resolveria alguma coisa.

– Eu me importo com você e quero te ajudar. Se voltarmos, seremos o "casal *teen* do momento", segundo várias revistas de fofoca. Isso impulsionaria os nossos *singles*. O seu poderia facilmente chegar ao top 10 da Billboard 100.

Maude pensou no rosto triste de Terence e em como queria deixá-lo orgulhoso. Faria qualquer coisa para demonstrar gratidão à família que a acolhera e a tratara como uma filha. Qualquer coisa, menos fingir namorar um garoto por fama.

– Então você quer que a gente namore para que mais gente ouça minha música? Que generoso da sua parte! – exclamou Maude, sarcástica. – Quero ser reconhecida pelas minhas próprias conquistas. Nunca namoraria um cara só para ficar famosa.

– Não é isso que eu estou dizendo. Eu só quero ficar com você. Quero o seu perdão.

Thomas olhou para Maude com um ar de sofredor, e ela retribuiu o gesto com um sorriso triste.

– Thomas, eu já te perdoei. – E, ao dizer isso, percebeu que era verdade. Não sentia mais a mesma dor corrosiva que sentira na noite em que descobrira a traição.

– Então ainda tem uma chance de ficarmos juntos. Não me importa se vai ser publicamente ou não.

Maude balançou a cabeça, pesarosa.

– Desculpa, mas não posso. Além disso, não preciso de um cara para alavancar minhas vendas. Quero ser reconhecida somente pela minha música.

– Você não sente que, desde o momento em que nos conhecemos, houve algo especial entre nós? Nós éramos bons juntos.

– Para você, talvez – insistiu ela. – Mas a gente teria terminado de qualquer jeito – disse ela, baixinho.

Estou apaixonada por outra pessoa, pensou, mas não disse.

De repente, percebeu que não se importava mais com a regra de Matt. Precisava contar a ele como se sentia, e caberia a ele decidir se estava disposto a quebrar sua própria regra. Eles eram mais do que parceiros musicais, muito mais. Ele era para lá de irritante, arrogante e convencido ao extremo, mas, ao mesmo tempo, a conexão musical entre eles era incrível. E ele era engraçado. Fazia Maude rir – quando não estava rindo dela, é claro. E ela gostava dele. Esses sentimentos estavam ali, e não havia muito que pudesse fazer além de admitir. E ela odiava Lindsey Linton! Odiava o fato de que Matt provavelmente estava dançando com Lindsey enquanto Maude estava ali, perdendo tempo com Thomas. Ela precisava falar com Matt agora.

– Thomas, eu tenho que ir! – exclamou.

– O quê? Espera!

Mas já era tarde. Maude disparou para dentro do ginásio. Avistou Matt quase no mesmo instante e correu até ele.

– Matt! – chamou, ofegante.

– O que você quer? – perguntou Matt, frio.

Maude hesitou por um instante, mas continuou:

– Eu falei com Thomas. Eu o perdoei. E percebi que...

– Você perdoou ele? Uau, estou chocado – zombou Matt. – Maude, você não tem um pingo de orgulho. Sabia disso? O Thomas só quer te namorar de novo pra roubar mais músicas nossas.

– Eu não me importo com isso – retrucou Maude, depressa, tentando manter o foco.

– É claro que não. Tudo que te interessa é o cabelo e o sorriso perfeitos dele. Tanto faz que ele tenha te usado para roubar a *nossa* música!

– Olha quem fala! – rebateu Maude, sentindo a raiva crescer. – Foi você quem entrou de braços dados com a Lindsey, sabendo muito bem que isso ia me magoar! – exclamou ela.

– Por que você se importaria com a Lindsey? Você está presa no mundo da ópera, e o seu Príncipe Encantado acabou de conquistar seu coração de novo com um desses gestos românticos falsos e cafonas. Então por que raios você ligaria para a Lindsey? Não é como se houvesse algo entre nós. Eu nunca namoro colegas de trabalho. Lembra? – vociferou ele, defensivo.

Maude enrijeceu, e seu olhar se tornou frio ao encará-lo.

– Você tem razão, Matt – respondeu ela, seca. – Eu sou

mesmo burra. Não nos veremos tão cedo, porque estou voltando para a França e talvez nunca mais volte para Nova York.

– Deve ser melhor assim. Vamos para Paris com os Baldwin. Depois disso, nunca mais vamos nos ver.

Maude virou as costas para ele. Não poderia dizer como se sentia agora, não depois do que ele acabara de dizer. Não depois de ele ter vindo ao baile com Lindsey. Ele tinha deixado perfeitamente claro que não sentia nada por Maude.

Ela viu Jazmine se aproximando apressada enquanto a banda fazia uma pausa.

– E aí, como fomos? – perguntou, animada, ao alcançar os amigos.

– Vocês arrasaram, Jaz – respondeu Maude, tentando soar leve, mas sem muito sucesso.

– E o Thomas? Vocês conversaram? Foi um baita discurso o que ele fez, hein?

– Sim, conversamos. – Maude desviou o olhar de Matt. – Está tudo bem – concluiu, sem muita convicção.

– Maude o perdoou – acrescentou Matt, sem conseguir esconder o sarcasmo.

– Sério? Então vocês estão ju...? – A voz de Jazmine morreu no meio da frase enquanto ela olhava para algum ponto distante.

– Jaz, o que foi? – perguntou Matt, preocupado.

Maude seguiu a direção em que Jazmine olhava e, naquele instante, soube o que estava errado.

– Não acredito nisso – sussurrou.

Jonathan estava na pista de dança, beijando uma garota.

Era Laura, uma menina da escola que sempre andava sozinha e quase nunca falava com ninguém. Mas, naquele momento, ela parecia muito feliz nos braços de Jonathan, completamente alheia à dor que estava causando sem querer.

Pela primeira vez, Maude viu o estrago do coração partido em sua forma mais brutal, seu efeito devastador e caótico.

Jazmine ficou imóvel, como uma estátua. Então suas mãos começaram a tremer descontroladamente, enquanto uma lágrima solitária escorria devagar por seu rosto.

– Maude, chame um Uber – ordenou Matt. – Eu fico e toco no lugar da Jazmine. Ela não pode ficar aqui.

Maude assentiu.

Não havia a menor chance de deixar Jonathan testemunhar sua amiga desmoronando porque ele não teve a decência de avisá-la que estava saindo com outra pessoa.

– Jazmine, vamos embora. Você não pode ficar aqui. Vamos – disse ela.

Ela envolveu Jazmine em seus braços. A amiga não resistiu quando Maude a conduziu para fora.

Foi só quando entraram no carro que ela desabou, chorando sem controle nos braços de Maude, completamente tomada pela dor.

Trinta e seis

Os Baldwin e seus dois amigos franceses estavam sentados ao redor de uma pequena mesa no terraço do lado de fora do La Cour. A Torre Eiffel cintilava ao longe. Visitar Paris com os Baldwin e com Matt era uma experiência completamente diferente da primeira vez que Maude estivera na cidade. Na ocasião, ela se sentira sozinha. Agora, estava cercada por pessoas que se importavam com ela. Antes, nunca havia saído de sua cidadezinha cinzenta e sem graça. Desde então, atravessara o oceano e descobrira um país novo, uma cultura nova, uma língua nova. Maude era outra pessoa agora. Apesar de tudo isso, lá no fundo, ainda sentia que havia falhado com as únicas pessoas que já confiaram nela. Não fazia ideia de como voltaria para sua vida em Carvin. Viraria motivo de piada na cidade?

Victoria e Terence deixaram as crianças sozinhas para fazer um passeio romântico pela cidade, e Jazmine, ainda abalada pela decepção amorosa, queria afogar as mágoas em uma maratona de compras nas Galeries Lafayette.

A reunião de Maude com o CNAOP era no dia seguinte, algumas horas antes de sua apresentação ao vivo no *Terre à Terre*. *É amanhã*, lembrou, ansiosa. Naquela tarde, estava livre para aproveitar o tempo com os Baldwin.

Matt sabia exatamente o que queria fazer.

– Vou levar o Ben comigo – disse Matt. – Nem a pau que a gente vai passar a tarde inteira em lojas.

Jazmine quase se engasgou.

– Lojas?! A Galeries Lafayette não é só um monte de loja, Matt. É literalmente o paraíso para qualquer pessoa com bom gosto. Mas é óbvio que estou perdendo meu tempo falando de gosto com alguém que *escolhe* passar tempo com a Lindsey Linton. Não estou dizendo que você tem mau gosto, mas... você tem mau gosto – declarou Jazmine.

– Tanto faz. – Matt riu, despreocupado. – O Ben e eu vamos fazer coisas de homem, né, parceiro?

– Isso aí, somos homens! – gritou Ben, batendo no peito e fazendo todo mundo rir.

– Repete isso daqui a uns anos, quando sua voz parar de desafinar – falou Cynthia, provocando o irmão mais novo.

O celular de Maude vibrou alto na beirada da mesa. Ela o pegou antes que caísse e leu a mensagem recebida.

Aproveite sua estadia em Paris. Dê um oi para a Dama de Ferro por mim. Thomas

Maude escondeu um sorriso. Desde o baile, Thomas vinha mandando uma quantidade alarmante de mensagens fofas com uma constância inabalável.

– É o Thomas de novo – observou Cynthia, desconfiada.

Maude assentiu. Nunca respondia às mensagens dele; nada jamais aconteceria entre ela e Thomas depois do que ele havia feito. Mas, de certa forma, as mensagens serviam como um lembrete de que ela estivera em Nova York, que havia vivido lá e que ainda tinha alguém daquele lado do oceano que se importava com ela.

– A gente vai dar uma volta para ver a arte de rua na Place Georges-Pompidou, se alguém quiser ir – disse Matt, evitando olhar para Maude de propósito.

– Tem uns dançarinos muito talentosos ali – comentou Cynthia, animada.

– E alguns imitadores famosos também – acrescentou Matt.

– E mímicos!

– *Breakdancers* – completou Matt.

– Vou fazer meu retrato com um artista de rua! – exclamou Ben.

– Bom, eu vou continuar fazendo compras. Além disso, estou precisando me distrair – murmurou Jazmine.

Cynthia e Maude trocaram um olhar. Jazmine não parecia a mesma desde o baile de verão, e Maude, que nunca tinha visto Jazmine tão abalada, não sabia muito bem como lidar com aquilo.

– Você conseguiu falar com o Jonathan antes de vir para a França? – perguntou Cynthia, com cuidado.

Jazmine assentiu e deu uma risada curta e amarga.

– Ele está saindo com a Laura há três semanas, mas disse que não sabia como me contar. – A voz de Jazmine tremia.

– A sra. Bonnin, a maior confeiteira e fofoqueira de Carvin, sempre dizia que os homens são os piores tipos de covarde – lembrou Maude, olhando diretamente para Matt.

Ele nem sequer tivera a decência de avisá-la que iria ao baile com a Lindsey!

– Talvez o problema não sejam os caras – rebateu Matt, irritado. – Talvez as garotas é que precisem enxergar o que está bem na frente delas em vez de procurar pelo Príncipe Encantado dos contos de fadas.

– Não, dessa vez eu concordo com a sua amiga, Maude – retrucou Jazmine. – Ele é um ótimo exemplo de como os caras podem ser covardes. O Jonathan me disse que, mesmo gostando de mim, não queria se machucar. Preferiu ficar com a Laura, porque ela é alguém em quem ele pode confiar, e que se parece mais com ele do que eu.

– Se ele quer dizer recluso e desastrado, então acho que está certo – disse Maude, com ironia.

Laura não era muito mais desenvolta do que Jonathan.

Jazmine riu.

– Ele *está* certo, Maude – admitiu, abatida. – Eu não conseguia enxergar isso, e a ideia ainda me machuca, mas fico feliz que ele tenha me feito perceber. Ele e eu somos de mundos diferentes. Eu sou extrovertida, divertida, sociável. Ele prefere noites tranquilas e se sente mais à vontade em círculos menores. Provavelmente teria sido infeliz comigo. E eu teria me sentido vazia com ele.

– Ele está sendo cauteloso demais, se quer saber – opinou Matt. – Não tem coragem de se arriscar em um relacionamento com alguém de quem gosta e, em vez disso, escolhe ficar com alguém que nunca vai amar de verdade, só porque é mais seguro. Ele tem medo de se aventurar em um território desconhecido.

– Acho que alguns caras não têm coragem de namorar uma garota bonita e popular, enquanto outros acham arriscado se envolver com alguém que não seja modelo ou atriz. Provavelmente têm medo de perder seu lugar cobiçado no Page Six – retrucou Maude, sarcástica.

– Modelos não estão no mundo da música. Quando terminamos, é um término para valer. Bem diferente de certas cantoras que escrevem músicas sobre como foram traídas pelos ex e depois continuam saindo com eles – resmungou Matt.

Maude percebeu as irmãs Baldwin trocando olhares hesitantes. Cynthia pigarreou.

– Para ser sincera, entendo essa coisa de covardia – declarou. – Eu tinha medo de contar para a mamãe e o papai o que realmente queria fazer da vida. Mas estou pronta para correr riscos e sair um pouco da minha zona de conforto. Um brinde aos riscos! – exclamou Cynthia, erguendo sua xícara de chá de jasmim.

– Saúde! – Todos brindaram em uníssono, embora Maude e Matt tenham demonstrado certa hesitação.

– Agora, vamos às compras! – exclamou Jazmine.

Os garotos resmungaram e seguiram para outro lado.

Trinta e sete

– Como foi seu dia? – perguntou Victoria.

– Estou exausta. – Maude suspirou, se jogando em um dos sofás do saguão principal do hotel naquela noite.

– A Jazmine surtou na Galeries Lafayette, como sempre – resmungou Cynthia, massageando os pés.

– A gente se divertiu! – exclamou Ben.

– E o que você vai fazer hoje à noite? – perguntou Terence.

– Vou a um show de comédia. Vou ver um comediante francês famoso chamado Jamel Djebril – respondeu Matt.

– Jamel Djebril! Eu adoro ele! – exclamou Maude, sua frustração com Matt diminuindo por um instante. – Até hoje só consegui ver uns trechos dos shows dele na TV, já que a sra. Ruchet não gosta. Ele é hilário.

– Então você devia ir com o Matt – sugeriu Victoria.

Maude se afundou no assento.

– Não, imagino que você já tenha combinado com amigos.

– Nenhum dos meus amigos podia ir, mas eu queria muito ver o show, aproveitando que estou aqui – explicou Matt. – Você pode vir, se quiser.

– Não sei... – Maude hesitou, lembrando como as coisas estavam estranhas entre eles.

– Nada disso – decretou Victoria, decidida. – O Matt não deveria ir sozinho, e nenhum de nós entende francês o suficiente. E você adora esse comediante. Você vai.

Enfrentar Victoria era inútil, e Maude não tinha a menor intenção de tentar.

• • •

– Ele é hilário! – Maude guinchou. – Achei que fosse cair da cadeira de tanto rir.

– E quase caiu. Ainda bem que eu te segurei. – Matt riu.

Eles caminhavam pela Pont des Arts, sobre as águas reluzentes do Sena. Antes, as grades da ponte eram cobertas por cadeados que casais do mundo todo deixavam ali como símbolo de um amor eterno. A cidade os havia removido, mas a ponte ainda mantinha uma aura notavelmente romântica. Dava para ver a Torre Eiffel brilhando ao longe, vigiando os apaixonados que passeavam pelas ruas tranquilas de Paris naquela noite. Impressionante de dia, à noite a torre se tornava uma verdadeira rainha. Seu manto de luzes multicoloridas desafiava o brilho da lua, ofuscava as estrelas e reafirmava que Paris era, de fato, a única e verdadeira Cidade da Luz.

– Estou tão feliz por ter assistido ao show! – vibrou Maude.

– E conseguir o autógrafo dele também foi incrível.

– Pode me agradecer por isso. Quem teve a ideia de seguir ele nos bastidores?

– Nós não fomos nos bastidores, Maude. Os seguranças nos pararam antes disso.

– Sim, mas ele ouviu a gente chamando e voltou para dar autógrafo e tirar foto – disse Maude, deslizando pelas imagens no celular. – Se eu tivesse te escutado, não teria essa foto para guardar. “Maude, você não sabe como os artistas ficam cansados depois de um show?” – Maude o imitou.

– E ficam! – insistiu Matt. – Você mesma vai descobrir isso amanhã, depois do *Terre à Terre*.

– Veremos. São só duas músicas e uma entrevista.

– Como está se sentindo com a apresentação?

– Estou bem, só queria que parassem de me perguntar isso. – Maude fez uma pausa e se inclinou para olhar mais de perto o rio. – Dá para acreditar que essa ponte já foi cheia de cadeados?

– Os apaixonados são idiotas – disse Matt, com um tom azedo.

Maude riu e se virou para ele.

– Matt, você já se apaixonou? – perguntou, certa timidez tomando conta dela.

Matt desviou o olhar de Maude e encarou a água escura correndo sob a ponte.

– Qual foi a coisa mais idiota que você já fez por amor? – insistiu Maude, agora mais ousada.

– Nada! – protestou ele, rápido demais. – Porque eu não sou burro.

– Ah, qual é, tem que ser sincero. Finja que estamos jogando verdade ou desafio.

– Certo, então eu escolho desafio.

– Finja que estamos jogando verdade e mais verdade.

– Tá bom. – Matt riu. Ele hesitou antes de admitir, soltando tudo de uma vez. – A coisa mais idiota que fiz foi quebrar minha própria regra: me apaixonei por uma garota com quem eu trabalhava.

Maude não conseguiu evitar uma pontada de inveja por essa criatura sobrenatural sem nome que havia enfeitiçado Matt o suficiente para fazê-lo quebrar sua própria regra.

– Você quebrou essa regra? Mas foi antes de criá-la, né? Foi por isso que decidiu que precisava dela?

– Foi depois – respondeu Matt, olhando diretamente para Maude. – Essa regra era ótima, até ela aparecer.

– Quem era ela?

– Você precisa mesmo perguntar? – O olhar dele pousou em seu rosto, e o coração de Maude disparou de alegria.

Então, ela o beijou nos lábios, mas recuou no mesmo

instante. Só que ele a puxou para seus braços e a beijou de verdade. Seus lábios colidiram com os dela, e ela sentiu um fogo percorrer todo o seu corpo. A mão dele inclinou sua cabeça para trás, e os lábios desceram por seu pescoço e garganta, arrancando um suspiro de prazer. Então, os lábios dele voltaram aos dela com urgência, a língua se movendo junto à sua até ficarem sem fôlego, mas mais vivos do que nunca. As mãos dela deslizaram pelo torso firme dele, subiram até seu cabelo, bagunçando-o, até que os dois riram, felizes. Quando a mão dele desceu para sua cintura, ela o puxou ainda mais para perto, colando seus corpos, se entregando ao prazer do momento. Suas mãos exploravam, descobriam, se uniam, como se o resto do mundo tivesse desaparecido.

Quando finalmente se separaram, Maude descansou a cabeça no peito dele. Nunca se sentira tão feliz. Saíram da ponte e continuaram caminhando, parando várias vezes para se beijarem mais.

Seguiram em silêncio por um tempo, aproveitando a companhia um do outro, de mãos dadas, enquanto a brisa morna da noite de verão acariciava suas peles. Por fim, Maude interrompeu o silêncio.

– Você é um mentiroso – sussurrou. – Não quebrou sua regra coisa nenhuma. Não trabalhamos mais juntos, então não estamos misturando negócios com prazer.

– Eu já estava apaixonado por você enquanto trabalhávamos juntos. Talvez desde o primeiro dia em que nos conhecemos. E aí tive que te ver namorar o Thomas, mesmo depois de ele ter roubado nossa música.

– Terminei com o Thomas depois daquilo.

– Então por que você foi ao baile com ele?

– Eu não fui! Você é que apareceu lá com a Lindsey.

– Só porque ela me disse, na festa de lançamento, que você ia com o Thomas!

- Eu jamais faria isso!

- Não é como se eu já não tivesse passado meses te vendo namorar aquele babaca.

- Desculpa por isso - disse Maude, entre risadas. - Eu não estava tentando esfregar ele na sua cara. Mas você foi tão irritante nas primeiras semanas, lembra?

- Porque eu não sabia como falar com você!

- Você, o famoso doutor do amor?

- Você parecia imune ao meu charme.

- Você repetia essa sua regra o tempo todo. Achei que eu não tinha a menor chance.

- A Jaz enfiou essa regra na minha cabeça naquela noite no Colher de Prata. Por isso eu nem planejava ir te ver cantar *Cenerentola*.

- E chegou atrasado, só depois que a Jaz te ligou! - apontou Maude. - É engraçado pensar que você gosta de mim há tanto tempo. Se tivesse dito alguma coisa, já estaria livre desse sofrimento. - A risada de Maude ecoou pela noite quente de verão.

- Fico feliz que minha dor te divirta - brincou Matt. - Acho que vou virar comediante de *stand-up* e dar conselhos amorosos nos meus shows.

- Eu com certeza pagaria para ver esse show. - Maude riu.

- Agora é a sua vez.

- Minha vez de quê?

- Me contar qual foi a coisa mais idiota que você já fez por amor.

Maude riu antes de responder:

- Você acha mesmo que eu sou do tipo que sai falando pelos cotovelos? Quem come calado, come dobrado.

- Eu te contei o que fiz. Agora, você tem que me contar também! - insistiu Matt.

- Ninguém te obrigou a me contar nada! - protestou Maude, provocando-o.

– Você me desafiou a dizer a verdade!

– Não existe isso de *desafiar* alguém a falar a *verdade*. Ou escolhe verdade, ou escolhe desafio, e você escolheu verdade. – Maude deu de ombros. – Aliás, admiro a sua honestidade. Não posso dizer que tenho a mesma bússola moral.

– Isso é óbvio – zombou Matt.

Eles se aproximaram do Louvre e entraram no pátio principal, o Cour Napoléon. A pirâmide de vidro brilhava no centro, cercada pelas asas imponentes do palácio. Maude contemplou a beleza ao redor e pensou que nenhuma cidade no mundo tinha um charme tão romântico e encantador quanto Paris.

– Matt – disse ela, virando-se para ele. – Obrigada. Essa foi, de longe, a melhor noite da minha vida.

Matt olhou para Maude sob a luz da lua, e ela retribuiu o olhar, inclinando levemente a cabeça, os olhos brilhando e um sorriso nos lábios.

– Quem disse que a noite acabou? – sussurrou Matt no ouvido dela, provocando arrepios.

– Sua tia disse que uma boa noite de sono é essencial para evitar o nervosismo no palco – respondeu Maude, mas seus olhos brilharam ao acrescentar: – Essa é nossa única noite em Paris. Vamos fazer valer a pena.

E, assim, os dois passaram aquela noite quente de verão vagando pela Cidade Luz, cantando, dançando e se beijando pelas ruas, sem se preocuparem com o resto do mundo, nem com o que o amanhã lhes reservava.

Trinta e oito

No dia seguinte, já perto do fim da manhã, Maude e Matt foram ao cemitério Père-Lachaise.

Depois de passarem pelo túmulo de Jim Morrison, chegaram diante de uma lápide de aparência recente, com a foto de uma mulher sorridente de olhos cinzentos, iguais aos de Matt.

– Hoje faz um ano que a minha mãe foi enterrada aqui.

Maude baixou a cabeça em respeito enquanto Matt depositava um buquê sobre o túmulo.

– Mãe – disse ele, em francês. – Esse foi o ano mais difícil da minha vida. Foi um ano cheio de primeiras vezes. Meu primeiro luto, seu primeiro aniversário sem você desde que nasci. Meu primeiro Dia das Mães sem mãe. Meu primeiro Natal sem você. Minha primeira briga com o pai em que você não pôde ser a mediadora.

A voz de Matt falhou.

– Eu sei que a nossa relação não é como você gostaria. Prometo que vou trabalhar nisso. Mas, com a ajuda dessa pessoa que está aqui ao meu lado, eu vou conseguir passar por isso. Queria que você a conhecesse. Tenho certeza de que ia gostar dela. Ela é completamente apaixonada por ópera, igualzinha a você. Graças a ela, estou pronto para mexer nas suas caixas. Mãe, esta é Maude Laurent.

Ele pegou a mão de Maude e a puxou para mais perto do túmulo. Maude se inclinou e colocou um buquê de rosas brancas.

– Oi, Isabella, eu sou Maude Laurent. Embora eu nem tenha certeza se esse é o meu nome de verdade. Hoje, vou descobrir quem é a minha família e volto para te contar. Mas, sabe, eu não faço ideia do que teria feito sem o seu filho aqui. Você devia ter muito orgulho dele. Ele é incrível. E eu vou sentir tanta saudade dele.

– Maude – disse Matt, virando-se para ela –, não acho que o fato de você voltar para a França signifique que acabou para nós.

– Um relacionamento à distância? – perguntou ela, ousando ter esperança. – Dizem que isso nunca dá certo.

– A gente vai ser a exceção – disse ele, segurando as mãos dela. – Maude, a única despedida que é para sempre é a morte. Mas a distância não precisa ser um adeus. Não se a gente não deixar ser. Vamos fazer chamadas de vídeo todos os dias.

– Eu vou te mandar mensagem toda noite antes de dormir.

– Vou te marcar em todos os meus posts do PixeLight, mesmo que você não esteja neles.

– Vou mandar beijos através do oceano.

– E eu vou te visitar em Carvin sempre que puder.

– A gente vai dar um jeito – prometeram em uníssono.

Juntos, sentaram-se ao lado do túmulo, conversando em uma mistura de línguas e sonhando com o futuro. Logo, fizeram o que tinham sido feitos para fazer juntos: compuseram uma música, cantando-a pela primeira vez diante da foto sorridente de Isabella Durand.

Depois, Maude deu espaço para que Matt ficasse a sós com a mãe e partiu para o CNAOP. Seu coração estava disparado, as mãos suavam, a esperança e o medo travavam uma batalha dentro dela, mas sua determinação de saber a verdade era maior do que tudo.

Maude sabia que a França era famosa por sua burocracia. Esperar horas em filas administrativas, mesmo tendo um horário marcado, era uma habilidade que os franceses aprendiam desde cedo. Infelizmente, essa era a primeira vez que Maude lidava diretamente com a administração pública francesa, e o que ela achou que levaria poucos minutos acabou se tornando uma espera de horas.

Seu compromisso estava marcado para as duas da tarde, então ela chegou à uma, achando que assim sairia mais rápido.

Quando o relógio bateu duas horas, Maude já estava inquieta: a fila nem sequer tinha andado! Só então percebeu que uma da tarde era, na verdade, o segundo horário da pausa para o almoço dos funcionários. O tempo passava, e a preocupação crescia. Ela precisava estar no estúdio de TV às cinco para checar a acústica e fazer cabelo e maquiagem.

Mas não podia perder essa chance. Sua única chance de recuperar a caixa. *Tique-taque*, fazia o relógio.

Tique-taque, fazia o cérebro de Maude, e, quando já estava prestes a perder as esperanças, finalmente chamaram seu nome. Quem a recebeu foi uma mulher de meia-idade, a sra. Rotonde, que parecia querer estar em qualquer outro lugar. Pelo visto, insatisfação era um pré-requisito para trabalhar na administração pública francesa.

Aos olhos de Maude, a mulher era como um oráculo rechonchudo de meia-idade, a guardiã da chave para sua identidade. Maude a seguiu ansiosa até o escritório, memorizando cada detalhe do momento.

– Seu nome é Maude Laurent – declarou a sra. Rotonde, com um sotaque parisiense arrastado e desinteressado.

– Sim – respondeu Maude, como se uma aura pálida e flutuante pudesse ser vista sobre a cabeça da mulher.

– Pode me mostrar um documento? Você preencheu todos os formulários? – perguntou, como se Maude fosse a pessoa mais incompetente que já tivera o desprazer de atender.

– Claro – gaguejou Maude, vasculhando a bolsa, apressada. – Desculpe, estou muito nervosa porque finalmente...

– Que bom – interrompeu a mulher. – Agora me passa o documento.

Maude entregou a identidade, o questionário e os outros documentos que havia impresso do site. A sra. Rotonde conferiu tudo e saiu da sala. Quando voltou alguns minutos depois, trazia nas mãos a tão esperada caixa, e a empurrou para Maude.

Não era nada do que Maude tinha imaginado. Em sua cabeça, seria um grande baú dourado, mais parecido com um tesouro do que com uma caixa de verdade. Mas o que segurava agora era uma caixa de madeira de tamanho médio, com uma tampa de couro trabalhado, adornada com um padrão de leques delicado. Um fecho de ferro forjado a mantinha trancada. Maude procurou pela chave, mas não havia nenhuma à vista.

– Imagino que a chave esteja aqui dentro – disse a sra. Rotonde, balançando um envelope lacrado.

O desinteresse inicial da sra. Rotonde parecia diminuir conforme ela observava a caixa entalhada com um olhar atento. Explicou que era raro as mães deixarem objetos para os filhos. Cartas e documentos, sim. Mas caixas trabalhadas como aquela nunca estavam entre os pertences que entregava às pessoas em busca de suas mães biológicas. Mães que davam à luz anonimamente na França eram, na maioria das vezes, jovens pobres e abandonadas, que não tinham nada além de si mesmas. Sem família, sem marido, sem amigos. Elas entregavam os filhos para que fossem criados por outra família, na esperança de dar a eles uma vida melhor.

– Por que não abre a caixa aqui mesmo? – sugeriu a sra. Rotonde.

– Muito obrigada, sra. Rotonde – murmurou Maude, com a voz embargada. – Mas isso é algo que eu prefiro fazer sozinha.

A sra. Rotonde suspirou, decepcionada, quando Maude fez menção de sair.

Ela não tinha a menor intenção de abrir a caixa ali, diante de uma estranha. Além disso, precisava ir embora imediatamente se quisesse chegar a tempo para a apresentação na TV.

Trinta e nove

– Tudo pronto, Mademoiselle Laurent – disse Stephanie. – Nervosa? – perguntou ela, com gentileza.

Stephanie tinha acabado de terminar a maquiagem de Maude, e as duas haviam conversado sem parar, como se tivessem se conhecido houvesse anos. Que sensação estranha e maravilhosa voltar a falar francês! Curiosamente, algumas palavras só lhe vinham à mente em inglês, e ela precisava pensar duas vezes antes de encontrar o equivalente em francês.

– Um pouco – admitiu. – Mas é aquela ansiedade boa. O ensaio e os testes de acústica correram bem, então acho que vai dar tudo certo.

– O apresentador é muito simpático e engraçado. Tenho certeza de que você vai se divertir. Vou deixá-la descansar agora. Não estrague a maquiagem, mas arrase! – disse Stephanie ao sair do camarim.

Sozinha, Maude tirou a caixa de madeira da bolsa e a acariciou. Nunca se sentira tão próxima da mãe quanto naquele instante. No entanto, lembrou-se do conselho da Madame Tragent sobre o medo do palco. *Concentre-se! Não converse com ninguém antes do espetáculo.*

Mas ela esperara mais de dezesseis anos por isso. Não podia esperar mais um segundo.

Maude rasgou o envelope lacrado, pegou a chave e destravou a caixa.

O fecho fez um clique, e a tampa entalhada se ergueu. Havia uma carta.

Maude fechou os olhos por um instante, então voltou a abri-los enquanto controlava a respiração. Sua mão tremia de leve enquanto pegava o papel, amarelado pelo tempo, e começava a ler.

Minha querida Maude,

Se você está lendo esta carta, significa que seu pai e eu já não estamos neste mundo e que meu querido amigo Robert a criou.

Quero que saiba que seu pai e eu amamos muito você. Enquanto a observo dormindo no berço ao meu lado, me pergunto se terei forças para deixá-la, minha linda bebê.

Mas preciso ser forte, pois devo partir para salvar seu pai, se ainda houver como. Rezo todos os dias para que nossa família se reúna de novo. Mas minha esperança enfraquece a cada dia que seu pai continua preso na Nigéria.

Estou escrevendo esta carta para você, minha linda filha, para explicar por que preciso partir agora.

Como Robert já deve ter explicado, eu, Danielle Laurent, nasci em Guadalupe, uma ilha caribenha francesa. Seu pai, Aaron Ekenechukwu Okafor, nasceu em Nova York, filho de pais igbo. Eles tiveram que fugir da Nigéria em 1967, quando a guerra começou a devastar o país. Todos o chamam de Ekene.

A guerra terminou em 1970, mas eles nunca voltaram. Anos depois, seu pai se mudou para a Nigéria para lutar pelos direitos humanos, pelo avanço da democracia e pela preservação do meio ambiente. Teve que deixar sua família para trás em Nova York e já não mantinha contato com eles quando o conheci.

Nos conhecemos e nos casamos na Nigéria.

Sou advogada de direitos humanos há alguns anos e já viajei por todo o mundo. Mas o dia em que conheci seu pai foi o mais bonito da minha vida. Como Robert deve ter contado, foi amor à primeira vista. Robert, que é meu amigo mais próximo e o melhor advogado de direitos humanos que já conheci, nos apresentou em uma festa promovida pela Anistia Internacional. Poucos meses depois, Robert voltou para a França, mas eu decidi ficar na Nigéria com seu pai.

Desde então, somos inseparáveis. Passamos por perigos e desafios, sempre juntos, lutando contra a corrupção e tentando proteger a natureza deste país tão belo. Veja bem, a Nigéria não é apenas um país lindo, mas também repleto de recursos valiosos, como o petróleo.

O vilarejo onde Ekene e eu nos estabelecemos fica bem longe de Lagos e da vida agitada e luxuosa que as pessoas levam na Ilha Victoria.

No nosso vilarejo, uma das maiores corporações petrolíferas, a Stonewell, explora o petróleo de forma irresponsável. O óleo vaza para os rios, contamina a água, mata os peixes e destrói a vida e o sustento das pessoas. Quem pode, vai embora. Quem não pode, vive em condições miseráveis, enquanto a Stonewell e o CEO, Mark Burden, lucram bilhões. É revoltante. O governador do estado, Pete Kanu, um dos homens mais corruptos que já conheci, não faz nada para mudar essa situação. Pelo contrário, ele se beneficia dela. Recentemente, nossa equipe vinha tentando levar Kanu e a Stonewell a julgamento por ecocídio e violações de direitos humanos. Estávamos perto de construir um caso sólido contra eles, o que fez com que Pete Kanu se sentisse ameaçado e disposto a tomar medidas extremas para nos silenciar.

Foi então que descobri que estava grávida. Ekene queria que eu ficasse segura durante a gestação, então voltei para a França cinco meses atrás. Ele devia ter vindo um mês depois, mas foi capturado pelos homens de Kanu e está preso esses meses todos.

Os homens dele também estão me procurando, por isso dei à luz em total anonimato na França há um mês e lhe dei meu sobrenome de solteira, Laurent, em vez do nome de seu pai, Okafor. Ainda não havíamos decidido seu nome igbo. Pensamos que Adanna combinava bem, mas não tínhamos certeza. Agora, ao olhar para você, sinto que "filha do pai" é o nome perfeito, pois você se parece tanto com seu pai.

Preciso voltar para salvar seu pai. Tenho contatos na França e na Nigéria, e, se trabalharmos juntos, acredito que conseguiremos tirá-lo da prisão. Enquanto isso, você ficará com os Ruchet. Espero estar de volta em alguns meses, mas, se isso não for possível, Robert prometeu cuidar de você como se fosse sua própria filha até voltarmos, e eu confio plenamente que fará isso. Ele contará a você como seus pais foram corajosos e lutaram para tornar este mundo um lugar melhor.

Vou salvar seu pai, ou morrerei tentando.

Gostaria de lhe dizer muito mais, mas o tempo é curto e preciso descansar.

Deixo apenas um conselho simples: siga seu coração, aconteça o que acontecer. Esse é o conselho mais valioso que uma mãe pode dar a um filho, e espero poder lhe dizer isso pessoalmente, espero poder te ver crescer.

Seu pai fez esta caixa de joias, e dentro dela há algumas fotos para você. Te amo mais do que consigo expressar.

Sua mãe,
Danielle Laurent-Okafor

Maude olhou dentro da caixa e tirou as fotos, tentando acalmar o leve tremor em suas mãos. Através das lágrimas, conseguiu ver a primeira imagem: seus pais, Danielle e Ekene. Ekene era um homem alto, de pele escura, com um sorriso suave e sério voltado para a câmera. Parecia tranquilo, mas seus olhos revelavam uma preocupação oculta, uma espécie de vigilância constante. Seu braço repousava sobre os ombros de Danielle de maneira aparentemente relaxada, mas, ao observar a foto com mais atenção, Maude percebeu que seus dedos se agarravam ao ombro de Danielle de maneira protetora. Danielle parecia feliz, quase despreocupada, com o braço envolto na cintura de Ekene. Era uma mulher pequena, de pele escura, vestida com elegância em um vestido vermelho vibrante, um colar de conchas adornando seu pescoço. Ela era segura de si, e sorria radiante para o marido enquanto puxava impaciente a camisa dele, como se quisesse distraí-lo da câmera.

Maude tinha o nariz do pai. As maçãs do rosto arredondadas da mãe. Ela era o resultado da vida que eles haviam construído juntos.

Maude desviou os olhos da foto e encontrou no espelho um reflexo que não reconhecia. Não conseguia se reconhecer. Onde estava a garota feliz, contente e absurdamente otimista com a vida? Ela já não existia. Havia desaparecido, assassinada, assim como seus pais. Nunca mais seria a mesma. Mas não era isso o que ela queria? Sua conversa com Victoria naquela noite, na cozinha, em Nova York, voltou à sua mente. Seria mais fácil não saber?

Imagens terríveis passaram por sua cabeça enquanto ela pensava nos pais, Ekene e Danielle. Agora, eles tinham nomes e rostos. Agora, ela entendia por que os Ruchet tinham sido tão relutantes em contar a verdade. Como alguém poderia suportar aquilo?

De repente, ela deu uma risada que não reconheceu. Parecia um rosnado feroz.

Ela odiava os pais. Como puderam salvar o mundo, e não a própria filha? A deixaram jogada para os "amigos" deles.

Robert Ruchet era o melhor amigo de sua mãe. Como isso era possível? Nada fazia sentido. Como Robert podia ser amigo de alguém, principalmente de sua mãe? Maude parou de rir. Suas mãos tremiam descontroladamente. Não conseguia parar de tremer, como se estivesse possuída.

Houve uma batida leve à porta, e Matt entrou no camarim. Ele deve ter percebido que algo estava errado, porque correu até ela.

– Maude, o que aconteceu? – perguntou.

Ela não respondeu. Não conseguia responder. Não conseguia falar, só o que queria era desligar o próprio cérebro.

Pare de pensar, cérebro, ordenou a si mesma, tremendo como uma folha levada pelo vento em meio a uma tempestade.

– Pare de pensar – sussurrou, rouca. – Pare de pensar.

– Maude, o que foi? O que é isso? – perguntou ele, pegando a carta caída no chão.

Ele leu a carta e a olhou com absoluto choque.

– Maude. – Ele a sacudiu levemente.

– Meus pais estão mortos, Matt – sussurrou, a voz rouca. – Meus pais foram assassinados.

– Maude, sinto muito. Eu sinto muito – repetiu ele, puxando-a para seus braços.

Seu abraço quente agiu como um gatilho, e Maude desabou, soluçando no peito dele. Seus soluços vinham do fundo da alma, e ele a embalou suavemente, afagando seu cabelo e envolvendo-a nos braços. Quando ela enfim ergueu a cabeça, parecia mais calma, embora ainda machucada.

– Sua camisa. – Soltou um grunhido, apontando para a mancha de rímel no peito dele.

– Não tem problema – disse ele, sorrindo de leve.

Ele entregou um lenço para ela.

– Eu estou um desastre – constatou, miserável, entre fungadas.

– Você está linda – respondeu Matt.

Maude não pôde deixar de rir.

– Obrigada, Matt. Por tudo.

– Ainda não terminei – disse Matt.

Maude secou o rosto e se virou para ele.

– Eu não estava ao seu lado em *Cenerentola*, mas estou aqui agora e vou te ajudar a passar por isso.

– Eu estou um caco.

– Mas ainda tem que tocar esta noite – disse Matt, com gentileza.

– Matt... – Ela começou a protestar.

– Você vai tocar esta noite – interrompeu Matt.

Maude se virou para o espelho.

– Você vai tocar por eles – acrescentou ele, baixinho. – Assim como eu toco para minha mãe toda vez que componho sozinho no meu estúdio.

Maude o encarou, os olhos cheios de tristeza.

– Você vai tocar lindamente para seus pais, porque será a primeira vez que eles vão te ouvir. Eles estarão sentados na primeira fila, olhando para a filha deles, a única filha, com orgulho estampado no rosto.

Ela assentiu devagar.

– Olhe para essas mãos – disse Matt, pegando as mãos dela entre as suas. – Suas mãos são um dom. Sua voz é um dom. Seus pais vão te ouvir esta noite. Está me ouvindo, Maude?

Maude assentiu com mais firmeza, enquanto um olhar determinado começava a substituir sua aflição.

– Eu vou tocar por eles.

– Por Ekene e Danielle – sussurrou ele, segurando o rosto dela entre as mãos.

Ela assentiu, sentindo o toque dele em sua pele.

– Por Ekene e Danielle – repetiu.

A porta se abriu de repente, e Stephanie colocou a cabeça para dentro.

– Você entra em cinco minutos... – A voz dela foi sumindo conforme olhava para Matt e Maude.

Ele soltou Maude bruscamente.

– Aham, eu já estava saindo.

Stephanie o ignorou e focou em Maude.

– O que aconteceu com seu rosto?! – exclamou ela.

Ela correu até Maude para retocar a maquiagem. Matt se virou para sair, mas Maude o deteve.

– Fica, por favor – pediu, quase tímida.

– Não vou a lugar nenhum.

Stephanie bufou, resmungou e retocou a maquiagem de Maude com alguns traços precisos, murmurando que namorados nunca deveriam entrar nos camarins antes dos concertos, porque sempre faziam as meninas chorarem, e ela era quem tinha que consertar a bagunça.

– Pronto, terminei. Agora, anda logo! – exclamou a maquiadora. – Você entra em dois minutos. E nem pense em borrar essa maquiagem de novo!

Maude saiu correndo, tomando cuidado para não encostar as mãos nas bochechas recém-retocadas. Matt foi atrás.

Ela parou bem atrás da cortina, ouvindo a voz animada do apresentador anunciá-la.

– *Agora, senhoras e senhores, temos uma nova artista conosco esta noite. Ela passou os últimos seis meses em Nova York trabalhando em novas músicas. Seu último* single *já é um sucesso...*

– Maude – sussurrou Matt, puxando a manga da blusa dela de leve.

– Oi? – Ela olhou para trás, sorrindo.

– Eu só queria te dizer que você pode sempre contar comigo.

– Eu sei, Matt. – Maude sorriu, grata.

– *A voz dela é de tirar o fôlego, a música é maravilhosa.*

– Não, eu estou falando sério. Não importa em que canto do mundo você esteja, se precisar de mim, pode contar comigo.

Maude assentiu.

– *Uma salva de palmas para Maude Laurent!* – anunciou o apresentador.

– É a sua deixa! Vai! – incentivou Matt.

Maude se virou, relutante, e entrou apressada no palco.

As luzes intensas a cegaram quando entrou e encarou a plateia em êxtase. Teve que se segurar para não cobrir os olhos e seguiu firme até o Steinway de madeira escura.

Já o havia tocado antes, mas naquela época não estava nervosa. Suas mãos não tinham tremido, a voz não tinha vacilado. Maude se sentou no banco do piano e olhou para o público. Estavam todos ali.

Terence e Victoria, de mãos dadas, sorriam radiantes. Cynthia, sempre elegante, tentava impedir Ben de cair da cadeira enquanto ele acenava freneticamente para Maude. Jazmine, com as mãos entrelaçadas, parecia enviar toda a energia positiva que conseguia reunir.

Maude se voltou para o piano e começou a primeira música. *Por Danielle e Ekene*, pensou.

Já havia tocado essa canção inúmeras vezes, mas desta vez era diferente. Ela havia crescido. Maude não era mais a mesma de seis meses antes, e sua apresentação não era a de uma simples adolescente – era a de uma jovem mulher que encarou a vida de frente e se recusou a recuar. Terminou a primeira música e se preparou para a segunda.

Tinha planejado cantar "Quando o Sol Nascer", mas agora sabia que não conseguiria, não depois de tudo o que havia acontecido.

Maude dedicou sua segunda canção, a música que ela e Matt criaram no cemitério, "De Volta pra Casa", para seus pais.

Ela respirou fundo e começou a cantar:

"Não há nada que eu possa fazer,
Sem você eu devo viver
Sentir a dor que não tem fim
Da sua lembrança dentro de mim."

Enquanto tocava, libertava a dor que havia guardado por anos. Seus pais estavam mortos. Tinham partido para sempre, mas ela ainda estava ali. A dor era imensa, mas também lhe dava força. Força para cantar com a voz firme, para enfrentar seus medos, para controlar os dedos trêmulos e para deixar suas notas ecoarem pela plateia.

"Nossas almas vão se reencontrar
E toda a dor vai passar
Não estarei mais na solidão
De volta pra casa eu vou, então."

Sua voz soou tão límpida quanto a água de uma fonte, oscilando com emoção profunda enquanto a canção levava embora suas dúvidas, afogava suas inseguranças e transformava sua dor em um belo e sereno rio de esperança.

Maude terminou a música e repousou as mãos sobre os joelhos com delicadeza.

– Eu consegui – murmurou para si mesma.

O público irrompeu em aplausos ensurdecedores. Ela ouviu assobios e aplausos ritmados. Enquanto caminhava em direção ao apresentador, apertou os olhos para evitar o brilho intenso das luzes e viu a plateia de pé, vibrando e chamando seu nome.

Ela sorriu e cumprimentou o apresentador, um homem de nariz arredondado e um grande sorriso acolhedor.

– Uau, uau, uau! – exclamou ele. Era conhecido por sua

exuberância. Mas, afinal, era raro que apresentadores de TV fossem discretos. – Isso foi incrível, Maude!

Maude riu, aliviada por enfim voltar a respirar normalmente.

– Agora me diz, Maude – começou a dizer ele, em tom de conversa –, como uma adolescente de dezesseis anos, criada no norte da França, acabou passando seis meses em Nova York gravando com a maior estrela pop do momento?

– Essa, meu amigo, é uma pergunta bem interessante – respondeu ela, os olhos castanho-escuros brilhando com diversão. – Tudo começou por causa de Paris. Foi lá que me inspirei a cantar. O vídeo viralizou, e o resto é história.

– Você é uma garota de sorte, Maude Laurent! Tenho mais uma pergunta. Tenho certeza de que já ouviu o dueto de Lindsey Linton e Thomas Bradfield, “Paris versus Nova York”. Acho que você está em uma posição única para responder: qual cidade prefere, Paris ou Nova York?

Maude riu de novo e soube, sem precisar olhar, que Matt estava rindo nos bastidores.

– Se tivesse me feito essa pergunta seis meses atrás, eu teria respondido Paris sem hesitar. Paris sempre será a cidade onde fui descoberta, e é, sem dúvida, a cidade mais romântica do mundo – começou a dizer Maude. – Mas, agora, sinceramente, não consigo me imaginar vivendo em outro lugar que não seja Nova York – admitiu, surpresa com as próprias palavras.

Agora, ela sabia que Nova York era o lugar onde realmente se sentia viva. Um dia, voltaria para lá, para a cidade onde seu pai nascera.

Para o lugar ao qual de fato pertencia.

Quarenta

Aconteceu tudo tão rápido, pensou Maude, com pesar, sentindo um peso se formar no peito.

Mal tivera tempo de se despedir direito de Matt e Ben, que iam pegar um voo logo cedo. Tinha abraçado Ben com carinho, e ele prometera avisar qual instrumento escolheria em seu aniversário de doze anos.

– Só não escolhe gaita de foles – murmurou Maude entre os abraços.

Então, virou-se para Matt. Eles se olharam meio sem jeito, sentindo os cinco pares de olhos dos Baldwin observando-os com curiosidade. Já tinham se despedido longe dos outros e renovado a promessa de se verem em breve.

– Foi um prazer trabalhar com você – disse Matt, simplesmente, estendendo a mão.

– O prazer foi todo meu – respondeu Maude, num tom neutro.

Ela apertou a mão dele com a mesma estranheza que sentia dentro de si.

E seguiram caminhos opostos. Ele voltaria para Nova York, e ela, para Carvin. Nada ali tinha mudado muito desde que partira. A Grand Place estava movimentada, todos aproveitavam os poucos e preciosos raios de sol do verão. Casais andavam de mãos dadas, e, de longe, Maude viu a sra. Bonnin observando-os com atenção por trás do balcão, registrando tudo mentalmente sob o chapéu de padeiro de um branco impecável.

Enquanto os Baldwin faziam o check-in no hotel Belle Etoile, Maude foi visitar sua velha amiga.

– Maude! – exclamou a sra. Bonnin. – Como você cresceu! E tão estilosa, meu Deus! Quase não te reconheci.

Maude a abraçou com um braço, segurando firmemente sua preciosa caixa com o outro. Jamais largaria o objeto. Inspirou o aroma delicioso que saía do forno. Como sentira falta daquela padaria!

– Aposto que estava ocupada demais espionando os novos casais de Carvin. É impressão minha ou o sr. Martin finalmente arrumou uma namorada? – perguntou Maude, incrédula. – Pelo amor de Deus, me diz que não é uma esposa por correspondência.

– Não, querida. – A sra. Bonnin riu. – Ela é a nova garota da cidade. O nome dela é Abby, e ela sempre sonhou em morar em uma cidade grande.

– Ela deveria visitar Nova York qualquer dia desses – comentou Maude, mordendo o croissant quentinho que a padeira insistira em lhe dar.

– Querida, você não entendeu. Aqui *é* a cidade grande para ela – explicou a sra. Bonnin, com um brilho divertido nos olhos.

Maude quase se engasgou.

– *O quêêê?* De onde ela veio?

– Avesnes-le-Comte.

Não precisava dizer mais nada.

– Agora, quero saber tudo sobre sua viagem a Nova York – disse a sra. Bonnin, animada. No sotaque dela, soava mais como "*Noviórque*", mas Maude entendeu perfeitamente.

– Vou contar tudo, só não agora. Tenho algumas coisas para resolver antes – respondeu Maude, sorrindo.

– Certo, volte assim que puder – gritou a sra. Bonnin enquanto Maude saía.

Ela encontrou os Baldwin no meio da praça e os guiou até a casa dos Ruchet.

– Eu enlouqueceria numa cidade pequena – comentou Jazmine ao passo que se afastavam do centro.

– Jazmine, não seja grosseira – repreendeu Victoria.

– Eu não fui grosseira. A cidade nem parece tão ruim. Só tem um problema enorme.

– Qual? – perguntou Maude, fingindo inocência.

– Não tem uma loja decente à vista.

– Estou surpresa que você tenha demorado tanto para notar isso – zombou Cynthia.

– Fico tão feliz de ter conhecido vocês duas – disse Maude, de repente.

Ia sentir falta das provocações delas.

– Espera só até ouvir a Jazmine reclamar da alergia a cidade pequena – retrucou Cynthia.

– É uma condição médica *verdadeira* – protestou Jazmine. – Entrei num fórum online em que várias pessoas descreveram os mesmos sintomas que eu.

– Isso só significa que elas fugiram do mesmo hospital psiquiátrico de onde te soltaram – debochou a irmã.

– Essa alergia é uma condição que até pessoas famosas têm, sabia? Nunca reparou que celebridades sempre nascem em cidades pequenas e morrem em cidades grandes? – refletiu Jazmine.

– Os marcianos também têm alergia a cidade pequena, por isso fogem do planetinha deles e vêm visitar a Terra – disse Cynthia, com um sorriso malicioso.

Maude riu.

– Vocês duas podem parar agora. Já estamos chegando.

Ela parou diante de uma casinha de tijolos vermelhos, no estilo coron, e tocou a campainha.

Quando o sr. Ruchet abriu a porta, Maude notou seu olhar

espantado. A expressão de choque só se aprofundou ao ver Victoria. Era como se tivesse visto um fantasma. Ele não deve ter lido o e-mail de Maude avisando sobre a data de sua volta. Típico do sr. Ruchet esquecer qualquer detalhe que não envolvesse leis, petições e códigos jurídicos.

Os pensamentos de Maude voltaram para a carta da mãe. Como o sr. Ruchet podia ter sido amigo dela? Que tipo de amigo era esse? Ele nunca se preocupou em contar a Maude o que tinha acontecido com seus pais. Sim, ele cuidou dela, mas nunca lhe deu o carinho que ela merecia como filha de uma amiga próxima. Será que havia mais nessa história? Quão próximos a mãe e Robert foram?

Se ele tivesse sido honesto, Maude poderia ter encontrado sua família de verdade anos antes. Em vez disso, viveu uma mentira esse tempo todo. Talvez ele tivesse feito isso para protegê-la, mas ela teria preferido saber a verdade. Queria dizer isso a ele. Mas não ali, não na frente dos Baldwin. O que pensariam dela se soubessem?

Ela entrou na casa. Pouca coisa havia mudado.

Era como se o tempo tivesse parado. As mesmas plantas sem graça, os mesmos enfeites, os mesmos quadros, os mesmos móveis. Os gêmeos tinham crescido alguns centímetros, mas continuavam os mesmos pestinhas de sempre, brincando aos gritos na sala. E, claro, a sra. Ruchet ainda estava confortavelmente sentada no sofá. Ela não deve ter se movido um centímetro sequer nos últimos seis meses.

Maude percebeu que o vaso de porcelana que ficava sobre a lareira não estava mais lá, sem dúvida mais uma vítima do terrível hábito dos meninos de jogar futebol na sala quando ninguém estava olhando. Ela se perguntou se aqueles fios de cabelo grisalho extras nas têmporas do sr. Ruchet eram consequência de ter que cuidar dos próprios filhos.

O sr. Ruchet estava explicando que a família havia se

recusado a contratar uma babá enquanto Maude estava fora e que estavam ansiosos por seu retorno. Com Maude ausente, o sr. Ruchet teve que buscar os gêmeos na escola todos os dias da semana. Uma tarefa e tanto.

Maude notou que a sra. Ruchet estava meio esverdeada e concluiu que devia ter começado uma nova dieta. *Talvez só frutas e vegetais verdes*, pensou, tentando conter uma vontade incontrolável de rir.

A casa parecia menor agora, ou talvez fosse Maude quem tivesse crescido. Difícil dizer.

A família se acomodou. Jazmine e Cynthia se sentaram no sofá ao lado da sra. Ruchet, enquanto Terence e Victoria ficaram nas poltronas, e Maude, depois de esconder sua caixa atrás de uma das plantas, seguiu o sr. Ruchet até a cozinha para ajudá-lo com o chá e o café para os convidados.

Sozinhos no balcão da cozinha, enquanto a água fervia na chaleira, o sr. Ruchet pigarreou.

– É uma pena que sua carreira não tenha decolado. A cidade inteira vai saber que você fracassou. Que nós fracassamos.

O sr. Ruchet despejou a água fervente no bule de chá. Enquanto o chá verde infundia, Maude se lembrou da conversa com Cynthia no Marco e sorriu. Como pôde, um dia, ter achado que era um fracasso só porque suas músicas não viraram *hits*? Agora, sabia que estava feliz por ao menos ter tentado.

O sr. Ruchet serviu o chá em uma das xícaras, mas Maude achou que ele poderia ter deixado infundir por mais tempo. Parecia apressado para se livrar dos convidados.

– Eu fiz o meu melhor – disse Maude, por fim. – Então não posso dizer que fracassei, porque eu tentei. E isso já é mais do que muita gente faz na vida inteira. Aprendi tanto sobre música e sobre mim mesma. E...

Maude não conseguiu mais segurar a verdade.

– Eu sei o nome do meu pai – soltou de uma vez. – Sei que é Aaron Ekene Okafor.

O sr. Ruchet empalideceu. A xícara tremeu em sua mão, e ele a colocou no balcão com força, derramando metade do conteúdo.

– Quem te disse isso?

– Minha mãe – respondeu Maude. – Ela escreveu uma carta. Disse que você era amigo dela. Dá para acreditar?

– Sua mãe te escreveu uma carta? Me dá isso agora.

– O quê? Não, ela é...

Naquele instante, os gritos dos gêmeos interromperam sua frase.

– Me dá a caixa! – berrou um deles.

Logo em seguida, a voz da sra. Ruchet se sobressaiu à briga:

– Meninos, parem!

Maude correu para a sala de estar, com o sr. Ruchet logo atrás.

Para o horror de Maude, os garotos estavam brigando pela caixa de sua mãe, cada um puxando de um lado o objeto precioso.

– Eu nasci quatro minutos antes de você! Eu fico com ela! – gritou Leo.

– Você nasceu com quatro neurônios! Eu que fico com ela! – rebateu Louis.

– Larguem isso! – gritou Maude, correndo na direção dos meninos.

Leo puxou com toda a força e conseguiu arrancar a caixa das mãos do irmão. O movimento brusco o fez cair para trás. A caixa voou de suas mãos, aterrissando aos pés de Victoria. As fotos e a carta se espalharam pelo chão. Leo esfregou o cotovelo arranhado, com uma expressão de quem estava prestes a chorar. Maude correu até a caixa, mas Victoria já estava ajoelhada.

– Meninos – disse Victoria. – Vocês não deveriam pegar o que não é de vocês...

Pegando as Polaroids, ela arfou e deixou as fotos caírem.

Terence correu para ficar o lado dela.

Ela deu um grito e pegou uma das fotos com a mão trêmula.

– Ekene – murmurou, quase sem voz.

– Mãe, o que foi? – perguntou Cynthia, preocupada.

Ela e Jazmine se ajoelharam ao lado da mãe.

– É o Ekene – explicou Victoria, a voz instável. – Meu irmão. Onde você conseguiu essa foto, Maude?

– Seu irmão? – repetiu Maude, confusa. – Mas essas fotos eram da minha mãe. Ela era casada com Aaron Ekene Okafor, meu pai.

– Não pode ser – Victoria gaguejou. – Você não pode ser...

Victoria olhou para cima e depois para a foto, atônita.

– Você é a filha do meu irmão – disse Victoria, a voz trêmula de emoção, erguendo o olhar para encontrar os de Maude.

– Você é minha tia? – murmurou Maude em completo choque. Nunca havia dito nenhuma palavra que designasse alguém como família.

Victoria puxou Maude para um abraço tão apertado que ela teve certeza de que seus ossos iam saltar para fora do corpo, mas se agarrou à tia, sem querer soltá-la nunca mais.

– Ela é nossa sobrinha – sussurrou Terence, pasmo.

Ele se jogou na poltrona mais próxima, como se as pernas não fossem mais capazes de sustentá-lo.

– Como isso é possível? – perguntou Cynthia, os olhos brilhando. – Pai, você não desconfiou de nada quando decidiu vir vê-la?

– De jeito nenhum, eu adorei a música dela, e o Saul insistiu para que eu a contratasse.

– Meu pai? – Victoria hesitou. – Ele insistiu? Então ele devia saber de alguma coisa. Tenho certeza de que sabia.

– Calma, calma – alertou Terence. – Não podemos presumir que ele está por trás disso.

– Ah, eu posso – rebateu Victoria, irritada. – Foi meu pai quem nos proibiu de falar com o Ekene depois que ele voltou para a Nigéria.

O celular de Cynthia vibrou.

– Preciso atender – disse ela, depressa.

Pegou o aparelho e saiu da sala rapidamente.

– Só pode ter sido ele – continuou Victoria. – Vou começar do começo. Você precisa ouvir a história inteira. – A voz de Victoria vacilou. Não importava que estivessem na sala de estar dos Ruchet. A história já tinha escapado e precisava ser contada.

Victoria respirou fundo.

– Meus pais fugiram da Guerra de Biafra nos anos 1960. Quando o Ekene já era um homem feito, anos depois do fim da guerra, ele quis voltar para a Nigéria como ativista de direitos humanos. Meu pai, Saul Okafor, proibiu que ele fosse. Dizia que nossa vida era em Nova York e desprezava o trabalho de Ekene, nem sequer considerava uma profissão. Meu pai avisou que, se ele partisse, nunca mais poderia entrar em contato com a nossa família. Eu amava o Ekene mais do que tudo. Tinha dois irmãos, mas o Ekene era meu melhor amigo, meu protetor, meu herói. Ele me chamava de Rainha, o que, na minha opinião, era totalmente apropriado. – Victoria riu baixinho, mas logo suspirou, com tristeza. – Tenho vergonha de admitir que implorei para que ele ficasse.

Victoria fez uma pausa, balançando a cabeça com tristeza.

– Eu me lembro daquela noite como se fosse ontem. Eu chorei e supliquei. Disse que precisava dele mais do que qualquer uma daquelas pessoas desconhecidas que ele estava tentando salvar. Ele sorriu com tristeza e respondeu: “Se eu ficar parado vendo o que está acontecendo sem fazer nada,

Rainha, sou tão culpado quanto os responsáveis. Espero que um dia você consiga me entender". Penso nessas palavras o tempo todo. Aquela foi a última vez que eu o vi ou ouvi falar dele. Até o dia em que meu pai recebeu aquela carta maldita. O Ekene tinha sido assassinado.

Uma lágrima escorreu pelo rosto de Victoria.

– Eu não sabia que ele tinha se casado, muito menos que tinha uma filha – disse ela num sussurro rouco. – Meu pai lidou muito mal com a morte dele. Minha mãe morreu pouco tempo depois, culpando meu pai pela morte do Ekene. Eu mesma nunca superei completamente, mas hoje posso dizer que entendo a escolha do meu irmão. Luto pelos direitos das mulheres, e todos os dias agradeço ao Ekene por me mostrar que todos temos um papel na construção de um mundo melhor. Seu pai foi um herói. E tenho certeza de que sua mãe também, Maude. Eles ajudaram muitas pessoas, e você deveria se orgulhar disso.

– Mesmo que, por causa disso, eu nunca tenha tido a chance de conhecê-los? – perguntou Maude, a voz carregada de amargura.

Victoria sorriu com tristeza.

– Não espero que você entenda agora, assim como eu não entendi o Ekene na época. Mas espero que um dia isso mude.

Ela pegou a mão de Maude e apertou com carinho.

– *Você* é a minha redenção, Maude. Nunca tive a chance de agradecer ao meu irmão por tudo o que ele fez por mim, mas agora que está aqui, sei que encontrarei a paz de novo. Eu nem imaginava que você existia, mas tenho quase certeza de que meu pai sabia. Você vai voltar para casa com a gente, agora mesmo. – Ela pegou a mala de Maude.

– Robert, faça alguma coisa! – implorou a sra. Ruchet.

– Você não vai sai*r* com a ga*rr*ota. Não há p*r*ova nenhuma disso! – exclamou o sr. Ruchet

– Ah, qual é! – exclamou Jazmine. – Você não vê a

semelhança entre a mamãe, o tio Ekene e a Maude? Caramba, mãe, você e seu irmão eram gêmeos?

– Semelhança não se*r*ve como p*r*ova no t*r*ibunal, mocinha – declarou o sr. Ruchet, com a voz seca.

– Vocês não têm vergonha? – sibilou Victoria. – Esconderam os pais da Maude dela. Ela tinha o direito de saber.

O sr. Ruchet engoliu em seco.

– Foi Ma*r*ie-Antoinette quem não quis conta*r* pa*rr*a Maude.

Todos os olhares se voltaram para a sra. Ruchet. Ela baixou os olhos para a mesa de centro e suspirou.

Era a primeira vez que Maude via a mãe adotiva sem palavras.

Por fim, a sra. Ruchet falou, com a voz rouca e o olhar baixo:

– O Robert era apaixonado pela Danielle. Não sei o que ele viu nela. Ela nem era tão bonita assim. Só cérebro, sem beleza – disse a sra. Ruchet, se confundindo com as palavras em inglês. – Quando ele apareceu com a bebê, só aceitei que ela ficasse com a condição de que Robert nunca interferisse na criação dela. Ela não podia saber quem eram os pais, ou nos incomodaria com isso.

– Eu me senti culpado – admitiu o sr. Ruchet, envergonhado. – Fui eu que convenci a Danielle a i*r* pa*rr*a a Nigé*rr*ia. Depois que ela conheceu o Ekene, a Danielle e eu continuamos g*r*andes amigos. A Ma*r*ie-Antoinette nunca ac*r*editou que eu não amava mais sua mãe. Mas, quando conheci você, Ma*r*ie-Antoinette, nunca mais houve out*r*a mulhe*r* pa*rr*a mim. Seu espí*rr*ito, suas belas cu*r*vas, sua paixão, eu amava tudo isso.

– Amava? – protestou a sra. Ruchet.

– Amo – corrigiu ele.

O sr. Ruchet olhou para a esposa com ternura.

Foi quando Cynthia entrou correndo na sala, segurando o celular.

– Maude! – gritou ela. – Conseguimos! Sua apresentação no *Terre à Terre*! Está viralizando. Seus *streams* dispararam! "Traída, Mas Não Derrotada" está em *segundo lugar* no top 100 do Musicfy!

Maude cambaleou, segurando-se no braço de Victoria como se sua vida dependesse disso. Ela não conseguia acreditar. Todo o seu esforço. O esforço de todos eles. Olhou para a família toda, *sua* família, o coração transbordando de alegria e gratidão.

– Conseguimos! – gritou Maude, erguendo o punho no ar.

Os Baldwin abraçaram Maude e começaram a pular e gritar na sala. Os Ruchet, do mais velho aos gêmeos pequenos, observavam a cena com desconfiança.

– Agora você pode trabalhar em um álbum completo! – disse Jazmine.

– Ela tem razão – disse Terence, pegando o celular. – Vou ligar para o Alan e o Travis agora mesm...

– Não.

O tom autoritário da sra. Ruchet fez a família inteira se sobressaltar. O dedo de Terence pairou sobre o telefone.

– Eu já disse, a Maude fica aqui. A mãe dela nos encarregou da criação dela. Não vamos deixá-la ir.

Victoria e Terence trocaram olhares preocupados.

Mas Cynthia deu um passo à frente, desafiadora, encarando Robert Ruchet e sua esposa.

– Se não deixarem Maude sair com a gente hoje – ameaçou Cynthia –, vamos processar vocês pelo sofrimento emocional que esse silêncio causou na Maude. Eu aprendo o código civil francês inteiro, se for preciso, e, quando terminarmos, vocês não vão ter mais um teto sobre a cabeça.

Diante da determinação de Cynthia, o sr. Ruchet recuou um passo. Levantando as mãos, disse:

– Não há necessidade de p*r*ocesso, mocinha. Você vai se*r* uma excelente advogada um dia. Mas, hoje, eu não vou impedi*r* vocês. A Danielle te*rr*ia desejado isso. Podem i*r* com a Maude. Ela me*rr*ece esta*r* com a família.

Os Baldwin ficaram atônitos, mas, recuperando-se depressa, pegaram as coisas de Maude e saíram da casa às pressas.

Lá fora, os Baldwin celebraram a vitória.

Seguiram de volta para a Grand Place, mas, antes de partirem, Maude tinha uma última parada a fazer.

– De volta tão rápido? – perguntou a sra. Bonnin quando Maude entrou na padaria.

Ela cantarolava uma melodia enquanto limpava o balcão.

– Eu vou embora – respondeu Maude, solene. – Definitivamente.

A sra. Bonnin parou o que estava fazendo e abriu um sorriso triste e cansado.

– Fico feliz por você. Eles parecem boas pessoas.

– E são.

Como despedida, Maude deu o maior presente que a sra. Bonnin poderia desejar.

– Eles são minha família biológica: tia, tio e primos.

Os olhos da sra. Bonnin quase saltaram das órbitas enquanto ela se engasgava com essa deliciosa revelação. Essa fofoca gourmet renderia assunto por meses!

Maude abraçou a pasma sra. Bonnin e lhe deu um beijo de despedida.

Então, deixou Carvin "definitivamente", como havia colocado com tanta elegância.

Quarenta e um

Quando Maude entrou pela primeira vez na casa do avô no Brooklyn, sentiu um arrepio de apreensão percorrer sua coluna. A casa tinha um ar sombrio e nem mesmo as máscaras igbo coloridas conseguiam alegrar o ambiente.

Saul havia decorado a sala de estar com estatuetas e máscaras igbo, cuidadosamente dispostas em todos os cantos, nas paredes e sobre os móveis. A máscara mais interessante, no entanto, era a expressão severa do velho, que Maude tinha certeza de que servia para afugentar os fracos de coração.

Victoria não tinha contado muito sobre o pai para Maude. Ela o imaginava alto, musculoso, com uma voz imponente, trovejante, como um gênio das histórias árabes. Em vez disso, encontrou um senhor franzino, mas saudável, de setenta anos, apoiado em uma bengala de madeira requintada. O único som era o ritmado *toc*, *toc*, *toc* da bengala, que parecia mais um cetro do que um apoio. Ele estava sentado bem no centro da sala de estar, vestindo um majestoso isiagu. O tecido era estampado com rostos de leões e adornado com botões dourados. Em vez de uma coroa, usava um chapéu de leopardo, e o usava com imponência.

Maude seguiu o exemplo de Victoria, mas não disse uma palavra. Victoria fez uma reverência à moda igbo, reservada aos mais velhos, mas Maude não a imitou.

– Pai, esta é Maude Laurent. Filha do Ekene. – A voz de Victoria tremia. – Mas o senhor já sabe disso, não é?

Maude sabia como era difícil para Victoria falar com um tom respeitoso quando a raiva borbulhava dentro dela. Maude ficou aliviada por ser Victoria a falar, e não ela.

– Eu sei quem ela é – disse Saul, batendo a bengala no chão. – Por que está trazendo essa garota aqui?

– Não foi o senhor que insistiu para que o Terence a trouxesse para os Estados Unidos? – rebateu Victoria.

O pai mergulhou em silêncio.

– Eu sei que o senhor estava zangado com o Ekene, mas por quê? Por que não acolheu Maude quando os pais dela morreram? Ela é filha do seu filho.

– Ele não era mais meu filho – interveio Saul. – Na noite em que partiu para a Nigéria, eu disse para o Ekene que ele não era mais meu filho e que, se fosse embora, eu o rejeitaria para sempre. E ele foi. Mas eu continuei de olho naquele garoto tolo. Na esposa dele. Ele se casou com aquela mulher tola.

– Minha mãe não era tola – intrometeu-se Maude, mas ele nem olhou para ela. Era como se Maude não existisse.

– Falei com ele uma vez antes de ser preso. Disse para voltar para casa. Dei mais uma chance. Mas ele me rejeitou. Disse para eu "não me meter". Então, não me meti. Depois que seu irmão morreu, continuei afastado. Deixei a garota com aquela família francesa. Você me conhece: quando tomo uma decisão, não volto atrás. Eu não queria nada com ela, até que o rosto dela começou a me assombrar depois do meu ataque cardíaco. Estou morrendo, e não posso partir sem consertar o erro que o seu irmão cometeu.

– Meu irmão não cometeu erro nenhum – retrucou Victoria, com suavidade.

Saul finalmente olhou para Maude, e foi a ela que se dirigiu:

– Você nunca vai entender a minha posição, a menos que tenha visto o que eu vi. Sangue, morte, massacres. Você nunca vai me compreender, um homem que fez de tudo para dar aos filhos uma vida melhor, uma vida segura, uma vida em paz. Você nunca vai entender a dor de ver o Ekene abrir mão de tudo isso. Ele não respeitou os mais velhos, seus pais, sua família. Nunca vou perdoá-lo. Mas você nunca vai entender. E eu não espero que entenda.

Quarenta e dois

– Maude Adanna Okafor-Laurent, seja oficialmente bem-vinda ao seu novo quarto! – exclamou Jazmine.

Maude tinha terminado de desfazer as malas no quarto das irmãs, e as garotas queriam comemorar com uma noite só entre elas. Ela tinha percorrido um longo caminho desde janeiro. Naquela época, queria um espaço só para si. Agora, sabia que queria passar o máximo de tempo possível com as novas primas.

– Jaz, você ainda não arrumou o seu lado! – repreendeu Cynthia. – Você é tão bagunceira! Sabe de uma coisa, Maude? Deveríamos expulsar a Jaz deste quarto.

– Vocês iam sentir muito a minha falta – retrucou Jazmine. – De qualquer forma! Três vivas para Maude, pelo lançamento iminente do seu novo *single* "De Volta pra Casa" e por finalmente conseguir compor um álbum inteiro com o Matt!

– Hip-hip-hurra! – gritaram as garotas em uníssono.

– Só estou grata por, desta vez, me deixarem cantar na minha própria festa de lançamento. – Maude sorriu.

– Depois de ver sua apresentação ao vivo em Paris, o Alan mal podia esperar para te ver no palco de novo. Sua performance foi de tirar o fôlego. Quase chorei quando você cantou "De Volta pra Casa". Ainda bem que o Matt estava lá antes de você se apresentar – observou Cynthia, lançando um olhar de soslaio para Jazmine.

– Ele esteve ao meu lado quando eu mais precisei. Ele é

incrível, e nós estávamos tão empolgados para fazer nosso relacionamento à distância funcionar! Mas ainda não conversamos sobre continuar namorando agora que vamos trabalhar juntos de novo – suspirou Maude.

Naquele momento, Victoria apareceu na porta do quarto das garotas.

– Maude, posso falar com você a sós? – perguntou ela. – E Jazmine?

– Sim? – respondeu Jazmine, com doçura.

– Limpe este quarto antes de eu voltar, ou é você quem vai precisar de um advogado de direitos humanos.

Maude seguiu Victoria até seu quarto, onde álbuns de fotos e retratos estavam espalhados sobre a cama.

– Não tivemos tempo de conversar desde que voltamos da casa do meu pai, mas imagino que você tenha muitas perguntas.

– Eu não quero que você destrua sua relação com o seu pai por minha causa – admitiu Maude, com um suspiro pesado.

– Como você se sente?

– Não consigo acreditar que o orgulho dele o afastou de mim por tanto tempo.

– Respeitamos nossos parentes mais velhos, mas, sinceramente, às vezes acho que deveria haver um limite para o controle que eles exercem sobre nós.

– Não sei, não estou tão zangada quanto deveria. Não sei se vou à casa dele tão cedo, mas ele parecia estar sofrendo tanto. Não consigo imaginar a dor de perder um filho.

– Nem eu. Mas eu nunca afastaria meu próprio neto. Não sei se algum dia vou perdoá-lo.

– Só estou feliz por estarmos juntas agora. Quer dizer, se você soubesse o quanto eu quis ter uma família, entenderia como eu não quero ser a causa de um rompimento na sua.

Victoria a envolveu em um abraço.

– Minha querida, você é mesmo filha do seu pai.

Quarenta e três

– Obrigada! Muito obrigada! – exclamou Maude, sem fôlego, enquanto acenava para a plateia vibrante.

O Sintonia estava lotado para seu primeiro show em Nova York, e a atmosfera era intensa.

Maude havia cantado "De Volta pra Casa" e "Traída, Mas Não Derrotada", e a sensação era eletrizante. O medo, a ansiedade, tudo tinha desaparecido. A única coisa que importava era se conectar com o público. E, ao ver a multidão aplaudindo e ovacionando com entusiasmo, sentiu um poder indescritível.

Ela avistou Matt na plateia, conversando seriamente com um repórter, e suspirou. Com tudo o que precisara fazer para se readaptar à vida em Nova York, ela e Matt não tinham tido um momento sequer a sós, muito menos a chance de conversar sobre o relacionamento deles, agora que ela tinha voltado e estava pronta para trabalhar em um álbum.

Maude voltou ao piano e começou a última música.

– Quantos de vocês já se sentiram, ao mesmo tempo, alegres e espantados ao perceber que estavam se apaixonando? – perguntou, iniciando a introdução.

A plateia respondeu com gritos.

– É – concordou Maude. – Sei bem qual é a sensação. E quantos de vocês não fazem ideia de como expressá-la?

Mais uma vez, a plateia explodiu em aplausos, e uma voz feminina se destacou no meio do público:

– Mostra pra gente como se faz, garota!

– Eu vou mostrar como se faz. – Maude riu.

"*Há quanto tempo somos amigos?*
Parece que uma eternidade
Será que essa fase está em perigo?
Ou vai se tornar maior, na verdade?"

Maude cantou com toda a alma, dedicando a música, em segredo, a todos os apaixonados do mundo, incluindo o garoto que inspirara a letra.

Assim que terminou, Maude correu para os bastidores e foi direto para os braços do tio.

– Você está confortável com a escolha que fez sete meses atrás? – perguntou Maude.

– Eu me lembro da discussão com o Alan quando assinamos com você – disse Terence. – "O que ela tem de diferente?", o Alan perguntou. "Por que você quer ela, e não o Thomas Bradfield?" Sabe o que eu respondi, Maude?

– Que, no fundo, sentia que eu era sua sobrinha perdida havia muito tempo?

Terence riu baixo.

– Eu disse: "Ela tem alma, Alan. Isso é soul. Ela é o soul de Soulville. O Thomas não é". E hoje, enquanto via você se apresentar, tive certeza de que sempre estive certo.

– Tenho que admitir, Terence – disse Alan, aproximando-se por trás. – Você sabe reconhecer uma estrela cadente em meio a um céu estrelado.

– Isso porque eu não fico só procurando cifrões nesse céu estrelado.

Alan riu, um riso lento e cínico.

– A empresa do seu tio precisa de alguém como eu, ou já teria afundado – disse, olhando para Maude.

Maude abraçou o tio com mais força, semicerrando os olhos para Alan.

– Então o Matt finalmente está pronto para trabalhar no novo álbum – continuou a dizer Alan, ignorando a reação dela.

– Ele chegou à última fase do luto: a aceitação – respondeu Terence. – Estava pensando que a Maude poderia trabalhar com ele no álbum. Eles fazem uma ótima dupla.

– Isso é inegável. A melhor que vi em muito tempo – concordou Alan antes de se afastar. – Maude, a Rita Hems quer que você responda a algumas perguntas. Vá até ela agora.

– Ela não vai a lugar nenhum – rebateu Terence, balançando a cabeça de um lado para outro. – Se dependesse do Alan, você não teria um segundo de descanso.

Maude saiu os bastidores e subiu até o terraço para respirar um pouco de ar fresco.

A cidade brilhava com milhares de luzes, e ela queria absorver aquela noite.

– Estou atrapalhando? – perguntou Matt, surgindo atrás dela.

– Você sabe que não – respondeu ela.

– Isso não é o que você teria dito sete meses atrás – lembrou ele. – Se bem me lembro, você disse que nunca seríamos amigos.

– Mas eu *estava* certa – admitiu Maude, um sorriso se formando em seus lábios. – O que somos não tem nada a ver com amizade.

– E agora?

– Quando começamos a namorar, eu estava prestes a voltar para Carvin – respondeu Maude, hesitante. – Íamos tentar um relacionamento à distância. Não quero te prender a nenhuma promessa. Você nunca disse que ficaríamos juntos aqui – acrescentou, nervosa. – O Alan e o Terence querem que a gente trabalhe junto no seu novo álbum, além do meu. Eu sei qual é a sua regra: você não mistura negócios com prazer.

Matt sorriu devagar, satisfeito.

– Regras foram feitas para serem quebradas.

Então, ele a beijou, e as luzes brilhantes que iluminavam a cidade explodiram como fogos de artifício, dançando no céu em pura celebração.

Quarenta e quatro

O esplendor do verão de julho havia tomado conta da cidade, trazendo consigo longas noites quentes e dias secos e escaldantes.

O aniversário de doze anos de Ben finalmente havia chegado, e era difícil dizer quem estava mais animado na família Baldwin. Victoria adorava tradições, e essa seria a última ocorrência da tradição de aniversário de doze, então ela queria que tudo fosse perfeito. Maude mal podia esperar para descobrir qual instrumento Ben havia escolhido. Quanto a Ben, ele adorava ser o centro de tanta atenção e especulação. Até mesmo Matt, que sempre conseguia arrancar segredos de Ben, não fazia a menor ideia, como confessou a Maude naquela noite, quando ela perguntou.

– A sra. Bonnin estava certa: homens são inúteis – resmungou Maude, fingindo desespero.

Matt apenas riu e a seguiu até a sala de estar, onde o resto da família se reunia. As luzes estavam baixas, e velas haviam sido acesas por toda a sala. Ben estava sentado em uma cadeira no centro. A seus pés, havia um estojo grande e escuro.

– Estamos reunidos aqui para celebrar o aniversário de doze anos de Benjamin – anunciou Victoria. – Este é um aniversário muito especial para você. Nos últimos meses, você passou por uma jornada de descoberta e explorou todos os tipos de instrumento. Logo vamos descobrir qual você escolheu, mas, antes disso, precisa ouvir o cântico de aniversário escrito especialmente para você.

Victoria se levantou e recitou:

"*Hoje é um grande dia*
Vamos juntos brindar
Com amor e alegria
Seus doze anos celebrar."

Terence se ergueu e continuou:

"*Você não é mais neném*
É um homem crescido
Mas sou seu pai, meu bem,
Estarei sempre contigo."

Na hora certa, Cynthia prosseguiu com um sorriso:

"*A música é um dom,*
E você, este ano inteiro,
Testou todo tipo de som
Para o nosso desespero,"

Jazmine riu e acrescentou:

"*Sua decisão já veio,*
É hora de mostrar
O instrumento perfeito
Para sua voz acompanhar."

Matt disse apenas:

"*Trate-o com carinho,*
Toque com alma e emoção,
E siga sempre o caminho."

Por fim, Maude respirou fundo e concluiu:

"*Muita música e alegria*
Da noite até o dia raiar
Feliz aniversário, Ben
A festa só vai começar!"

Todos bateram palmas e abraçaram Ben, que sorria radiante, com vários desejos de feliz aniversário ecoando pela sala.

– Sei que estão morrendo de curiosidade para saber qual instrumento eu escolhi, e não vão precisar esperar muito – disse Ben assim que o burburinho diminuiu.

– Ah, anda logo, Ben, conta pra gente – exclamou Jazmine, impaciente.

– Se me lembro bem, você também nos fez esperar bastante, Jaz – observou o pai dela.

– Eu lembro – disse Ben. – Esperamos tanto que o bolo de sorvete começou a derreter.

– O que não te impediu de comer dois terços dele sozinho – provocou Cynthia.

– Não queria que fosse desperdiçado! – protestou Ben.

– Mas isso não vem ao caso. Por favor, prossiga, Ben – pediu Victoria.

Ele abriu o estojo e retirou seu instrumento. Tinha um braço longo e fino, com duas grandes cravelhas de afinação no topo e, na base, uma pequena caixa de som coberta por pele de píton na parte da frente. Duas cordas iam das cravelhas até a base.

– O que é isso? – perguntou Jazmine.

– Parece um violino bem fino – observou Cynthia.

– Este é um erhu – disse Ben. – Faz alguns meses que estou tendo aulas com a Yu Jong, minha professora na escola, e ela diz que eu levo jeito. – Ben sorriu sem jeito.

– O que você vai tocar? – perguntou Victoria, os olhos brilhando. Ela adorava conhecer novos instrumentos.

– Se chama "Balada da Província de Henan", que é uma província da China.

Com cuidado, ele posicionou o erhu na vertical sobre o colo e começou a tocar. Embora não fosse tocado da mesma forma, o som lembrava o de um violino.

Maude observou Ben enquanto ele usava a mão esquerda para alterar o tom das cordas e a direita para guiar o arco com habilidade. A balada alternava entre ritmos lentos e acelerados, mantendo uma melodia serena que refrescava a mente, elevava o espírito e conseguia acalmar até mesmo a alma mais inquieta. O público ficou encantado, ouvindo em silêncio absoluto e absorvendo as notas mágicas de um instrumento que fascinava e surpreendia ouvintes havia séculos.

Maude se acomodou no sofá, um leve sorriso nos lábios. Desde que pisara em Nova York, descobrira muito sobre si mesma. Quando chegou, era apenas uma francesa em Nova York, com um inglês hesitante, sem família, sem uma identidade definida e com um conhecimento limitado de música. Mas agora, olhando para sua nova família e ouvindo o som do erhu de Ben, ela se sentia viva. Era uma francesa de ascendência nigeriana e caribenha, que amava tanto a França quanto os Estados Unidos. Mais do que isso: pertencia ao mundo inteiro, e o mundo inteiro esperava por ela lá fora. Ela sabia quem era, de onde vinha e que a vida seria uma eterna jornada de descoberta dos ritmos, sons e instrumentos que faziam do mundo um lugar tão rico.

Maude também sentiu algo que nunca tinha sentido antes. Uma certeza intensa que nunca tinha vivenciado. Uma convicção que aquecia seu peito.

Ela estava em casa.

Agradecimentos

Escrever *Uma francesa em Nova York* foi um verdadeiro trabalho de amor. Quero agradecer a todas as pessoas que conheci ao longo de uma das jornadas mais importantes da minha vida.

Em primeiro lugar, preciso mencionar a inestimável Sarah Audu. Obrigada por sua criatividade, seus múltiplos talentos como consultora, sua contribuição profissional essencial, seu olhar atento e seu incrível amor e paciência. Obrigada, minha querida irmã Deborah, pelo seu apoio infalível e pelas observações valiosas sobre a vida em Nova York. Um enorme obrigada ao talentoso multi-instrumentista Saë, por sua virtuosa habilidade musical e por me abrir as portas da indústria da música. Que momentos incríveis vivemos juntos!

Há duas mulheres incríveis que acreditaram neste romance desde as primeiras versões: obrigada, Maya Rock e I-Yana Tucker, por confiarem nesta história e por fazerem parte dessa jornada desde o começo!

Conforme essa trajetória avançava, tive a sorte de conhecer ainda mais pessoas extraordinárias pelo caminho!

Um *merci* especial à minha agente maravilhosa, Mary Darby, que defendeu este romance e me ajudou a levá-lo a um novo patamar. Obrigada, Fiona Simpson, pelo seu trabalho editorial e por deixar este manuscrito pronto para o mundo.

Um grande obrigada a todos os meus professores de literatura na França, que me incentivaram a escrever.

Por último, mas não menos importante, um caloroso obrigada à minha família, incluindo minha querida Tatie Maguy e minhas duas avós honorárias, dos dois lados do Atlântico, Winona Ducille e Nicole.

SUA OPINIÃO É MUITO IMPORTANTE
Mande um e-mail para **opiniao@vreditoras.com.br**
com o título deste livro no campo "Assunto".

1ª edição, jul. 2025

FONTES Tapas Script 25/16,1pt;
Scotch Text Roman 11/16,1pt
PAPEL Polen Bold 70g/m²
IMPRESSÃO Braspor
LOTE BRA160525